1
～暗殺貴族が奴隷令嬢を育成したら、
魔術殺しの究極魔剣士に育ってしまったんだが～
絶対魔剣の双戦舞曲《デュエリスト》
Duelists with
The Absolute
Anti-magic
Swords
JN034936

ジン・ガランド
異世界渡りの英雄の末裔で、没落貴族の青年。
魔術無効の絶対異能を持つがゆえに、生まれつき魔術の才がないが、代わりに超人的な魔剣術を習得している。裏の世界では「魔術殺し」として恐れられる暗殺者。
リネット
とある依頼中、ジンが出会った不思議な少女で魔術の腕は最低の「奴隷令嬢」。奇妙な縁でジンに引き取られ、名門のウェブリン女学院に入学することに。過去の記憶が曖昧。

ヴァネッサ
美貌の女暗殺者で、スカラザルン帝国の出身。隠し武器を使った特殊な戦闘術と攻撃魔術の使い手。任務の最中、偶然出会ったジンに興味を持つ。
ユリシア
ジンを支えるメイドで、姉代わりでもある。ガランド家に代々仕える一族の出身。料理は苦手だが、機械技術に強く様々な支援を行う。
ルーシャ
ウェブリン女学院理事長の孫娘で、貴族の才媛。リネットのかつての知己で、一方的に彼女を敵視する。非常に努力家で、実は心優しい一面も。

「撃て、〈爆槌《ばくつい》〉！」

絶対魔剣の双戦舞曲《デュエリスト》 1

〜暗殺貴族が奴隷令嬢を育成したら、
魔術殺しの究極魔剣士に育ってしまったんだが〜

榊 一郎

HJ文庫
1017

口絵・本文イラスト　朝日川日和

Contents

Duelists with The Absolute Anti-magic Swords

第1章　暗殺貴族

　通路には冷たい静寂《せいじゃく》が満ちていた。

　床《ゆか》も壁《かべ》も天井《てんじょう》すらもが石造り――膨大《ぼうだい》な質量によって音も光も遮断《しゃだん》するそれらは、中に踏《ふ》み込《こ》んだ者に緊張《きんちょう》を強《し》いる。

　此処《ここ》には陽《ひ》の光も無ければ、風の音も無い。

　大量の岩盤《がんばん》によって世界から切り取られ隔絶《かくぜつ》された場所。湿《しめ》り気《け》を帯びて淀《よど》んだ空気は、まるで『もう出られない』『逃《に》げられない』と言葉も無く告げているかの様だった。

「…………」

　だが――通路を独り行く青年の顔に、不安の色は無い。

　長めの黒髪《くろかみ》、切れ長の黒瞳《こくとう》。目鼻立ちの造作は派手ではないが、よく整っていて端整《たんせい》な顔立ちである。どちらかといえば線は細く――中性的な印象すらある。

　美男子……なのだろう。

　断言を憚《はばか》るのは、その顔に浮《う》かぶ物憂《ものう》げな――不機嫌《ふきげん》そうな表情のせいで、容姿の端麗《たんれい》さが若干《じゃっかん》、損《そこ》なわれて見えるからだ。

しかも——長身痩躯《そうく》に纏《まと》うのは光を吸《す》い込むかの様な黒の外套《がいとう》。その下に着るものもまた黒の上下、やはり黒の革靴《かわぐつ》は、不思議と足音がしない。靴底は確かに石造りの床を噛《か》んでいる筈《はず》なのに、擦《こす》れる音すらしない。まるで青年自身が実体の無い影《かげ》そのものであるかの様に。

どこからどう見ても整った目鼻立ちよりも、まず、その不吉《ふきつ》な姿の方が印象に残るのだ。

「……さて」

呟《つぶや》いて青年は立ち止まる。

通路の先には、左右に扉《とびら》が二つずつ、互《たが》い違《ちが》いに配置されているのが見えた。扉の造りはいずれも同じで、特に差は見られない。

どの扉を開けるのが正解か。

束《つか》の間《ま》、青年は黒い双眸《そうぼう》を細めて四枚の扉を眺《なが》めていたが——面倒臭《めんどうくさ》くなったのか、最も手前、自分に近い扉に手を掛《か》けた。

ごろごろと音を立てながら、分厚い木の扉が横に滑《すべ》って、出入り口が開いた……その瞬《しゅん》間《かん》。

「——デ・ガ・ポル・コ・レ・イシン——」

漏《も》れてきたのは――呪文詠唱《じゅもんえいしょう》の声だった。

軍用魔術《まじゅつ》に詳《くわ》しい人間ならば、それが強力な攻撃《こうげき》魔術の呪文である事、そして既《すで》に詠唱が終わりつつある事に気が付いただろう。

恐《おそ》らく、青年が扉に手を掛ける前から詠唱を始めていたのだ。

「打て、〈雷鞭《らいべん》〉!」

その声と共に、青白い光が青年の視界いっぱいに広がる。

〈雷鞭〉。雷撃系《らいげきけい》の軍用攻撃魔術の一つ。

勿論《もちろん》、喰《く》らえば『痺《しび》れる』程度では済まない。

最大威力《いりょく》の〈雷鞭〉は、対象者の血液を沸騰《ふっとう》させ、全身のあちこちで血管を破裂《はれつ》させると同時に、動脈に生じる気泡《きほう》により瓦斯《がす》塞栓症《そくせんしょう》と出血多量を引き起こし、二重三重に致命《ちめい》の効果を発揮する――文字通り必殺の攻撃魔術だ。

「馬鹿が、のこのこ中を確かめもせずに入っ…………え?」

魔術を放ってきた相手は――髭面《ひげづら》の中年男は、しかし次の瞬間、軍用の大型魔導機杖《ロングガンド》を手にしたまま、凍《こお》り付いた。

青年が、平然とその場に立っていたからだろう。

「え? え? あ――な、なんで!?」

「…………」

黙《もく》して答えず、青年は黒い外套の懐《ふところ》に差し込んでいた右手を、握《にぎ》っていたものと共に引き抜《ぬ》いた。

現れたのは――これもまた黒い剣身《けんしん》の片刃《かたば》剣《けん》。

短剣以上、長剣以下、刀剣としてはやや短めで剣身も細い。だからこそ鞘《さや》ごと外套の下に吊《つ》っていても、目立たなかったのだろうが、抜き放ってみせても、あまり凶器《きょうき》としての威《い》圧《あつ》感は無い。

それを扱《あつか》う青年の動きも、何処《どこ》か余裕《よゆう》さえ感じる緩《ゆる》やかなものだ。

だから――だろうか。中年男は対応が遅《おく》れた。

「――え？」

次の瞬間、間合いを詰《つ》めた青年の剣は中年男の喉《のど》を貫《つらぬ》いていた。

「……っ……!?」

何が起こったのか分からない――そんな表情を固着させたまま、中年男はだらりと両手を下ろして脱力《だつりょく》する。一瞬遅《いっしゅんおく》れて、がらんと音を立てて床に転がる魔導機杖《ガンド》。

魔導機杖に取り付けられていた、格闘《かくとう》戦用の杖剣《バヨネット》を展開する事すら無いままに、中年男は即死《そくし》していた。

「……外れか」

青年は呟きながら剣を引き抜き、改めて室内を見回す。

天井こそ低いが、比較的《ひかくてき》広い部屋で、普通《ふつう》の人間が二十人かそこらは余裕をもって寝転《ねころ》べるだけの広さがある。

家具の類はほぼ見当たらず、ただその壁際《かべぎわ》に――

「……商品か」

青年の黒瞳が見つめる先には、一人の少女が鎖《くさり》で繋《つな》がれていた。

「…………」

少女は――俯《うつむ》き気味で、その表情は青年の位置からは見えない。

身じろぎもしないのは、意識が無いのか。それともこの状況《じょうきょう》に反応も示せない程《ほど》に無気力なのか。

少女は殆《ほとん》ど裸《はだか》というか、単に布袋《ぬのぶくろ》に頭や腕《うで》を通す穴を開けて、身体《からだ》を通しただけの様な恰好《かっこう》で……しかもその胸元《むなもと》には、引き裂《さ》いた様な跡《あと》が在る。そこから白い胸の膨《ふく》らみが文字通り垣間見《かいまみ》えた。

今し方、青年が倒《たお》した中年男は、この少女で『楽し』もうとしていたのかもしれない。

危機的状況に追い詰められると、やたら性欲を昂進《こうしん》させる輩《やから》は珍《めずら》しくないが――

「……おい」

青年が声を掛ける。

「…………」

そこで初めて青年の存在に気が付いたかの様に、顔を上げる少女。

癖《くせ》の無い金の長い髪《かみ》は、艶《つや》を失って――全体的にそのせいで、薄汚《うすよご》れた印象が強い。

一方で、その双眸は大きく円《つぶ》らな碧眼《へきがん》、目鼻立ちは特に歪《ゆが》みや偏《かたよ》りも無く綺麗《きれい》に整っている。

派手さこそ無いものの、元々の器量は悪くない。沐浴《もくよく》でもさせて髪を櫛《くし》でとき、きちんとした衣装《いしょう》を着せればそれだけで、別人の様に見違《みちが》えるだろう。

「お前は、奴隷《どれい》か？」

「………そう……です」

青年に問われ――だが少女は何処かぼんやりした様子で答える。

その碧眼は今ひとつ焦点《しょうてん》が合っておらず、寝惚《ねぼ》けているかの様に視線は空中に放散している。青年の方を向いてはいるが、意識的に『視《み》て』いるかどうかは甚《はなは》だ怪《あや》しかった。

「多分………奴隷なんだと……思い……ます」

「多分？」

この少女……こんな場所に繋がれていながら、自覚が無いのか。

それとも何か薬の類でも嗅《か》がされて、意識が朦朧《もうろう》としているのか。奴隷を『繋いで』おくのに、単純な鎖や手枷足枷《てかせあしかせ》の類ではなく、薬物を使う場合も珍しくないが――

「あんまりよく……覚えてない……です……」

そう答える顔に、喜怒哀楽《きどあいらく》の色は見えない。青年に対して緊張する様子も無い。会話というより、まるで寝言《ねごと》か譫言《うわごと》をただ口《くち》の端《はし》から垂れ流しているだけの様な、緩んだ口調だった。

「……奴隷商の人に……売られて……でも特に……働いた訳でもなくて……役に立たないって……『返品』……され……て……」

「……『返品』？　奴隷を？」

少女の言葉が正しいなら、奴隷を働かせる事も無く、しばらく手元に置いた上――役に立たないと『返品』したという事か。

「……妙《みょう》な話だな」

「……役立たずで……無能で……ごめんなさい……」

青年の呟きをどう受け止めたのか、少女はぼそぼそとそう言った。

目の前の青年に、というより、記憶《きおく》の中に居る誰《だれ》かに向けて謝《あやま》っているかの様にも見える。彼女《かのじょ》の碧《あお》い眼は今も無限遠の彼方《かなた》に焦点を結んだままで、文字通り『心が此処に無い』かの様だった。

「まあ俺《おれ》には関係がな――」

「ごめんなさい……ごめんなさい……」

少女は何度も何度も首を振《ふ》る。彼女の白く細い首に付けられていた奴隷の首輪が、そしてそこに繋がれた鎖が音を立てた。

「――？」

青年がわずかに眼を見開く。首輪がわずかにずれたせいか、彼女の首筋、鎖骨《さこつ》のすぐ上に刻まれていたものが見えたのだ。

一行の――文字列が。

「お前、その首の――」

青年が少女に向けて一歩踏み出したその瞬間。

「おい、貴様っ！」

「………………」

背後から投げられた怒声《どせい》に青年が振り返ると――彼《かれ》が開いたままにしておいた扉の所に、三人の男達《おとこたち》の姿が在った。

真ん中に小柄《こがら》で太めな、初老の男が一人。

その両脇《りょうわき》を大柄で魔導機杖を携《たずさ》えた中年の男二人が固めている。

「……正解が自ら来てくれたか」

と青年が呟いたのは、三人の内の一人が彼の目当て――『標的』であったからだろう。

恐らくは真ん中の、頭目格らしき初老の男が。

脇の、私兵らしき二人は既に呪文を詠唱し終えているのか――彼等《かれら》の手にした魔導機杖の宝珠《ほうしゅ》には、魔術が発動直前である事を表す、虹色《にじいろ》の光が緩やかに渦《うず》を巻いていた。

「モーガン・パウザ、だな」

「貴様、警士じゃないな？」

青年の投げた確認《かくにん》の問いには答えず、代わりに初老の男は――元ヴァルデマル皇国軍人の奴隷商モーガン・パウザは、やたらに太くて濃《こ》い眉毛《まゆげ》の下の、切れ込みの様な細い眼を、更《さら》に細めてそう言った。

「何者だ、まさか、暗殺者か。俺が警士に捕《つか》まる前に――そうか、ウィルソン伯《はく》の差し金か!?　それともベルナルデリ将軍の……いや……」

「心当たりが豊富で結構な事だ」

青年はうんざりした表情でそう応じる。

モーガン・パウザは戦時中、どさくさ紛《まぎ》れに殺人、暴行、横領、窃盗《せっとう》、その他、手を出していない犯罪行為《こうい》は無いと言われる程に、何でもやって強引《ごういん》に財を成した奴隷商人である。

だが隣国《りんごく》スカラザルン帝国《ていこく》との戦争が終わって、既に二年。

戦時中の無茶《むちゃ》なあれやこれやが、明るみに出て……今現在、モーガン・パウザの屋敷《やしき》は警士隊が取り巻いている。モーガン・パウザが出頭を拒《こば》んで、私兵達と共に屋敷にたてこもったからだ。

因果応報、当然といえば当然の話である。

だが、モーガン・パウザが警士隊に捕縛《ほばく》され、洗いざらい証言しては何かと困るという者達が少なからず居て――彼等はモーガン・パウザを永遠に黙《だま》らせてしまいたいと考えたのである。

その結果が――この黒衣の青年だった。

「なら覚悟《かくご》も出来ているな。心配するな。痛みを感じる前に首と胴《どう》を綺麗に切り分けてやる。こっちはそれが専門なんでな」

「ふ……ふざけるなっ⁉」

とモーガンが叫《さけ》び、次の瞬間――

「――打て、〈雷鞭〉ッ！」

左右の二人が雷撃の魔術を解き放った。

先程《さきほど》と同じ、軍用攻撃《こうげき》魔術の青白い光が、膨れ上がる。

これ以上は無いという程に明確な殺意の具現——

「——え？」

だが次の瞬間、先に青年が倒した一人と同様、モーガンらは揃《そろ》って間の抜けた声を漏らしていた。

致命的《ちめいてき》な威力を持った軍用攻撃魔術、それも二人同時の重複攻撃で、確実に殺した筈の相手が、無傷で——しかもひどくつまらなさそうな表情でそこに立っていたからだろう。

「な、なんだ⁉　一体——」

「…………」

青年は、悠然《ゆうぜん》と歩いてモーガン達に近づいていく。

モーガンの両脇の二人は、慌《あわ》てて軍用魔導機杖を構え、柄《え》の部分に仕込《しこ》んであった引き金を絞《しぼ》る。折り畳《たた》まれていた白兵戦用の杖剣が発条仕掛《ぜんまいじか》けで起き上がるが、既に——遅《おそ》い。

「げっ——」

青年の剣がモーガンの首筋を貫く。

飛び掛かった訳でも、走った訳でもない。青年の動きは先《さっき》と同様、緩やかとも言えるもので――しかし一切《いっさい》の無駄《むだ》が見当たらない。

ぶれ無く。揺《ゆ》れ無く。躊躇《ちゅうちょ》も無く。最短距離《きょり》をただ真《ま》っ直《す》ぐに。

結果としてそれが、相手の反撃《はんげき》を許さない致命の技となる。

「ぬっ――」

距離が近すぎると、両脇の二人が後ずさりをしながら改めて杖剣を展開した魔導機杖を構える。戸口に三人も並んでいると長物を振り回しにくいからだろうが――それは青年に次の攻撃に移る余裕を与《あた》える事にもなった。

「…………」

青年は黒い剣からあっさり手を離《はな》すと、その両手を下からすくい上げる様に――そして交差する様な形で、跳《は》ね上げた。

「ぎゃっ――」

次の瞬間、私兵二人は揃って短い悲鳴を上げながら転倒《てんとう》する。

その喉には、縄鏢《ワイヤードダガー》が深々と突《つ》き刺《さ》さっていたが――次の瞬間、くるりと青年が踵《きびす》を返すのと同時に、その小さな縄、いや糸付きの刃物《はもの》は彼等の喉から抜けて、青年の外套の袖《そで》口《ぐち》の中へと消えていた。

「――さて」

仰向《あおむ》けに倒れたモーガンの骸《むくろ》に歩み寄る青年。

彼は剣を死体から引き抜いて、逆手に持ち替えると――続く動作でやおら、骸の左手の親指めがけて剣を振り下ろした。

根元から切り離される親指。それを身を屈《かが》めて拾い、懐から取り出した布で包んだのは、暗殺の証拠《しょうこ》とする為《ため》か。

更に青年は二度ばかり剣を振って刃《やいば》の上の血を落とすと――

「……おい。名前は？」

壁際に繋がれたままの奴隷少女に声を掛けた。

「…………」

少女はやはりぼんやりと無表情なまま床に座《すわ》っている。青年の問いに答える様子が無いが、これは無視というより、単に意識が明後日《あさって》の方向を向いていて『聞こえていない』だけなのかもしれなかった。

彼は短く溜息《ためいき》をつくと少女の方へと歩み寄り――

「おい。名前は？」

そう言いながら少女のボロ布の様な服の襟元《えりもと》を掴《つか》む。

布の裂ける音がして――そこで少女は初めて碧い眼の焦点を自分の襟元に合わせる。布の裂け目《め》から、形の良い乳房《ちぶさ》が見えてしまっているが――青年はまるで路傍《ろぼう》の石でも見るかの様に特に表情を変えないし、少女も特に恥《は》ずかしがるでもない。

「…………」

青年の黒い眼は、そもそも少女の胸には向いていなかった。

彼が見ているのは彼女の首筋に刻印された――恐らくは刺青《いれずみ》された文字列である。それは正確には、文字と数字、更には何かを示すらしい記号から成っていた。

「名前だ。お前の名前を言え。お前は――」

青年はわずかに眼《め》を細めて問うた。

「名前は『ミオ』か？」

「名前……」

意外な事を聞かれた、といった様子で少女は眼を瞬《しばたた》かせて。

「ミオ……いえ……違います……リネット……です？」

何故《なぜ》か疑問めいた感じに語尾《ごび》を上げてそう言った。

「いや。訊《き》いてるのは俺なんだが」

「……しばらく……番号で……呼ばれていた……ので……」

少女はわずかに首を傾《かし》げると、何処か他人事《ひとごと》の様な口調で言った。

「まあいい。リネットか。姓《せい》は？」

「……どうして……？」

それは何故、自分の名前なんて知りたがるのかという意味か。

「見たところスカラザルンの戦争奴隷という訳でもなさそうだ。モーガン・パウザは非合法に奴隷を調達していたと聞く。もしお前が元々はヴァルデマル皇国の臣民で、誘拐《ゆうかい》か何かで掠《さら》われて、ここに連れて来られた場合……親元に帰してやれば幾許《いくばく》かの謝礼が出たりする場合も在るのでな」

「…………それは……無理……」

「何故だ？　家は貧しいのか？」

「……や……役立たずだから……出来損ない、だから……家名を穢《けが》すからって……」

それは――初めて少女リネットがその顔に示した感情の色だった。

「……わ……私……」

上目遣《うわめづか》いに、眉尻《まゆじり》を下げ、何かに耐《た》える様に――ぼんやりとだが、何処か哀《かな》しげな表情を薄《うっす》らと浮かべて、彼女はこう言った。

「魔術が上手《うま》く使えないから……」

「魔術が使えない？」

「……はい……ごめんなさい……」

言って再びリネットは俯いた。

かつての、魔術がごくごく限られた人間の扱う特殊《とくしゅ》技能だった時代――『大聖戦』の時代ならともかく、現代においては、程度や規模の差こそあれ、殆ど全ての人間が当然の様に魔術を使う。

その事を前提に社会が組み立てられて回っているのだ。

つまり読み書きが出来る、食器を使って食事が出来る、階段の上り下りが出来る……そうした事と魔術は同列に扱われる。だからこそ、社会全体が『魔術が使えない』人間を想定した造りにはなっていない。

当然……魔術が使えない人間は、何かと苦労を強いられる。ただ生きていくだけでも難《なん》儀《ぎ》せねばならないのだ。

「……学校でも……無能って……一度も上手くいかなくて……ホーグ家の面汚《つらよご》しって言われて……」

「ホーグ子爵家《ししやくけ》か……つまり貴族のお姫様《ひめさま》が奴隷《どれい》堕《お》ちか？」

「元々……養子で……魔術が……使えない……から……」

「実の親は？」

「……ホーグ家の遠縁《とおえん》で……亡《な》くなったと……聞いて……」

子供が出来なかったホーグ家が跡取《あとと》りとして、親戚筋《しんせきすじ》から『貰《もら》い受け』て――いや『貰い受けて』きた、という事であるらしい。

だからこそ『無能』と分かって、不要品を売り払《はら》う様に手放した。

金に困ったからではなく――子爵家の面汚し、生きているだけで恥《はじ》を量産し続ける不肖《ふしょう》の娘《むすめ》として、自分達の目の前から消した。自らの手を汚《よご》して殺す事すらせずに、非合法の奴隷商人に売り払う事で、厄介払《やっかいばら》いをしたのだ。恐らく表向きは『引き取った養子が我《わ》が家《や》に馴染《なじ》めなかった』『家出の末に行方《ゆくえ》不明』といった形で処理されているのだろう。それが一番、子爵家の体面を傷つけずに済む。

「魔術が使えない――か」

と青年は何やら感慨深《かんがいぶか》げに呟くが。

「……あの」

ふとリネットが顔を上げて青年を見つめる。

「殺し屋……さん？　……私……を……お仕事の……ついでに……殺して貰えません……か？」

リネットは淡々《たんたん》とした口調でそう言った。

自分で自分の命を絶つのは意外と辛《つら》いし難しい。舌を噛むのも首を括《くく》るのも相当な思い切りが要《い》る。苦しまずに死にたいというのなら、『専門家』に頼《たの》むのは確かに悪くないやり方ではあるだろう。

「…………」

青年は眉《まゆ》を顰《ひそ》めて奴隷の少女を見つめていたが――不意に、剣を左手に持ち替《か》えると、右手を軽く振った。

するりと音も無く一本の針が彼の右手に出現する。

先程の縄鏢と同様、袖口から取り出したのであろうその凶器を、青年は無造作にリネットの首筋に突きつけた。

「…………ありがとう」

リネットは眼を閉じて、祈《いの》る様に両手を胸元で合わせる。

次の瞬間――するりと、まるで水面に落としたかの様に、針はリネットの白く細い首筋に潜《もぐ》り込んだ。

「…………」

かくん、とリネットが糸の切れた人形の様に項垂《うなだ》れる。

その様子を、やはり物憂げな表情で眺めながら……青年は針を抜いて袖口に仕舞《しま》うと、再び剣を右手に持って、振り上げた。

薄闇《うすやみ》の中に閃《ひらめ》く黒い剣。

次の瞬間、金属の異音と共に、リネットを壁に繋いでいた細い鎖はあっさりと弾《はじ》け飛んでいた。

「……そろそろ効いてきた頃合《ころあ》いか」

それから青年はリネットの前に片膝《かたひざ》をつくと、剣を外套の下にしまって、両手を——打つ。

——ぱん！

左右の掌《てのひら》の間から生まれる、軽くも鋭《するど》い炸裂音《さくれつおん》。

それは、ただそれだけの現象であった——筈なのだが。

「……起きろ」

何処か面倒臭そうにそう命じる青年。

「…………え？」

発条仕掛けの様にびくんと身を反らすと……瞬《まばた》きを繰《く》り返しながら何処か間の抜けた声をもらしたのは、殺された筈の奴隷少女だった。

「え？　え？　あの？」

と右を見て左を見て最後に青年の顔を見て。

「こ、殺し屋さんも天国に？　み、見送りですか？」

「経穴《けいけつ》に針を打ち込んだだけだ。気付けの一種だな。一時的に代謝を強めた。大概《たいがい》の薬物は分解出来る筈だが……調子はどうだ？」

「ちょ……調子、ですか？」

とリネットは尚《なお》も何度か忙《せわ》しなく瞬きを繰り返していたが。

「あ、えっと、凄《すご》い、凄く、いいです！」

そうかくかくと首を縦に振った。

その言葉を証するかの様に――つい先程まで焦点が曖昧《あいまい》だった彼女の碧い瞳は、はっきりと意志の光を宿して青年の顔を映しているし、何処か血の気を失って見えたその白い顔にも、ほんのりと赤みが戻《もど》ってきている様だった。

「なんだか身体まで軽くなったみたいな……え、あの、殺し屋さんはお医者さんだったんですか⁉」

「……立て」

リネットの問いには答えず、青年は溜息交じりにそう命じた。

「もうここに用は無い。行くぞ」

「あの、行くって……あ、鎖？　え？　あの、わ、私を連れて行くって事ですか？」

リネットは目を丸くしてそう問うてくる。

先程までと異なり、表情豊かというか、非常に反応が素直《すなお》で喜怒哀楽がはっきりしている。まるで別人の態《てい》だが、恐らくこちらがこの少女の地なのだろう。やはり先程までの状態は、薬物で抑圧《よくあつ》されていたという事らしい。

「私を、殺さないんですか？」

「こう見えても俺は高い」

青年は入り口に転がっていた死体を無造作に蹴《け》り除《よ》けて言った。

「割引は勿論、無料奉仕《ほうし》はしない主義だ」

「でも、私なんて連れて行っても……」

「魔術が使えないからか？」

肩越《かたご》しに振り返って青年は問う。

「……はい」

一気に意気消沈《いきしょうちん》した様子で俯くリネット。

「奴隷としても要らんと返品されたからか？」

更に、まるで追い打ちをかける様な事を言う青年。

「……はい……むしろ、居るだけでご迷惑《めいわく》に……」

「女なら魔術なんぞ使えずとも、何とでも使い道はある」

言って青年は――リネットの所に戻ってくると、彼女の右手をとって強引に立たせた。

途端《とたん》、元々裂け目が生じていてはだけ気味だった彼女の胸が、改めて、こぼれ落ちるかの様に露《あら》わになって――

「…………ッ！」

咄嗟《とっさ》に左手で胸元を隠《かく》すリネットだが――やがて彼女は恐る恐るといった様子で、上目遣いに自分の手を引く青年の顔を見つめた。

「それって、あの……」

「今やお前は誰のものでもない。そうだな？」

青年はそんな事を言いだした。

養親に棄《す》てられ。奴隷として売られた先でも不要と返品され。

そして先程は自分自身からも『この命は要らない』と棄てられた。

確かに彼女は今や誰のものでもない。彼女自身のものですら。

「誰のものでもないのなら、俺が拾っても構わんだろう」

「えっ……？」

「お前は今から俺のものだ。何もかも、お前の全てを俺に寄越《よこ》せ。お前の身体も、お前の精神も、一切合切《いっさいがっさい》、全てだ」

傲然《ごうぜん》とした物言いである。

だがそれを口にする青年の表情は物憂げなままで、哀《あわ》れな奴隷少女に対する嘲《あざけ》りも、その身体に対する情欲の滾《たぎ》りも窺《うかが》えない。ただ淡々と事実を告げているだけの様な、口調であり声音《こわね》だった。

「お前の絶望も、お前の希望も、お前の喜悦《きえつ》も、お前の苦痛も、お前の悲嘆《ひたん》も、お前の憤《ふん》怒《ど》も……今からお前のものではない。それらは全部、俺のものだ」

奴隷ですら、身体は鎖に繋がれても、精神の自由までは奪《うば》われる事が無い。その意味で、青年の要求は奴隷に突きつけられるものよりも更に過酷《かこく》なものとも言える——が。

「それで俺が満足したら、その時はそれを報酬《ほうしゅう》として殺してやる」

絶望と諦観《ていかん》にがんじがらめにされて、ただ何かを『思う』事すらも苦痛に感じている人間が居るとすれば……それはむしろ救いになり得るのかもしれない。

今から苦しむのはお前ではなく俺。

今から哀しむのはお前ではなく俺。

これからは独り勝手に苦しむ事も哀しむ事も許さない——と。

「あ………」

リネットは、何度も眼を瞬かせて青年を見つめる。

やがて、信じられないものを見た、信じられないものを聞いた――そんな驚《おどろ》きがじんわりとその顔を覆《おお》っていく。

「いいからついてこい」

青年は再び踵を返して通路へと向かう。

「は……はいっ！」

その瞬間、彼女の顔の上に何かが弾《はじ》けた。

忘れて久しかった筈のそれは、未《いま》だ笑《え》みと呼ぶには、淡《あわ》く、薄《うす》く、しかもぎこちないものであったかもしれないが――

「あ、あのっ……」

青年の後を追いながらリネットは声を上げる。

「こ……殺し屋さん、殺し屋さんの、お名前を教えてください！」

「………………」

リネットの願いに、青年は何故か短く溜息を一つついて。

「――ジン・ガランド」

そう名乗った。

パウザ邸《てい》――一階廊下《ろうか》。

『商品倉庫』である地下とは内装が異なるものの、そこにもまた静寂と薄闇が満ちていた。

窓という窓は全て鎧戸《よろいど》が閉められており、光はその隙間《すきま》からわずかに漏れ落ちてくるものだけである。全体的に暗い上、あちらこちらにより黒々とした闇《やみ》が凝《こ》り、壺《つぼ》だの全身鎧《よろい》だのが点々と飾《かざ》られている為、物陰《ものかげ》も多い。

モーガン・パウザとその私兵達は、警士達の突入《とつにゅう》に備えてより頑強《がんきょう》な構造である地下に立て籠《こも》っていたらしく、一階には人の姿が見当たらない。壊《こわ》れたり汚れたりはしていないが、漂《ただよ》う空気は淀んで冷たく、主人に見放されて久しい廃屋《はいおく》のそれに近かった。

「……さて、どうしたものか」

そんな中を、悠然と歩いていた暗殺者ジン・ガランドは――ふと立ち止まって数歩後をついてくる少女リネットを振り返った。

「あの……どうかなさったんですか？」

ジンに目を向けられた事で小首を傾げるリネット。

状況が分かっているのかいないのか……その顔には不安の色も動揺《どうよう》の色も焦燥《しょうそう》の色も無い。良くも悪くも微塵《みじん》の躊躇無く、ジンを信じ切っているという態である。

会ったばかりの、しかも暗殺者に全幅《ぜんぷく》の信頼《しんらい》を寄せるというのも、傍《はた》から見れば少々迂《う》闊《かつ》に過ぎる印象が在る。棄て犬や棄て猫《ねこ》ですら、拾われた当初はもう少し用心深いだろう。

逆に言えば、そういう素直すぎる性格だからこそ、『お前は要らない』という養親や奴隷商人の言葉をそのまま受け止めて、自分に『価値が無い』と言い聞かせてしまった――そんな『呪《のろ》い』を掛けてしまったのかもしれない。

「お前が地下に繋がれたのがいつなのかは知らないが、今、この屋敷は警士達に包囲されている」

とジンは物憂《ものう》げな口調で言った。

「この屋敷の主人の、後ろ暗い『商売』が官憲にばれた。だから警士達が主人を捕まえようと屋敷を取り囲んでいる――昨日からな。なので連中に知られる事無く、お前を連れて出るのが、難しい」

「……でもそれでは」

不思議そうに眼を瞬かせながらリネットが訊いてくる。

「殺し屋さん――ではなくてジン様はどうやってここに？」

「『ジン様』？」

と眉をひそめて聞き咎《とが》めるジン。

「あの、まずかったです？　私は貴方様《あなたさま》のものだと……ですから……」

と何処か困惑《こんわく》気味の表情を浮《う》かべて言うリネット。

「ジンでいい」

溜息を一つついてジンはそう言うと、窓の一つに歩み寄る。勿論、鎧戸は閉じられたままなので、外の様子は見えないが――

「俺一人ならどうとでもなる」

ジンはそう言って――次の瞬間《しゅんかん》。

「――!?」

リネットの視界からジンの姿が消えた。

「え？　ジン様!?」

「こんな感じで――」

リネットの背後から彼女の肩《かた》に手を掛《か》けつつジンは言った。

「ひゃおっ!?　え？　あ、い、いつの間に!?」

「人間の視界は本人が思っている程には広くない。しかも、人間は殆ど無意識の内に瞬きをする。つまり目を瞑《つぶ》る」

驚きの声を上げる彼女に小さく頷《うなず》いてみせながらジンは続けた。

「その隙《すき》に移動すれば見えない。無意識の動作だから、『自分が目を瞑っている間に誰か通ったのでは』とは考えない。これを繰り返せば、人の眼の前でも気付かれる事無く通り過ぎる事が出来る」

「…………」

リネットは目を丸くして絶句している。理屈《りくつ》は分かるが、現実にそんな事が出来る人間が居るとは思えない――といったところか。

「で、でもあの……沢山《たくさん》の人達がばらばらに瞬きしてたら……？　沢山の警士さん達がこの建物を囲んでおられるんですよね？」

「……思った以上に聡《さと》いか」

「あ、ありがとうございます……？」

自己評価が低い事もあってか、褒《ほ》められたのかどうかの確信が持てなかったのだろう。

リネットは戸惑《とまど》い気味にそう言ってきた。

「その場合は、小石でも投げて注意をそっちに向ける。揃っていないのなら、視線の向きや、瞬きの瞬間を、揃えてやればいい」

「……！」

「ともあれ……先にも言った通り、俺一人ならどうとでもなる。だが素人《しろうと》のお前を連れてとなると、無理がある」

「それは……あの、お手数をおかけします」

「…………」

申し訳なさそうにしているが……本当にこの少女は相手の言葉を疑わない。ジンが『お前は俺のものだ』『お前を連れて行く』と言ったら、それを途中《とちゅう》で反故《ほご》にされるとは全く考えていないのだろう。

「『仕事』は済んだ。ならばいっそ派手に屋敷に火を点《つ》けるか？」

「火……ですか？」

「小石を投げるのと根本の理屈は同じだ」

モーガン・パウザを暗殺した、という証拠を手に入れている以上――切り落とした親指の事だ――この後、パウザ邸がどうなろうとジンの知った事ではない。派手な火と煙《けむり》で警士達の注意を引いておいて、裏口だの何だのからこっそり、というのが一番無難な方法だろう。

「ただ、事前に手に入れた情報が正しいなら、未だこの屋敷の中に私兵が何人か残ってる。

そいつらに火が大きくなる前に消され――」

ジンがそこまで言った――その時。

きぃん、と空気が鳴いた。

「――貫《つらぬ》け・〈氷針〉」

「――！」

黒い外套《がいとう》の裾《すそ》を翻《ひるがえ》しながら半回転――ジンは廊下の奥《おく》を振り返る。

二階に繋《つな》がる階段、その陰《かげ》から煌《きら》めく何かが飛び出してきたのは次の瞬間であった。

「ぐっ――」

その何かをまとめてその身体《からだ》で受け止めて――身を折るジン。

「ジン様!?　え？」

リネットの叫びは……ジンが文字通り身を挺《てい》して自分を守ってくれた事に気付いたからだろう。ジンが割《わ》り込《こ》まなければ、階段の陰から放たれた『何か』は、彼女の身体に食《く》い込んでいた筈《はず》だ。

どさりと音を立てて倒《たお》れるジン。

俯《うつぶ》せになった彼の身体の下で、白い何かが飛び散った。

「雪……？　氷……!?　ジン様!?」

慌ててジンに駆《か》け寄るリネット。

「——焦《あせ》ったよ？」

そこに——場違《ばち が》いにも緊張感《きんちようかん》を著《いちじる》しく欠いた声が漂ってくる。

まるで、友人知人と雑談をしているかの様な口調であり、声音だった。

「警士隊に屋敷が包囲されてるっていうから、慌てて潜入《せんにゆう》したら……先を越《こ》されちゃってるとか。標的を殺《や》った証拠をもってかれたら、こっちはただ働きになっちゃうしね。いやもう、焦った焦った」

階段の陰から ふらりと緩《ゆる》い動きで現れる人影《ひとかげ》は、そのままゆっくりとリネット達の方へ近づいてきた。

逆光と薄闇のせいで見えるのは文字通り人影そのもの、その輪郭《りんかく》ばかり——容姿は子細に見て取れない。ただその声と——そして、体形の分かり易《やす》い衣装《いしよう》から、それが若い女性だという事は分かる。胸と尻《しり》の豊かな、しかし腰《こし》はよく引き絞られた身体だった。

「ああ。そこの君——誰かは知らないけど、大人しくしててね。二人まとめて殺す積もりだったんだけど……まあいいよ。素人みたいだし。折角《せつかく》、庇《かば》って貰って助かった命だから、大切にしないとね？」

何も持っていない両手を、見せつける様に広げて——魔術《まじゆつ》で奇襲攻撃《きしゆうこうげき》を仕掛《しか》けてきたそ

の娘は、ひどく気楽な口調でそう言ってきた。

●

とリネットの口から驚きの声が漏《も》れる。

そして彼女は倒れたジンと、そして同じく暗殺者らしき娘の間で、戸惑いの視線を右往左往させる。

「……え？」

女暗殺者は素手《すで》だった。

その両手には何も持っていない――魔導機杖を持っていない。

だが先の攻撃《こうげき》は明らかに魔術《まじゅつ》によるもので……

「ど……どうして……どうやって……ジン様……？」

そう問うてみるもジンは俯せに倒れたまま動かない。

「ジン様……ジン様!?」

現代の魔術は……基本的に魔導機杖が無ければ使えない。

正確には、魔導機杖無しで魔術を使おうとするのは、およそ実用的ではない。魔術の種類や規模によっても勿論《もちろん》、変わってはくるが……総じて魔導機杖無しでの魔術の発動は、やたらと手間暇《てまひま》が掛かってしまうからだ。

それこそ攻撃魔術を一発放つのに、旧時代の魔術士の如く、呪文《じゅもん》の詠唱《えいしょう》や、結印の儀式《ぎしき》を延々と行わねばならない。相手はその間に悠々《ゆうゆう》と魔術士に歩み寄って殴《なぐ》り倒す事が出来るだろう。

「ちょっとごめんね？」

歩み寄ってきた女暗殺者は、動揺するリネットを押《お》し除《の》けて――わずかに腰を屈めると、倒れ伏したままのジンの肩に指を掛けた。

「この人が先にモーガン・パウザを殺していたなら、暗殺成功の『証拠』を持っている筈なのよねぇ。大体は右手の親指なんだけど」

そんな事を言いながらジンの身体をひっくり返す女暗殺者。彼《かれ》が懐《ふところ》にでも『証拠』を入れていないかと、調べる積もりだったのだろう。

「というか……何？　この黒ずくめ」

女暗殺者は呆《あき》れた様に言った。

「闇夜《やみよ》に紛れるならともかく、昼間だと余計に目立つんですけど。暗殺者だからって頭のてっぺんからつま先まで黒一色ってすごく悪趣味《あくしゅみ》っていうか、悪ぶりたい思春期の子供か⁉　って感じで――」

と――何やらジンの格好について批判めいた事を言っていた女暗殺者であったが。

「――っ⁉」

次の瞬間、女暗殺者とジンの間に黒い閃光《せんこう》が弾けた。

咄嗟に後方に飛ぼうとした女暗殺者は、しかし大きく姿勢を崩《くず》していた。素早《すばや》く伸《の》びたジンの左手が、逃《に》がさんとばかりに、彼女《かのじょ》の右手を掴んでいたからである。

そして彼の右手は――外套の下から抜《ぬ》き放った黒い片刃剣《かたばけん》を握《にぎ》って女暗殺者の胸元《むなもと》にその切っ先を向けていた。

「確かに〈氷針〉は命中……え？　む……無傷⁉　どうして⁉」

押し殺してはいるものの女暗殺者の声は悲鳴じみていた。

ジンが外套の下に着ている衣装は――これまた黒い服は、その胸元から腹部にかけて三つばかり小さな破れ目が生じている。だがその下に見える彼の肌《はだ》には傷一つついていなかった。血も滲《にじ》んでいなければ、内出血して色が変わっている様子も無い。服が黒だからこそ尚更《なおさら》にそれがよく分かった。

「貴様が魔術をしくじったんだろう」

「そんな馬鹿な事が――って⁉」

言いかけて、女暗殺者は慌てた様に胸元を押さえた。

先の剣の一閃《いっせん》で斬《き》られたのだろう――彼女の衣装が左脇《ひだりわき》から右肩《みぎかた》にかけて大きく切り裂《さ》かれていたからだ。斬撃《ざんげき》のあまりの鋭さ故《ゆえ》か、その瞬間ではなく、今更《いまさら》、思い出したかの様に布地がゆっくりと上下に裂けていく。

その下に見えるのは、女の柔肌《やわはだ》――だけではなく。

「珍《めずら》しい品だな」

ジンがそう評するのは、女暗殺者の身体に、下着の代わりに絡《から》み付く様にして装着された――器具だった。

幾《いく》つもの関節構造を持った可変型魔導機杖である。蛇《へび》の如くこれを身体に絡み付け、その上から衣服を着れば、魔導機杖を持っていない様に――武装していない様に見える。

そうやって相手の油断を誘《さそ》うのが、この者の流儀《りゅうぎ》なのだろう。

「――訂正《ていせい》しろ」

やがてジンは物憂げな表情のままそう言った。

「――は？」

「黒衣は悪趣味ではない。目立たず、個人が特定されにくく、何より安価で使い捨てられる、非常に効率的、効果的な暗殺者の衣装だ。思春期の子供の偽悪《ぎあく》ごっこと一緒《いっしょ》にするな。

お前のその変型魔導機杖の方が余程《よほど》に悪趣味だ」

「……何なのその黒衣へのこだわりは」

若干《じゃっかん》、呆れた様に言う女暗殺者。

ジンはしばらく黒眼《くろめ》を細めて彼女を睨《にら》んでいたが――

「悪いがモーガン・パウザは俺《おれ》が片《かた》づけた。貴様は出遅《でおく》れだ」

黒い剣の切っ先を彼女の顎《あご》に食い込ませながら囁《ささや》く様に言った。

「外の警士がいつしびれを切らして突入してくるか分からない。ここでのんびりと話をしている余裕《よゆう》は無いと思うがな。……ふむ。後腐《あとくさ》れが無い様に今、殺しておくか」

「ちょっ……まっ、待って、待って!?」

女魔術師《おんなまじゅつし》が悲鳴じみた声を上げた――その時。

「……ジン……様っ………」

何やらひどく上ずった声が二人の会話に割り込んできた。

リネットである。

彼女はジン達《たち》から少し離《はな》れた壁際《かべぎわ》で、腰を抜かしたかの様に座り込んでいる。

そのうつむき加減の白い顔に……激しく動揺しているのか、幾つもの表情が現れては消えるのが見えた。次から次へと湧《わ》いてくる感情を御《ぎょ》しきれていない、といった風に見えるが――

「私の事、要るって……俺のものだって言ってくれた……言ってくれた……のに……！　どうして……死んで……ジン様っ……」

俯《うつむ》いて、震《ふる》えながら――何かを堪《こら》えるかの様に粗末《そまつ》な貫頭衣《かんとうい》の胸元を握りしめているリネット。

「……………」

一瞬、共に眉を顰めながらジンと女暗殺者は顔を見合わせた。

「あの子、貴方《あなた》が死んだんだと思ってない？」

位置的に、ジンが剣を掲《かか》げているのも、女暗殺者がジンに腕《うで》を掴まれているのも、リネットからは視認《しにん》出来ない。元々の素直さもあってか――彼女はジンが『殺された』と信じ切っているらしかった。

「わ、私、私、ジン様が、が、し、死ん……死んじゃったら……私を庇って……でも……どうやって……どうやってこれから……生きていけば……どうして……どうして……私なんか……」

ぽろぽろと、まるでうわ言の様に、断片的《だんぺんてき》な言葉をこぼすリネット。

何かの発作《ほっさ》でも起こしているのか……彼女の震えは次第《しだい》に大きくなっていく。しかも彼女は自分の中で勝手に膨《ふく》らんでいく何かに耐えるかの様に、大きく身を丸めて――

「あっ……ごめんなさい、だ、駄目《だめ》っ……ごめっ……あっ……」

既《すで》に言葉にもならない声を漏らす彼女の傍《かたわ》らで、ぱちん、と音を立てて火花が一つ、散った。

「――え？」

「なんだ？」

ジンと女暗殺者が揃《そろ》って声を上げる。

火花は一つでは済まなかった。幾つも幾つも、リネットの周囲で咲《さ》いては消える。まるで雨の日の湖面に生じる小さな波紋《はもん》の様に、次から次へと――

「なに？　何なのこの娘？　まさか魔力《まりょく》の――暴走!?」

女暗殺者は悲鳴じみた声でそう言った。

「有り得ない、有り得ないでしょこれ!?」

「彼女は魔術が使えないと聞いていたが……魔力を欠いているとか、魔力を外に出せないとかではなく、制御《せいぎょ》が出来ないという意味だった訳か？」

「そんな冷静に――ちょっと、なんだか増えてない!?」

女暗殺者の言葉通り、火花は更《さら》にその数を増やし、薄闇の中に乱れ咲く――これは未だ前兆に過ぎないのだ、とでも言うかの様に。

「――――!」

身構えるジンと女暗殺者。

次の瞬間――びくんと一際《ひときわ》大きくリネットが身を震わせると同時に、猛烈《もうれつ》な爆炎《ばくえん》の緋色《ひいろ》が辺りを埋《う》め尽《つ》くしていた。

●

「どういう事だ⁉」

「なんて事を……!」

「鎮火《ちんか》の魔術を――急げ⁉」

藍色《あいいろ》の制服を着た数十人の警士達が――慌《あわ》ただしく声を掛け合いながら屋敷《やしき》の周囲を駆け回っている。

彼等の狼狽振《ろうばいぶ》りは、傍目《はため》から見れば滑稽《こっけい》な程《ほど》だったが……まさか包囲していたモーガン・パウザの屋敷が、いきなり火を噴《ふ》くとは、誰《だれ》も想像していなかったのだろう。

まるで屋敷の中で、野外で扱《あつか》う様な大規模軍用魔術を――爆轟系《ばくごうけい》の魔術を、それも複数回使用したかの様に、一階の窓の多くが鎧戸ごと吹《ふ》っ飛んで、そこから炎と煙がこぼれ出たのである。

警士達はどうも『追い詰《つ》められたモーガン・パウザが、手下達と共に自殺を図《はか》った』と考えている様だった。

「………」

パウザ邸の裏手から少し離れた丘《おか》の上に在る――雑木林。

ジンとリネットは、そこで燃えるパウザ邸を眺《なが》めていた。

最初の爆発《ばくはつ》で窓と鎧戸が吹き飛んだ直後――咄嗟にジンがリネットを抱《かか》えて飛び出したのである。

炎と爆発の閃光、それに続く黒々とした煙が程良《ほどよ》い目《め》眩《くら》ましになってくれた為《ため》、少女一人という大荷物を抱えた状態でも、ジンは警士達の包囲の隙を縫《ぬ》って脱出《だっしゅつ》する事が出来た訳だが――

「……リネット」

尚も屋敷の周囲で右往左往している警士達を眺めながら、ジンはふと思い出した様に言った。

「一つ訊《き》くが。前にもああいう事が在ったのか？」

リネットはしばらく躊躇《ためら》っていた様だったが——隠しても仕方ないと思ったのか、素直に頷いた。

「……………………えっと、はい」

「お前が奴隷《どれい》として売られた先から返品された理由というのは……」

要するに『無能』どころか、身近に置いておくだけでも危険な奴隷だったという事だ。

元々魔力の暴走などというものは——しかも魔導機杖も無い状態で魔力が事象転換《てんかん》するなどという事は、滅多《めった》に起きない出来事だ。

だからこそ魔力が暴走した場合、何が起こるか判断し難《がた》い。今回、爆発で済んだのはむしろ幸運だったかもしれないのである。

そしてどうも魔力の暴走はリネットの感情の起伏《きふく》と連動しているらしい。つまり、うっかり彼女を驚かせたり苦しめたりしたら、いきなり軍用攻撃魔術に匹敵《ひってき》する破壊《はかい》現象を、撒《ま》き散らすかもしれない訳で。

「どうりで『返品』される訳だな……」

「あ、あの、元々火事を起こして警士さん達の注意を引くっておっしゃってましたし、その、結果を見れば、むしろお役に——」

「脱出が遅《おく》れれば、俺達《おれたち》まで焼け死ぬところだったがな」

「ううっ……」

ジンの容赦《ようしゃな》無い指摘《してき》に項垂れるリネット。

そんな彼女を眺めながら、ジンは短くため息をついた。

「むしろ今までよく生きていたな」

リネット自身が自分の魔力の暴走で——その結果生じた爆発等に巻き込まれて死んでいてもおかしくはない。

「そ……そういえばあの女の人は……」

口元に手を当てて何かを考えているジンに、リネットがおずおずと尋《たず》ねる。彼女が言っているのは女暗殺者の事だろう。

「奴《やつ》も騒《さわ》ぎに紛《まぎ》れて逃げただろう。元々、俺と同じく包囲中のパウザ邸に侵入《しんにゅう》出来る様な奴だ。窓だの扉《とびら》だのあちこちが吹っ飛んでいたし、あの爆発の直後ならむしろ脱出は容易《たやす》いだろう」

「良かったです」

「いや良くない」

一度はジンに攻撃魔術を放ってきた『敵』である。殺して後顧《こうこ》の憂《うれ》いを断《た》つにせよ、身元を調べてこれ以上、手出しをしないように釘《くぎ》を刺《さ》すにせよ……とりあえず捕《つか》まえておくべきだったのだが。

「そ、そうですか、ごめんなさい――っていうか、ジン様……」

リネットはジンに向かって祈《いの》る様に両手を胸元で合わせながら一歩踏《ふ》み出した。

「…………」

それを見たジンが一歩後ずさる。

「ジン様……？」

リネットが更に一歩前に出る。

「…………」

ジンが更に一歩後ずさる。

「…………」

リネットが――

「寄るな。危ない」

互《たが》いに五歩ばかり移動した時点でジンが言った。

「あ、危なくないですっ！　た、多分……」

「危ない奴は皆《みんな》そう言う」

「そんなっ……あのっ……ジン様、棄てないでくださいっ」

リネットはその碧《あお》く円《つぶ》らな両眼を潤《うる》ませてそう訴《うった》える。

「ジン様に棄てられたら、棄てられたら、私――」

「いいから落ち着け。泣くな。危ない」

とジンが若干、辟易《へきえき》した様に言った時――

「――若様？」

雑木林の奥から、ひょいと小柄《こがら》な人影が出てきた。

「あ、いたいた。お疲《つか》れ様《さま》ですよ」

そう言ってジンに駆け寄ってくるのは、外出用の外套を着て、眼鏡を掛けた、家政婦であった。家政婦としての自己主張なのか何なのか――野外だというのに、頭部には飾り布《フリル》付きの髪留め《ヘッドドレス》を着けたままだ。

可愛《かわい》らしい娘《むすめ》である。

亜麻色《あまいろ》の長い髪《かみ》を首の後ろで一房にまとめ、丸眼鏡を掛け、化粧《けしょう》の類も薄め。全体的に地味な上、幼い丸みを多分に残した童顔――なのだが、目鼻立ちそのものは綺麗《きれい》に整い、その容貌《ようぼう》に歪《ゆが》みや偏《かたよ》りといったものは皆無《かいむ》。何より天真爛漫《てんしんらんまん》そのものの朗《ほが》らかな笑顔が、とても愛らしい。

ジンの事を『若様』などと呼んでいるが、見た目から判断すれば恐《おそ》らく彼よりも歳下《とし》

――リネットと同様に十代だろう。

「ああ、ユリシア――」

「首尾《しゅび》は？」

と――ユリシアというらしい家政婦は、首を傾《かし》げてそう尋ねてくる。

「モーガン・パウザは討《う》った。証拠《しょうこ》も――」

「いえ。そちらではなく」

切り落とした親指が入っているであろう胸元を押さえて言うジンに、しかしユリシアは首を振《ふ》って言った。

「若様ご執心《しゅうしん》の例の件についてです。この仕事で何かミオ様の『手掛《てが》かり』などはありましたか？」

「それについてだが――」

とジンはリネットの首筋に目を向ける。

そこには未だ奴隷の首輪が付いたままだったが――それ故に、彼女の首に記された文字列が、ユリシアの位置からは見えない様だった。

ジンが首輪に手を伸《の》ばすと――

「ところで若様？　今、『棄てないで』とか聞こえましたですが」

不意にユリシアがそんな事を言ってきた。

「空耳だ」

手を止めてそう言うジン。

ユリシアはそれをどう思ったか、笑顔のまま更にこう尋ねてきた。

「で、そちらの御嬢様《おじょうさま》は一体何処《どこ》のどちら様でしょう?」

「…………」

ジンが短く溜息《ためいき》をつく。

彼は束《つか》の間《ま》、自分の中で適当な言葉を探していた様だが——

「……まあ、『戦利品』といったところか」

「『戦利品』……でございますか?」

「ああ。標的の屋敷の地下に繋がれていた、奴隷——だそうだ。モーガンの商売の『在庫品』だな」

「まあ! 若様ったら、『手掛かり』も探さずに奴隷なんて生ものを持ち帰るなんて! 犬や猫を拾うのとはわけが違《ちが》いますよ?」

びっくり、といった様子で眼鏡の奥の目を丸くしてみせるユリシア。

「お世話は若様がちゃんとしてくださいね? 下《しも》の躾《しつけ》とか」

「それこそ犬や猫じゃないんだぞ。そうではなくて」

「あ、あの！」

とリネットが声を上げたので、ジン達がそちらに目を向ける。

「わ、私、魔術が使えない『無能』ですけど、その、せめて、色々頑張《がんば》ります、あ、そう、女、女として、精一杯《せいいっぱい》、頑張ります！」

両手の拳《こぶし》を握って、リネットはそう訴えてくる。

「…………」

三人の間に妙《みょう》に重い沈黙《ちんもく》が落ちた。

「……女として、ですか？」

「は、はい、女であれば、出来る事があるって、ジン様が！」

「あらあらまあ……愛人でしたか……」

とユリシアは何処かわざとらしく目を丸くしてみせながら言った。

「待て。誤解――」

「ああ……若様もついにそんなお歳《とし》に……」

言ってからユリシアは明後日《あさって》の方向の空を見上げつつ、両手を祈る様に組み合わせた。

「御覧《ごらん》になっていますか、お空の上の先代様、先々代様、若様もついに、正妻を娶《めと》る前に愛人を囲うなどという、大胆不敵《だいたんふてき》な貴族仕草を！　大人の階段を！　そも、若様は女性に興味が無いのではないか、実は男の方が好きなのではないかと、このユリシア、随分《ずいぶん》と興奮、もとい、心配しましたが――」

「違う。聞け、こいつは――」

「何はともあれ！」

ユリシアはジンの言葉に被《かぶ》せる様にして言った。

「この場で長々と話《はな》し込んでいても得るものはありません！」

「だから俺は」

「お仕事が終われば速《すみ》やかにその場を去るのが鉄則と私も先代様から教わりました！　さあさ、向こうに馬車を待たせてありますので、とりあえず、そちらへ！」

そう言ってユリシアはすたすたと歩き出す。

「…………」

顔を見合わせるジンとリネット。

「あの……ジン様！」

リネットはやがて――何やら意を決した様子で言った。

「私の……何もかも、全てを貴方に差し上げます。私の身体も、私の精神も、一切合切《いっさいがっさい》、全て……貴方の仰《おつしや》った通りに」

実の親に先立たれ、養親にも棄《す》てられ。

奴隷として売られた先ですら『要《い》らぬ』と言われて。

未《ま》だ独り立ちも厳しい様な年齢《ねんれい》であるにも拘《かかわ》らず、この少女にはもう何処にも寄《よ》す処《が》が

――身も心も置き所が無いのだろう。

この世に自分を必要としてくれる者など誰も居ない。

どうして自分は生まれてきたのか。

誰かに望まれて生まれたのではないのか。

問うても問うても答えてくれる者は居ない。

だから――絶望と諦念《ていねん》の泥沼《どろぬま》の中で足掻《あが》いていた際、目の前にふらりと落ちてきた一本の縄にしがみつくしかない。その縄の端《はし》を誰が持っているのかなど……彼女にはどうでもいい事なのだろう。

「何でもします。何だって出来ます。魔術は無理だけど、それ以外なら……ですから、どうか、私を棄てないでください、お願いです」

リネットの碧い眼が潤む。

「棄てるくらいなら、いっそ今ここで殺――」

「だから泣くな。危ない」

そう言ってジンは革手袋《かわてぶくろ》に覆《おお》われたその指先で、リネットの白く細い首に触《ふ》れた。

地下室で見たあの文字列の部分。

「ジン様――」

驚《おどろ》いた様に眼を瞬《しばたた》かせるリネット。

彼女はジンに首筋を撫《な》でられたのだと思ったのだろう。

「言っておくが、俺には俺の思惑《おもわく》がある。棄てられていた方が――いや、殺されていた方がマシだったたと思うかもしれんぞ」

「だ、大丈夫《だいじょうぶ》です！」

自分の首に触れるジンの手に、『逃がさない』とばかりに自分の両手を掲げて重ねながらリネットは言った。

「頑張ります！　覚悟《かくご》、出来てます！」

「――覚悟があるのは、いい事だ」

表情を輝《かがや》かせるリネットに手を押さえられたまま――暗殺者〈影斬《かげきり》〉ことジン・ガランドは、暮れなずみ始めた朱《あか》い空を見上げ、もう一度溜息《ためいき》をついた。

第2章　無能令嬢と無能侯爵《こうしゃく》

ジン・ガランドの朝は早い。

「…………」

ヴァルデマル皇国の首都ヴァラポリスの西――その郊外《こうがい》、かつては皇家の狩猟場《しゅりょうば》として用いられていたという草木深い森の奥に、ガランド侯爵邸は在る。

規模としては侯爵家の名に恥《は》じない偉容《いよう》の大邸宅《だいていたく》……なのだが。

たまに何も知らない者が森の中に踏み入って――ガランド侯爵邸を目撃《もくげき》すると、ほぼ例外なく廃城《はいじょう》、もしくは幽霊屋敷《ゆうれいやしき》か何かと勘違《かんちが》いする。それだけあちこち古びて傷んで……しかし修繕《しゅうぜん》が追い付かないまま放置されているのである。

実はガランド侯爵家は没落《ぼつらく》して久しい。

この為、大きな屋敷を真っ当に維持《いじ》するだけの財力が無く……よく見れば壁《かべ》のあちこちに亀裂《きれつ》が走っていたり、外装の一部が欠けたままになっていたりする。

そんな貴族屋敷の――中庭。

「…………」

こちらも手入れが満足には行き届かず、あちらこちらに刈《か》り残《のこ》した雑草が目立つその場にジンの姿は在った。

未だ黎明《れいめい》の時間、空がようやく東の端から明るみ始めた頃《ころ》である。

ゆったりとした――しかし『仕事着』と同様、黒い衣装を身に纏《まと》い、手には何も持っていない。彼は眼を閉じ、ただ黙然《もくぜん》と立っている。

やがて――

「――ッ」

唐突《とうとつ》に瞼《まぶた》を開いてジンが動き出す。

彼は毎朝の日課である武術の『型』をなぞり始めた。

「…………ッ」

声にならない鋭《するど》い呼気と共に、彼の手が、足が、空を裂く。

その動きに派手さは無く、傍目には緩やかで簡単にさえ見えるが、実際に同じ『型』を実践《じっせん》しようとすれば、大抵《たいてい》の人間は必要とされる膂力《りょりょく》と柔軟性《じゅうなんせい》が尋常《じんじょう》でない事を知るだろう。

勿論、ジンの身体は見た目には筋骨隆々《りゅうりゅう》といった雰囲気《ふんいき》ではない。

彼が毎日の様に実践する鍛錬《たんれん》は、単純な筋力を追求している訳ではなく——必要以上の筋肉はむしろ『重し《デッドウェイト》』になりかねない——柔軟性や反射速度を含《ふく》めた総合的な身体運用において、高い水準を維持する為のものである。

「…………」

踊《おど》るかの様に、するりするりとガランド邸《てい》の中庭でジンは身体を動かしていく。同じ『型』を繰《く》り返すのではなく、まさしく舞踊《ぶよう》の様に一連の動きを繋げて身体全体を活性化させているのだ。

爪先《つまさき》から頭頂まで、捻子《ねじ》を巻くかの様に精気を行き渡《わた》らせ——

——轟音《ごうおん》。

「………!?」

つんのめる様にして動きを止めるジン。

彼は怪訝《けげん》の表情を浮《う》かべて背後を振り返った。

ガランド邸の一角——客間が幾つか並んでいる辺り。

その窓の一つから、今、黒煙《こくえん》が噴き上がるのが見えた。窓硝子《まどガラス》は窓枠《まどわく》ごと吹っ飛んでおり、千切れた窓布《カーテン》がひらひらと宙を舞《ま》っているのも確認《かくにん》できる。

「リネット……？」

ジンは鍛錬を中断し、件《くだん》の部屋に向けて足早に歩き出した。

●

外から見ただけでもおおよその想像はついていたが。

「…………」

リネットに宛《あ》てがった客間は、惨憺《さんたん》たる在り様に成り果てていた。

前述の通り、窓は枠《わく》から吹き飛んでしまっている。

加えて壁紙《かべがみ》も絨毯《じゅうたん》もあちこち焦《こ》げ跡《あと》がついており、家具は残らずひっくり返り、寝台《しんだい》に至っては……天幕部分は千切れ飛んで天井《てんじょう》にめり込《こ》み、足も二本折れて大きく横に傾《かたむ》いている。

まるで室内で爆轟系の軍用攻撃魔術が炸裂《さくれつ》したかの様だ。

しかも呆れた事に――

「あ……あの、ジン……様？」

部屋の真ん中、床《ゆか》の上に座《すわ》ってジンを上目遣《うわめづか》いに見つめてくる当のリネットはというと、どういう理屈《りくつ》なのか、傷一つ負っていない。

「お前の『悪い癖《くせ》』については理解していた積もりだが……これは」

「ごめんなさい、ごめんなさい、ごめんなさい！」

言って何度も頭を下げるリネット。

「お前の『暴走』は感情が昂《たか》ぶった時だけではないのか？」

「あ、いえ、それは、そうなんです、けど」

連続土下座を中断し、若干、決まり悪そうにジンから目を逸《そ》らすリネット。彼女はしばらく床の上に座って、もじもじと恥ずかしげに身を捩《よじ》っていたが――

「その、怖《こわ》いっていうか、嫌《いや》なっていうか……昔の、夢を、ですね」

「……昔の夢？」

ジンは半眼でリネットを見下ろしていたが――

「お漏らしする子供か。いや、子供だが」

「ち、違っ、十六にもなって、そ、そんな事しません!!」

両手をわたわたと振りながらリネットはそう訴えてくるが……ジンは顔をしかめたまま溜息をついた。

そこに――

「――若様？」

ひょいと部屋の入り口から――扉も吹き飛んで、廊下《ろうか》の壁に刺さっている――顔を覗《のぞ》かせるのはユリシアである。

「これは一体……？」

「昨日説明しただろう。魔力の『暴走』だ」

「ははぁ……これが」

と驚くでも怯《おび》えるでもなく、むしろ興味深げに部屋の惨状《さんじょう》を見回すユリシア。

「なんという事でしょう。あちこち黒焦《くろこ》げです」

「ごめんなさいごめんなさい」

とひたすら平伏《へいふく》するリネット。

「ほら、若様のお召《め》し物《もの》まで、こんなに痛々しい感じに真っ黒！」

「それは元からだ。ほっとけ」

服を指さしてくるユリシアにジンが呻《うめ》く様な声でそう応じる。

「……まあそれはともかく軽く片付けますか」

彼女はとことこと部屋の中に入ってくると、家政婦服の背中から携帯《けいたい》用の小型魔導機杖《ハンドガンド》を引き抜いて、筒状《つつじょう》の式符選択器《スペルセレクタ》を操作。

「ク・ウ・ラン・ル・ル・デン・モン」

呪文詠唱《じゆもんえいしよう》の後にユリシアは魔導機杖《ガンド》を床に向けてこう加えた。

「顕《あらわ》れよ・〈伏風《フセカゼ》〉」

途端《とたん》、床を這《は》う様に――舐《な》める様に吹いた風が、細かな瓦礫《がれき》や破片《はへん》や埃《ほこり》を壁際に押《お》しやっていく。とりあえず部屋の床に関しては、箒《ほうき》で掃《は》いたかの様に多少綺麗になったが……

「これでまた修繕費《しゆうぜんひ》がかさみますですね」

と半壊《はんかい》した寝台を見つつユリシアは言う。

「言うな、頭が痛い。それより――ユリシア、お前はこれをどう見る？」

「理論上、魔力《まりよく》の暴走による事象転換現象は、いくつかの条件が揃えば有り得る現象です」

きらり――と眼鏡の鏡面《レンズ》を光らせてユリシアは言った。

「『人体発火《スポンティニアス・コンバッション》』はその最たるものと言われていますね。元々は自然発生のそうした現象を、人為的《じんいてき》に再現したのが魔術《まじゆつ》である訳ですが……」

「逆に言えば、そうそう頻繁《ひんぱん》に起きるものでもない筈《はず》だな？」

「はい。あくまで条件が揃えば、という前提ですので」

考えをまとめる時の癖で――右手の人差し指を一本立てて、空中でくるくると回して円を描《えが》きながらユリシアは続ける。

「魔力は仮想的な力、精神的な力ですから、確かに持ち主の感情に影響《えいきよう》を受けますが……

魔導機杖が手元に無い状態ですと、事象転換される程に魔力が『加圧』される事がありません。普通《ふつう》なら」

「そうだな」

「――若様。リネットも魔術が使えないのでしたね」

魔術とはつまり――魔力を自分の思う方向に制御して事象転換する為の技術である。リネットは有り余る魔力を備え、それが暴走して様々な現象を引き起こしてしまう訳だが、それは制御されたものではない。

リネットの引き起こすそれは魔『術』ではない。

それどころか――彼女《かのじょ》は魔導機杖を用いても己《おのれ》の魔力を制御出来ないらしい。

「……これは仮説ですが、彼女が魔術を使えないのは、恐らく生来、魔力を『感じる』感覚が極《きわ》めて薄《うす》い、もしくは無いからです」

ユリシアは更にくるくると人差し指を忙《せわ》しなく回しながら言った。

「――感覚？」

「魔力という自分の中にあるモノを、『観《み》る』事が出来ないので、意識の手で掴《つか》んでそれを外に持ち出す事が出来ない」

眼が見えない者に、絵を描かせるのは極めて困難だ。

耳が聞こえない者に、音楽を演奏させるのも難しい。

絵筆を与《あた》えても、楽器を与えても、そもそも眼の見えない者、耳の聞こえない者はそれをどう扱えば良いのか分からない。

試行錯誤《しこうさくご》して使い方を覚えるという事が出来ない。

「その一方で、彼女の魔力は感情変化に従って勝手に『加圧』され、限界を超《こ》えると、現実事象に転換する。それも頻繁に。魔導機器の補助も無しに。しかも相当な魔力量の様です」

「収束も増幅《ぞうふく》もしてない、垂れ流しの状態でコレだからな」

とジンはあちこち焼け焦げた部屋の壁を指して言った。

「えっと、あの、ジン様、わ、私頑張って修繕しますから！」

とリネットは慌てた様子で言うが、ジンは首を横に振った。

「破れた服を繕《つくろ》うのとは訳が違うぞ。それともお前は家屋修繕の技能でも持ち合わせているのか？」

「いえ、さすがに、それは……」

と申し訳無さそうに身を縮こめるリネット。

「つまり……どうにかして魔力に方向性を与えてやればリネットは魔術が使える事になり

ませんか？　しかも適度に魔術を使えば『圧抜き《あつぬ》』になりますから、『暴走』——いえ『暴発』も減る筈です」

とユリシアは言った。

「いや。だから魔導機杖が使えないのにどうやって？」

「『観えて』いなくても魔力は確かにそこにある」

ユリシアはひょいと指先をリネットに向ける。

「ならば定型化した手順さえ覚えればいい。魔導機杖の無かった時代には結印やら何やらで方向性を与えていた訳でしょう？」

行動による意思表示。思考を反映する動作によって因果を繋《つな》ぐ。

それは確かに魔術の根本原理である訳だが——

「——それはつまり」

「はいです」

とユリシアは何やら得意げな表情で頷《うなず》いた。

「可能でしょう？　若様にならば——他の誰でもなく若様にならば」

「…………」

ジンは束の間、眉《まゆ》を顰《ひそ》めて黙《だま》り込んでいたが——

「……なるほど。その手が在ったか」

「まあそれはそれとして」

ユリシアは腰《こし》に手を当てて部屋の中を見回す。

「さしあたって今晩はどうするかですが」

「この調子で一晩に一つ部屋を潰《つぶ》されたら、十日後には俺達の住む部屋も無くなりかねんな……」

「そうなのです。ですから若様」

ユリシアはジンに人差し指を突《つ》き付けて笑顔《えがお》で言った。

「今晩からリネットと一緒《いっしょ》に寝《ね》てください」

「ふひぇっ!?」

と床の上のリネットが悲鳴とも何ともつかない声を上げる。

対して――ジンは無表情ながらも何度か瞬きを繰り返して。

「……それは就寝《しゅうしん》時間を同じに」

「違います。同じ部屋で、同じ寝台で、寝て貰《もら》いますです」

「…………」

ジンは口元を押さえながら、何かを探すかの様に右を見て、左を見て――あちこち黒焦げになったり壊《こわ》れたりした部屋の様子から、何かと不遜《ふそん》な言動の多いガランド家の家政婦へと視線を戻《もど》した。

「ユリシア。そんなに俺《おれ》が憎《にく》いのか」

「違いますです」

「そんなに俺の服の趣味《しゅみ》が嫌《きら》いか」

「確かに黒ずくめは何かと悪趣味だと思いますが違いますです」

「先月の給料の支払《しはら》いが未《ま》だだからか」

「お給金の支払いが滞《とどこお》りがちなのは確かに不満ですが、だからといって、なんでそういう結論になるですか」

「リネットと一緒に寝て、彼女の『お漏《も》らしに』焼かれろと？」

「あ、あの、お漏らしじゃない……です……」

「だから違いますです。照れちゃってもう」

とユリシアはまるで弟に接する姉の様に——先程《さきほど》からくるくる回していた指先でジンの鼻の頭を突っついた。

「おわかりでしょう？　若様にしか——ガランド家の、〈異界の勇者〉の血統に連なる御《お》方《かた》にしか出来ない事です。案外、リネットが若様の所に来たのは、運命だったのかもしれませんですよ？」

「…………」

言葉に詰まるジン。

対して──

「あ、あの、ジン様──」

と床の上ではリネットが──恐らく何か勘違いをして、顔を真っ赤にしながら畏《かしこ》まっていた。

「か、覚悟は出来てます！　大丈夫です！」

「せんでいい」

「よろしくお願いします！」

「よろしくもしない」

「そんな……じゃあ私、棄てられるんですか!?」

と腰を浮かしながら涙目《なみだめ》でそんな事を言い出すリネット。

「お願いです、棄てないで、棄てないでください！　私──」

「これは……思った以上に面倒臭《めんどうくさ》いな」

右手で彼女の頭を押さえて再び床に座らせながら──ジンは頭痛を堪《た》えるかの様に左の

掌《てのひら》を己の額に当てた。

●

結局——客間そのものには手を付けず、爆発《ばくはつ》の衝撃《しょうげき》で物が落ちたり壊れたりした周辺を、ただ片付けただけで昼になった。

そして全員が未だ朝食を摂《と》っていない事に気がついたのは、王都中央の時《と》計塔《けいとう》から正午を告げる鐘《かね》の音《ね》が届いた、その時の事である。

「——若様」

厨房《ちゅうぼう》に入って食材を見繕《みつくろ》っていたジンに、後から入って来たユリシアが声を掛《か》けてくる。

「なんだ——ああ、そこの野菜に触れるなよ。腐《くさ》る」

「若様は私を何だと思っているですか」

ぷっと妙に幼い仕草で頬《ほお》を膨《ふく》らませてそう言うユリシア。

実を言えば、ガランド侯爵家の食事については——その一切《いっさい》を、ユリシアではなくジンが取り仕切っている。普段《ふだん》、ユリシアは厨房に足を踏み入れる事すら滅多《めった》に無い。ジンが嫌がるからだ。

これは彼《かれ》が料理にこだわりがあるから……ではない。

ユリシアが壊滅的《かいめつてき》に料理が下手だからである。ジンはかつて食べたユリシアの『手料理』を今でもたまに夢に見て、うなされる事さえある程《ほど》だ。

「今朝のごたごたで忘れておりましたですが……一つご報告を。昨日の晩、リネットを沐《もく》浴《よく》させた際に気付いたですが」

リネットはガランド邸に連れて来られた際、まず最初にユリシアによって、問答無用で風呂場《ふろば》に連れていかれた。何日も地下牢《ちかろう》に繋がれていて、沐浴もしていなかったらしいと分かったからだ。

「彼女、『何か』されてますです」

「……何か、とは？」

「腕《うで》に薬物を頻繁に注射した痕跡《こんせき》、もしくは点滴《てんてき》の痕跡」

指を折って数えながらユリシアは言った。

「更《さら》に首の後ろに……若様のおっしゃっていた刺青《いれずみ》とは別に、髪の生え際《ぎわ》あたりに、切開手術の痕跡も。恐らくは延髄《えんずい》辺りに何らかの処置をしたものかと」

「…………」

「髪を洗っていて気がつきましたが、頭部にも手術痕らしきものが」

「……それは何年も昔のものではなく？」

「髪を剃《そ》って確認した訳ではありませんし、何より私は医術者ではありませんから、断言はしにくいですが……恐らくは」

「………奴《ど》隷《れい》として売られた先で……という事か」

注射の痕跡、点滴の痕跡については未だ分かる。

モーガン・パウザ達《たち》と、その商売相手は、リネットの『悪癖《あくへき》』を抑《おさ》え込む為《ため》に意識を朦《もう》朧《ろう》とさせる様な何かを定期投与《とうよ》していた可能性が高い。そしてその手の薬物を投与されると、自主的に食事を摂る事も出来ないだろうから、急速に衰弱《すいじゃく》する。これを補う為に栄養成分を点滴していたとすると、辻褄《つじつま》はとりあえず合うが――

「……一体、誰《だれ》に売られたんだ？」

リネットの記憶《きおく》が曖昧《あいまい》なのは彼女の『悪癖』を抑える為ではなく、何らかの秘密を守る為だったとしたら。

ユリシアは手術痕と言ったが……それは一体何の為に？

何かされた結果としてリネットは魔術が使えなくなったのか。

いや。恐らくそれは無い。リネットが『無能』と判明したのは奴隷に売られる前の筈だ。

「待て。そもそもリネットが魔術が使えないという事を、モーガン・パウザは知っていたのか？」

「……知っていた可能性が高いでしょうね」

リネットの養親から直接買い取ったのなら、わざわざ娘を売りに出す理由くらいは聞いていても不思議は無い。

ならばそれはモーガン・パウザからリネットを買い取った何者かも知っていた可能性が高い。それどころかむしろ『そういう人間』を探して買い求めたとも考えられる——が。

では一体、それは何の為に？

「彼女を買ったのが何者なのかは分かりませんですが、何らかの実験に供されていたのではと」

ユリシアはそう言って、家政婦服の前掛《まえか》けの下から、一枚の紙片《しへん》を取り出した。

「若様が気にされていた首筋の刺青——文字列ですが。確かに若様のご賢察《けんさつ》通り、スカラザルン帝国《ていこく》の文字で、しかもそこに『ミオ・ガランド』の名前が在りました」

「…………」

ジンがリネットに最初、『名前はミオか？』と問うたのはつまりその文字列を見たからだ。

スカラザルン帝国の文字をジンは読み書き出来ないが、かの帝国の公用文字は表音文字なので、単語を知らなくとも、『音として』大雑把《おおざっぱ》に読み上げる事は出来る。

そしてそこに『ミオ・ガランド』の名があれば、当然、気が付く。ジンがリネットに興味を持ち、彼女を連れ帰ってきたのは、つまりそれが理由だった。

(しかし、なぜ、姉上の名を、スカラザルンの文字で……?)

ミオ・ガランド。

十年前に突如《とつじょ》として行方《ゆくえ》不明になったジンの実の姉。

ジンが暗殺者をしているのは、単に『魔術殺し』の特性が在るからという事も在るが……裏の世界に身を置いていると、誘拐《ゆうかい》、人身売買といった事に関する情報も手に入れやすいからである。

ミオが自分から失踪《しっそう》したのではないのなら、何者かにさらわれた可能性が高い――

「他の部分の解読に時間がかかった事も、ご報告が遅《おく》れた理由の一つですが。どうにも専門用語や特殊《とくしゅ》な略号、記号が多くて」

とユリシアは言いながら――ジンに歩み寄ると、その白い華奢《きゃしゃ》な手をそっと彼の胸に当ててくる。非常に器用で敏感《びんかん》なその指先は、早鐘《はやがね》を打つかの様に暴れ始めたジンの心臓の鼓動《こどう》を感じ取っているだろう。

「ここから先は多分に推測……いえ邪推《じゃすい》なのですが」

「構わん。言ってくれ」

「前後の記述から察するに、ミオ様のお名前は、個人の名というより……何かの記号、略号として彫《ほ》り込まれていた様に思えます」

「記号？　略号？　姉上の名がか？」

「例えば……『ミオ・ガランド計画』とか」

「…………!?」

「スカラザルン出身の、賢者《けんじゃ》の主導で……ミオ様をある種の『実験用参考資料《サンプル》』として用い、行われた、何らかの実験計画が在り……その成果を、リネットの上に再現しようとしたのではないかと」

ジンとユリシアの間に重い沈黙が横たわる。

しばし二人は凍《こお》り付いたかの様にその場に立ち尽《つ》くしていたが――

「……それが、事実、だとして」

ジンは呻く様な声で言葉を繋ぐ。

「では何故《なぜ》……その賢者は、今更《いまさら》、リネットを『返品』した？　大事な実験の成果ではないのか？」

「実験は失敗した――とか」

「だから失敗作として彼女は――」

とジンが言ったその刹那《せつな》。

「あっ――ジン様、ユリシアさん」

話題の主、リネット本人の声が響《ひび》き――ジンとユリシアは弾《はじ》かれた様にそれぞれ一歩後ずさって距離《きょり》をとった。

「…………?」

不思議そうに首を傾《かし》げるリネット。束《つか》の間《ま》、彼女は入り口から中を覗き込んでいたが――

「あ、あの！　わ、私――お料理ならお手伝い出来る事があるかも」

厨房に足を踏《ふ》み入れながら、とリネットは言った。

「私、お料理出来ます！　あ、勿論《もちろん》、本職の料理人さん程ではないですけど、その、前の家……ホーグ家では、その、『無能』に食べさせるご飯は無いって言われて……よくご飯抜きになってて」

「…………」

「……でも食材の管理は結構いい加減っていうか……自分で作って食べる分にはあんまり咎《とが》められたりしませんでしたから、お腹《なか》がすいたら、夜中にこっそり……」

そう言って首を竦《すく》めるリネット。

本人はあまり自覚が無いらしいというか、自分の『有用性』を訴《うった》える事にばかり気が向いている様だが……ジン達の側からすれば、聞いているだけで痛々しさが半端《はんぱ》ない昔話であった。

「普通の厨房は、魔導機関《マギエンジン》の調理器具が多くて、私にはどうにも出来ませんけど……ここ、火打ち石とか浄水瓶《じょうすいびん》も在るみたいですし……旧《ふる》いお屋敷《やしき》だからでしょうか？」

「………………」

顔を見合わせるジンとユリシア。

確かにガランド邸の厨房は――元が随分と旧い、魔導機杖が一般《いっぱん》に広まる以前の建物である事もあって、魔術を前提にした設計がされていない。そして魔術を調理に取り入れる前提での改装もされていない。

リネットが言う通り――此処《ここ》に在る火打ち石や、砂利《じゃり》と木炭と濾《こ》し布を幾層《いくそう》も敷《し》き詰《つ》めた浄水瓶は、いずれも魔術無しで利用出来る。

「ああ。それは若様が――」

「なるほど」

何か言いかけたユリシアを――強引《ごういん》に遮《さえぎ》ってジンが言った。

「それは助かる。ユリシアは料理がてんで駄目《だめ》でな」

言って手元でくるりと包丁を半回転させると、柄《え》をリネットの方に差し出すジン。

「――！　がんばります！」

ぱっと表情を輝かせながらリネットはそれを受け取った。

「そこに出ている鶏《にわとり》の胸肉と籠《かご》の中の野菜は好きに使っていい。香辛料《こうしんりょう》と調味料はここだ。乾物《かんぶつ》の類は奥《おく》の棚《たな》の白い瓶《びん》に入っている」

「あ。凄《すご》い――これ全部使ってもいいんですか？」

「好きにしろ」

何やら妙《みょう》にはしゃいでいるリネットを見ながら、ジンはそう言った。

●

驚いた事に……リネットの料理は悪くないものだった。

恐《おそ》らくジンよりも料理の腕は上だろう。

素材の味を活《い》かした素朴《そぼく》な味付けだが、調味料や香辛料を多用して大雑把な味付けになりがちな男の料理に比べると、非常に細やかだ。

「……美味《うま》い」

昼食に出てきた鶏肉《とりにく》の香草焼きを一口食べてジンはそう評した。

「これは……粒《つぶ》の酢辛子《マスタード》と蜂蜜《はちみつ》を混ぜて作ったのか……あと白葡萄酒《しろぶどうしゅ》？」

「はい、あと醤油《ソイソース》とか岩塩とかも使ってます」

褒《ほ》められたのが嬉《うれ》しいのか、満面の笑みでリネットはそう言った。

「どれもよく保《も》ちますから、便利で。お肉を焼いて、後から和《あ》えるだけなんで手早く出来ますし」

「同じ創意工夫《そういくふう》でもユリシアとはえらい違《ちが》いだな」

ユリシアの場合は必要以上に『創意工夫』を忘れないというか——なんでもかんでも魔術で原形が残らない程に『加工』してしまう上、思い付きでろくに味見もしないまま、毎回、違う味付けを『試《ため》して』くるのだ。料理というより錬金術《れんきんじゅつ》の実験である。

「調理に魔術を使わないので素材の味が生きているとかでしょうか」

「…………」

しれっとそんな事を言うユリシアを半眼で一瞥《いちべつ》してから、ジンは皿の上に盛られた料理に視線を戻す。

「とはいえ盛り付けはもう少し勉強の余地があるな」

焼いた鶏肉、刻んで塩を振《ふ》った野菜を、ただ載《の》せただけの皿に、雑な感じで調味液《ソース》が掛けられている状態だ。雑というか何というか、御世辞《おせじ》にも美しいとは言い難《がた》い。

「えっ……あっ……ご、ごめんなさい、その、私――ちゃんとしたお皿で食べた事があんまりなくて……」

とリネットは頬を赤らめて目を伏《ふ》せる。

「まあいい。冷めない内にお前も食べろ」

話がまた仄暗《ほのぐら》い方に行きそうになったのでジンはそう言って遮り、リネットの焼いた鶏肉を口に運ぶ。

「えっと、いいんです？　私が一緒に――」

とリネットが躊躇《ちゅうちょ》したのは、元々自分が養親と一緒に食事を摂った経験《けいけん》が少ない事に加えて――常識として、貴族の屋敷では、使用人が主人と同じ卓《たく》で食事を摂る事はまず無いから、だったのだろう。

「うちは人が少ないからな」

ジンは――自分と同じ食卓について、何の遠慮《えんりょ》も無く、ぱくぱくと結構な勢いでリネットの料理を平らげているユリシアを見て言った。

「家政婦だってあの通りだ」

「ほへはははひへっほひひょうひはふははへふへふふぉ」

「人語を喋《しゃべ》れ」

「――んがんぐ。これからはリネットに料理番を任せるですよ」

口の中のものを強引に呑《の》み込んでユリシアがそう言い直す。

「……いいんですか？」

「いいも何も。三食全て俺が用意するよりは色々な意味で良いだろう」

ジンも自炊《じすい》が長いとはいえ、別に料理が得意という訳でもない。

盛り付けが雑だとはいえ、美味い食事を作れる者に料理番を任せる事に異論がある筈もなかった。

「確認していなかったが――読み書きは出来るな？」

「え？　あ、はい、それは」

「調味料棚の隣《となり》に何冊か料理の本がある。盛り付けだの手間《てま》の掛かる料理だのはそっちのを見て覚えてくれ」

「あ……ありがとうございます！」

そう言ってリネットは頭を下げる。

「こ、これで私、棄《す》てられたりは――」

「元々その積もりは無い」

とジンは鶏肉を頬張《ほおば》りながら言った。

「いいから食べろ。冷めた方が美味いというなら別だが」

「はい！」

「ところで私は晩御飯《ばんごはん》は卵料理を所望《しょもう》するですよ」

きらりと眼鏡を輝《かがや》かせてそんな事を言い出すユリシア。

「晩飯の話は昼飯が終わってからにしろ」

溜息《ためいき》をついてジンはそう言った。

●

ジンは自分の寝室《しんしつ》の隣に設けられた衣装小部屋《クローゼット》に足を踏み入れた。

元々ガランド侯爵邸《こうしゃくてい》には、貴族の屋敷らしくやたらに大きな衣装部屋が別に在って……たまに公式行事だの式典だのに呼ばれた際に着ていく礼服などは、そちらに全て収納されている。

もっともジンはその手の場に出るのを面倒《めんどう》くさがる上に、没落《ぼつらく》貴族をわざわざ呼び出そうとする酔狂《すいきょう》な者も少ないので、殆ど全ての衣装が埃をかぶっていたりするが。

「…………」

つまり、ジンの寝室横の衣装小部屋は、頻繁に着る『普段着《ふだんぎ》』や『仕事着』がつるしてあるのだが――

「――わぁ！」

ジンが手近なところにある普段着に手を掛けたその時、背後でひどく素直《すなお》な驚《おどろ》きの声が上がった。

言うまでもなくリネットである。

「…………」

「すごい、本当に全部、黒い服ばっかりですね」

ジンが顔をしかめているのに気が付いていないのだろう――リネットは衣装小部屋に入ってきて、ずらりと、端《はし》から端まで並んだ黒服を珍《めずら》しそうに眺《なが》めている。

普段着から外出着までが呆《あき》れる程に黒ばかりである。

というより黒以外の服が、無い。

「あ、これ、お仕事の時に着ておられた外套《がいとう》ですよね。あ、同じやつが――すごい、四着も？」

「ああ、それは予備と、予備が破れたり汚《よご》れたりした時のものと、それから保存用と、新調する際に仕立て屋に貸し出す参考品……」

と――言いかけて。

「……何をしに来た？」

と肩越《かたご》しにリネットを振り返って問うジン。

「え？　あっ――ご、ごめんなさい、えっと、あの、お洗濯《せんたく》出来るものがあれば、私やりますから……」

「洗濯？」

「はい、その、部屋の片付けで汚れたりとかしましたよね……？　魔導機関の洗濯機は私使えませんけど、手洗いならできますから……」

「絹の下着という訳でもあるまいし。普段着や外出着なら洗濯機でも十分だろう。手洗いが必要な服なんぞ、ここにはないぞ」

しかも市販《しはん》の品をユリシアが趣味で改造しているので、必要以上に――というか無意味にガランド邸《てい》の洗濯機は強力である。超高速振動《ちようこうそくしんどう》で、油汚れから血糊《ちのり》まで、服を放《ほう》り込《こ》んで作動させるだけで瞬《また》く間に落としてくれる。

「その……何か、お役に立ちたくて……」

と――リネットは目を伏せてそんな事を言う。

「昼食を作っただろう」

「あ、でも、その、他に何かないかなって……」

「ユリシアに言われたのか？」

「いえ、その、私が、えっと、ですから、ジン様のお役に立ちたいっていうか……」

そう訴えてくるリネットの表情には、何処《どこ》か、必死の色が在る。

一瞬《いっしゅん》、ジンは部屋を壊した事の罪滅《つみほろ》ぼしかとも思ったが――

（いや……違うか）

リネットは自分が『役立つ』存在であるとジンに主張したい――いや自分自身で思い込みたいのだろう。

魔術が使えない『無能』である事を理由に、親に売られた身、そして奴隷としても役に立たないと返品されてしまった身……その上、ジンにまで見限られたくはないという事か。

だから黙って部屋でじっとしている事が出来ないのだ。自分に出来る事はなんでもしてみせたいのだ。

これも出来ます、あれも出来ます、だから棄てないで――と。

そんなリネットの姿を『健気《けなげ》』とみるか『哀《あわ》れ』とみるかは人それぞれだろうが――

「あの、ジン様、試しにこの外套を洗濯させてもら――ひゃっ⁉」

リネットはジンの黒い外套の一着を、下ろそうとして、しかし次の瞬間《しゅんかん》、姿勢を崩《くず》していた。恐らく想像していたものの倍以上の重さがあったからだろう。

ジンの外套は裏地に鋼糸と鋼片を密に編《あ》み込んである防刃《ぼうじん》仕様なので、見た目よりも遥《はる》かに重いのである。基本的に暗殺者であるジンが『仕事』で斬《き》り合う様な事はまず無いが、万が一という事も在る。

「…………」

よろめいたリネットを抱《だ》き留《と》めるジン。

「あ、す、すみません――」

「試しにというのなら、外套よりもこっちの肌着《はだぎ》の方がいいだろう」

と言ってジンはリネットを立たせると、外套を再び壁《かべ》の金具に戻し、奥の棚から肌着を二着ばかり引っ張り出す。

「く……黒いですね」

「いい感じに黒いだろう」

「……えっと……はい」

なぜか、かくかくとぎこちなく頷くリネット。

「あの……ジン様？」

「なんだ」

「黒い服を着ないと調子を崩されるとか……そういうご病気……とか？」

「そんな病気が在ってたまるか」

　とジンは眉をひそめて言った。

「……暗殺者は暗がりに潜《ひそ》むものだからな。闇夜《やみよ》に乗じて背後から一突《ひとつ》き。そういう場合には黒い服の方が目立たなくて良いという、極めて合理的な理屈《りくつ》だ」

　若干《じゃっかん》、早口になりながらそう説明するジン。

「更に言えば多少の汚れも目立たないし、一括《いっかつ》で布地を購入《こうにゅう》して仕立てれば安上がりだ。陽の光をよく吸収して冬場は保温性もある」

「闇夜に乗じるお仕事なのでは……それに夏場は大変……」

「…………」

「ああっ――ご、ごめんなさい、ごめんなさい、あの、出過ぎた事をっていうか、その、あの、す、棄てないで――」

　ジンがわずかながらも、不機嫌《ふきげん》そうに目を細めたのに気が付いたのか、慌《あわ》てて頭を下げながら、ジンの胸にすがりつくリネット。

「何故、謝《あやま》る」

「え、いえ、あの」

「……とにかく俺は黒い服が気に入っているんだ」

ジンはそう言って、必死の態《てい》でしがみついてくるリネットの頭に手を置いて——撫《な》でる。

「——暗殺者は、闇《やみ》に潜む。陽の当らない場所を歩く。そういう生き物だ。そういう存在でなければいけない」

「ジン様——?」

目を瞬《しばた》かせながらリネットはジンの顔を見上げてきた。

「相手が善人だろうと悪人だろうと、人殺しが活計《たつき》の道などというのは、決して、褒められた事でも、誇《ほこ》る事でもない——まあ、それを、忘れない為、なんだろう」

自分の事でありながらジンはまるで他人事《ひとごと》の様にそう言った。

元より好きで始めた暗殺業ではない。

ジンには——というより、ガランド家に生まれた者には、他に出来る事がろくに無かったからだ。

(……姉上の行方を探《さぐ》る為にも都合がよかったからな……)

リネットの頭を撫でてやりながら、ジンはそんな事を考える。

ジンの姉のミオは……『ガランド家に生まれたからって、暗殺者にしかなれないなんて、理不尽《りふじん》だ』と言って、『それ以外』の道を探していた。

『ジンだって暗殺者になる以外の道が選べた方が、いいでしょ？』

そう言って、ミオは一人であちこちに出向いて、色々と調べて、自分達に残された可能性を探って……そしてある日、唐突《とうとつ》に消息を絶ったのだ。

当初——ジンは自分が姉に『棄てられた』のだと思った。

自分と違って、自分の可能性を探る事なんて考えもしなかった不出来な弟に呆れて、見限ったのだと。

だが……そうではないのだと、実はミオは、むしろ何者かに騙《だま》され、連れ去られた可能性が在るのだと気が付いてからは、ジンは積極的に裏の世界に関わって、姉の行方を探ったのである。

ともあれ——

「あ、あの、ジン様？」

恐る恐る、といった口調で、リネットはジンの胸に顔をうずめながら尋《たず》ねてくる。

「なんだ？」

「す……棄てません？」

「棄てない。そんな立場に俺は居ない」

そう答えながら――ジンは長い溜息をついた。

●

その日の――夜。

夕食後、ジンが屋敷の中庭で軽く身体《からだ》を動かし――武術の基礎《きそ》修練を一通りこなして、沐浴で汗《あせ》を流し、やはり黒い寝間着《ねまきが》に着替えて自分の部屋に戻ってくると。

扉《とびら》の前に枕《まくら》を抱《かか》えたリネットが立って待っていた。

「あ……あの！　ユリシアさんが、今朝、おっしゃって……」

顔を真っ赤にしているところを見ると、夜に男の寝室に出向く事がどういう意味を持つのかは、知っているらしい。

「……そうだったな」

ジンは溜息をついて扉を開き、彼女《かのじょ》の横を通り過ぎて部屋に入る。

その際に一瞬、ふわりと石鹸《せっけん》の匂《にお》いが彼女の身体から漂《ただよ》ってきたのは、沐浴の後だからだろう。ちゃんと身を清めてきたという事か。風呂場で鉢合《はちあ》わせしなかった事を思えば、ジンが中庭で鍛錬《たんれん》していた時から準備していた事になる。

「は……入っても？」

おっかなびっくりといった様子でそう尋ねるリネット。

「入らないと一緒に寝られないではないですか」

「ひょあっ⁉」

緊張《きんちょう》しているところに背後からいきなり声を掛けられたからか、リネットは素《す》っ頓狂《とんきょう》な声を上げた。

「ユリシアさん……⁉」

「ええ。ユリシアさんですよ」

ユリシアは遠慮無くすたすたとジンの部屋に歩み入ると、振り返ってリネットを手招きする。

「そんな所に立っていても仕方ないのです、入ってくるです」

「え、あの、まさか、えっと、ユリシアさんもご一緒《いっしょ》されるんですか……？」

などと益々《ますます》顔を赤らめて尋ねるリネット。この奴隷《どれい》堕ち令嬢《れいじょう》は、何かとんでもない勘違《かんちが》いをしている様だったが――

「『初めてはせめて二人っきりで恋人《こいびと》みたいにして欲《ほ》しい』『お願い、灯《あか》りを消して』――などという甘々《あまあま》な要求が通せる立場だと？」

ユリシアは肩《かた》を竦めて何処かわざとらしく首を振った。

「そ、それは……！」

「──というのは冗談《じょうだん》です」

とユリシアがあっさり前言を撤回《てっかい》したのは、背後でジンが黙《だま》って、鞘《さや》に入ったままながらも剣《けん》を振り上げたのを察したからか。

「先に言っておくが……恐らくお前は少し勘違いをしている」

ジンは剣を片手に持ったまま、寝台《しんだい》に腰《こし》を下ろして言った。

「勘違い、ですか？」

「俺《おれ》は、世間でいうところの情交をお前とする積もりは無い」

「そ、そう……なんですか？」

ジンの言葉をどう受け止めたのか──リネットはわずかに俯《うつむ》いて、枕を抱く腕に、ぎゅっと、力を込めた。

「でも私、女として役に立つって──」

無能だから棄てられた。役に立たないから見限られた。

ならば……どんな形であれ、何の目的であれ、誰かの役に立つ事が出来れば、自分は無価値な存在ではなくなる。

そんな風にリネットは思《おも》い詰めているらしい――が。

「俺の役に立ちたいというのなら、料理をしてくれるだけで充分《じゅうぶん》だ。それで足りない、気が済まないというのなら、ユリシアを手伝って掃除《そうじ》でもすればいい」

「…………」

安堵《あんど》する様な残念がる様な――幾《いく》つもの感情が交じったらしき複雑な表情を浮《う》かべるリネット。

どういう形であれ『誰かに必要とされたい』『誰かに自分という人間を求めて貰《もら》いたい』という欲求が強い彼女にしてみれば、むしろジンの言葉は期待を裏切るものであったのかもしれない。

「ユリシアが俺達《おれたち》に一緒に寝《ね》ろと言ったのは、もっと切実な問題からだ」

「……え？」

「今朝の様な事を何度も起こされてはたまらんからな」

「ご、ごめんなさい……す、棄てないで……！」

「だから棄てない。なんなんだ。お前のその『棄てられる』事へのこだわりは。実は棄ててほしいのか？」

「…………」

ぶんぶんと首を横に振るリネット。

「でも、それって私と、ジン様が一緒に寝たら……防げるんですか?」

「言葉で説明するより、その目で見た方が早い……ユリシア」

「はいはい」

ユリシアは何処か楽しげに家政婦服の腰の後ろから——前掛け《エプロン》の腰紐《こしひも》に吊《つ》った革鞘《ホルスター》から小型魔導機杖を引き抜《ぬ》いた。

「ド・ソン・ハウ・シ・カン・サ・ギ・ユワ」

淀《よど》みない呪文詠唱《じゅもんえいしょう》。そして——

「焼け・〈閃焔《せんえん》〉」

そして次の瞬間、ユリシアの放った攻撃魔術《こうげきまじゅつ》の光は、寝台に座《すわ》ったままのジンを正面から直撃した。

光は一瞬。

同時に高熱を受けて爆発的《ばくはつてき》に膨張《ぼうちょう》した空気の吼《ほ》える声が部屋を震わせ、熱風が一同の頬《ほお》に触《ふ》れる。

大型魔導機杖《ロングガンド》を用いて唱える軍用攻撃魔術に比べれば、その威力《いりょく》は控《ひか》えめだが……人間一人を充分に殺せる威力の魔術である事は、余波とも言うべき現象からも明白だった。

「⁉　ジン様⁉　ユリシアさん……⁉」

リネットは一瞬、呆然《ぼうぜん》と立ち竦み――

「――え？」

次の瞬間、彼女は何事も無かったかの様に、無傷で座るジンの姿を見る事になった。

「……モーガン・パウザの屋敷で俺があの女暗殺者と会った時、俺が攻撃魔術を喰《く》らうのは見たな？　覚えているか？」

「あっ――は、はい」

訳が分からないなりに、ここは大人しく話を聞くのが良いと理解したのだろう――かくかくとリネットは何度も頷《うなず》いた。

「実は俺は――俺も魔術が使えない」

「……え？」

リネットは目を丸くして凍り付く。

「使えないから、何らかの理由で公の場に出なければいけない時は、ユリシアに代わりに魔術を使って貰って誤魔化《ごまか》している。使えないから、厨房《ちゅうぼう》にも魔導機関は無いし、そもそも使用人が『無能』な主人を舐《な》めてかかるので、迂闊《うかつ》にユリシア以外も雇《やと》えない」

「厳密には私一人も満足に雇えてなかったりするですが」

と肩を竦めるユリシア。

「代々当主が引き籠《こ》もりで、公式行事にもあまり出たがらないので、領民の信頼《しんらい》が得られず、人手も足りないので納税も滞《とどこお》り、どんどん領地やら何やら財源が切り売りされてしまい、今では殆ど無収入という事態に……」

「………」

リネットはただただ絶句している。

無理もない。まだ歳《とし》若く世間の狭《せま》い少女は、この世に魔術が使えない様な『無能』は自分だけだとでも思っていたのだろう。

「ユリシアが今言った様に、これはガランド家代々の問題でな」

「代々の……？」

「ガランド家の祖先――初代ガランド侯《こう》は、〈大聖戦〉に参加し〈魔王《まおう》〉を討伐《とうばつ》した異界の〈勇者〉だ」

既《すで》に御伽噺《おとぎばなし》に等しい昔話。

〈魔王〉を自称《じしょう》する大魔術師が、列強皇国に対して反旗を翻《ひるがえ》した。

自分が魔導を究《きわ》める為《ため》ならば人体実験も辞さず、何千、何万人もの犠牲者《ぎせいしゃ》を出しても一切《いっさい》、悪びれる事の無かった大外道《だいげどう》。

彼《かれ》がそれらの犠牲者と引き替《か》えに手に入れた魔導の知識と経験は凄《すさ》まじく、居城そのものが巨大《きょだい》な魔導機関として彼の持つ『力』を更《さら》に何十倍、いや何百、何千、何万倍にも高めたという。

正攻法《せいこうほう》では、彼《か》の者の城の防備を突破《とっぱ》する事は出来ない。

大軍を以《もっ》てしてもその魔術の前では役に立たない――強化され増幅《ぞうふく》された大規模な範囲《はんい》攻撃魔術《こうげき》で一人残らず焼き払《はら》われるだけだ。

だからこそ当時の諸王は、突然《とつぜん》現れた一人の男に〈魔王〉討伐の全権委任を行ったのである。

当初、人々は諸王が揃《そろ》いも揃って乱心したのではと疑った。

軍でも倒《たお》せない相手を、たった一人が倒せる筈《はず》も無いのだ。なのにたった一人の、素性《すじょう》も定かではない流れ者に〈魔王〉討伐の全権委任をするなど、正気の沙汰《さた》ではない――誰《だれ》もがそう思った事だろう。

だがその男には奇妙《きみょう》な特徴《とくちょう》が在った。

「魔術……無効化……ですか？」

「そうだ。当時は魔導機杖も無かったし、魔術を――それも殺傷力のある強烈《きょうれつ》な魔術を使おうと思えば、長い呪文詠唱や煩雑《はんざつ》な儀式《ぎしき》を事前にしておく必要があった。だからこそ、それを土壇場《どたんば》で悉《ことごと》く無効化されてしまうと、〈魔王〉といえども、隙《すき》だらけにならざるを得なかった──という訳だ」

魔術が存在しない異界から来たという男。

理屈は分からず、しかし彼が触れると全ての魔術が霧散《むさん》したという。

〈魔王〉討伐の功績によりその男はヴァルデマル皇国の貴族に列せられ、ガランド侯爵《こうしゃく》と名乗ったが──

「ところがその〈魔術師殺し〉とも言うべき特徴──性質はそのまま子孫にまで受け継《つ》がれてしまった」

ジンの口元を自嘲《じちょう》めいた笑《え》みがかすめる。

「要するに俺が魔術を使えないのは、触れた端から魔術を『解体』し『無かった事』にしてしまうからだ。これは能力でも技術でもなく不随意《ふずいい》の性質だから、自分ではどうにもならない。俺にも魔力は備わっているが、普通《ふつう》の魔術を編もうとしても──魔導機杖を用いても魔術は発動しない。俺の体内から『外に出す』事が全く出来ない」

ガランド家の始祖である『異界から来た勇者』も攻撃魔術が一切効かない上に、治癒《ちゆ》や加護の魔術も効かなかった為、〈魔王〉討伐の旅ではそれなりに難儀《なんぎ》し、その教訓からガランド家では身体壮健《そうけん》が家訓になった訳だが──それはさておき。

「じゃあ、私とは……」

「同じ『魔術が使えない者』でも恐らく原因が違う。俺のこれは先祖代々の呪《のろ》いとも言うべきものだ」

勿論、長い歴史の中の何処かで、ガランド家の人間が隠《かく》し子でも作っていて、その末裔《まつえい》がリネット、という可能性も無いではないが……

「これは自然発生の魔術――要するにお前の『暴発』に対しても同じだ。これはモーガン・パウザ邸を脱出《だっしゅつ》する時に確認《かくにん》出来ている。俺と俺の傍《そば》に居たあの女暗殺者には、お前の『暴発』の破壊力《はかいりょく》は届いていなかった」

「…………じゃあ」

「そうだ。俺がお前と一緒に寝れば、お前が寝惚《ねぼ》けて魔力を『暴走』させても、破壊的な現象になる前に無効化あるいはその威力を大幅《おおはば》に減衰《げんすい》させる事が出来る」

要するにジンがリネットと一緒に寝るのは、ジンが防火布の様な役割を果たす為だ。リネットの中で火種が弾けてもそれが焔《ほのお》になり火事になる前にジンという存在を覆《おお》い被《かぶ》せて消し止められる。

「まあそういう事で」

腰の後ろの革鞘に魔導機杖を収めてユリシアは一礼する。

「邪魔者《じゃまもの》は退散しますのでごゆっくり」

「え？　邪魔って――ごゆっくりって、言わ、れ、ても」

ぎくしゃくとした動きでリネットはジンを振り返る。

「その……そういう……ふしだらな事は……しない……？」

「しない」

そう答える一方でジンはリネットに片手を差し伸《の》べる。

さあ来い――と言わんばかりに。

「とりあえず抱き合って一緒に眠《ねむ》るだけ、だけだ」

「～～～～～っ！」

面倒臭《めんどうくさ》そうな口調でジンにそう言われ、何やらリネットは懊悩《おうのう》するかの様に身を捩《よじ》っていたが。

「わ、分かりましたっ……！」

改めて枕を強く抱き締《し》めながら彼女はそう言った。

腕《うで》の中で少女の身体が震《ふる》えているのが分かる。

抱き締めている以外――つまりは腕を回して彼女の身体を自分の身体に密着させている以外は、何をしている訳でもないのだが。

「…………」

互《たが》いに服を着ているとはいえ、若い娘《むすめ》が男と同じ寝床《ねどこ》で文字通り肌《はだ》を――一部とはいえ――合わせているのだ。男女が同衾《どうきん》する事の意味を知らぬ幼児でもなし、これで緊張するなと言う方が無理である。

「あ……あのっ……」

ふとリネットが声を掛《か》けてくる。

「……眠れないか」

欠伸《あくび》を噛《か》み殺してジンは応じた。

「あ、はい、ごめんなさい、その、ずっとこうしてると、かえって寝にくいんじゃないかって……その、ジン様が」

「……考えてみれば、別に全身密着させていないといかんという訳でもないんだろうが……」

言ってジンは腕を解《ほど》き、仰向《あおむ》けになる。

リネットの下になっていた左腕《ひだりうで》を抜くと、改めて横に伸ばして右手で二《に》の腕の辺りを叩《たた》いてみせた。

「腕枕《うでまくら》……というか、首をここに当てて横になれるか？」

「や、やってみます……」

おっかなびっくりといった様子でリネットはジンの左腕に頭と首を乗せてくる。しばらく彼女はその状態で、定位置を探るかの様にもぞもぞと身を動かしていたが……やがて納得のいく位置関係を確保出来たのか、溜息を一ついて動きを止めた。

「これなら……何とか……」

「それはよかった」

呟《つぶや》いてジンはしばらく、天井《てんじょう》を眺めていたが。

「――リネット」

「は、はいっ！」

「改めて尋ねるが。お前はこれからどうしたい？」

「……え？」

きょとんとした声を漏《も》らすリネット。

彼女はしばらく顔をジンの方に向けて瞬《まばた》きを繰《く》り返していたが――

「わ、私、ですか？　私が……したい、こと？」

「そうだ」

「えっと、それは……最初は、その、出来たら優《やさ》しく……」

目を伏せて赤面するリネットだが。

「いや。そういう話ではなくてな。明日からの話だ」

ジンは天井を見つめたままそう言葉を繋《つな》いだ。

「お前は、これから生きていくのに、何か目標、あるいは希望の様なものはあるのか、という話だ」

「……目標……希望……」

初めて耳にする異国の言葉の様に、リネットはその言葉を舌の上でしばらく転がしていたが。

「ジン様のお役に立ちたい……では、駄目《だめ》なんですか？」

「駄目ではないがな……俺は俺で、お前を手元に置いておく事について、一つ考えがある」

最初は行方《ゆくえ》不明となった姉の名が、それも敵性国家の文字で、首筋に刺青《いれずみ》された少女の存在に、無視し難い興味を覚えた。

それから自分と同じ『無能』である事に――この魔術が使えて当然の世の中に生きる苦

労人として、多少の同情と共感を覚えた。

そして——今。

ユリシアの見立てが正しければ、リネットは姉と何か関係がある。その失踪《しっそう》について関《かん》与《よ》した連中が——何かを知っている連中が、リネットの『向こう側』に居るのかもしれない。ならばリネットを手元に置いておけば、連中の尻尾《しっぽ》を掴《つか》む事も出来るのではないか。

「別に善意でお前を引き取った訳ではない。はっきり言えば、お前は傍に居てくれるだけで、俺には利用価値がある——そう判断した」

「………………」

その言葉をどう受け止めたのか、リネットは一瞬、息を呑んだ。

「だからお前は、その価値に釣《つ》り合う要求をしてもいい。その要求を呑んでこそ、俺も堂々とお前を利用できる」

「要求……」

「さしあたって、お前は何かしたい事は無いのか？」

「………………」

リネットはしばらくジンの横顔を見つめながら、何事か考えていた様だったが——

「あの、ジン様……」

躊躇《ちゅうちょ》するかの様に目を伏《ふ》せて――そして彼女は何かを確かめようとするかの様に、首の下に敷《し》いたジンの左の腕に指先で触れてきた。

「私……学校に、行きたいです」

「学校――」

少し意外な要求だった。

リネットの『無能』を決定的なものとしたのは、彼女が通っていたという学校の授業での事だろう。多くの学校では魔術の授業が在るし、その前段階として定期的に魔力量を計測したりもする。

リネットにしてみれば、学校には二度と行きたくないと思っても不思議は無い筈だったが……

「何の準備も無く、学校に行ってもまた誹《そし》られるだけだぞ」

「……それは」

びくりと身を震わせるリネット。

「……だから少しお前に訓練を付けるか」

リネットを『餌《えさ》』にして『魚』が掛かるのを待つのであれば、彼女の存在は目立つ方が良い――例えば、どうしようもない『無能』がある日突然、『無能』でなくなるかの様な。

「お前を『無能』とは呼ばせない為の訓練を」

「そ……そんな事が？」

リネットが驚くのも当然だろう。

それはつまり……順当に考えれば、彼女に魔術が使えるようにする為の訓練という事になる。養親が何年かの試行錯誤《しこうさくご》の末に『不可能』だと断じた事を、ジンが出来ると言っているに等しい。

「詳《くわ》しい事は明日からだが――」

ユリシアの言葉を思い出しながらジンは言った。


『可能でしょう？　若様にならば』

『他の誰でもなく若様にならば』


「結構きついぞ。覚悟《かくご》しておけ」

「あ、は、はいっ！」

何度も何度も大きく頷くリネット。

「……学校なら何処でも良いのか？」

と念《ねん》の為に尋ねるジン。

ヴァルデマル皇国の――それも首都ヴァラポラスに限っても、いわゆる教育機関というものはそれなりの数が存在する。隣国《りんごく》スカラザルン帝国《ていこく》との戦争を見据《みす》え、国力を上げる為には教育が大事だと数代前の国王から力を入れ始めたからだ。

「あの……出来れば……ウェブリン女学院が良いです……」

「名前は耳にした事があるな。結構な名門校だとか」

「あ、はい、あの、そこの幼年部に一時期、居ましたので……」

つまりはかつて通っていた学校に復学したいという事らしい。

養親に棄《す》てられた彼女の、帰属意識とでも言うべきものが、『家族』ではなく『学校』に向いたという事だろうか。

「分かった、手配出来るかどうか、明日にでもユリシアに頼《たの》んでみる」

「……！」

ジンが復学を許してくれたのが余程《よほど》、予想外だったのか――彼女は顔を赤らめ、喘《あえ》ぐかの様に口をぱくぱくと開け閉めしていたが、やがてぐるんと身体をひっくり返して、ジンの胸にのしかかって――いや顔を埋《うず》めてきた。

「ありがとうございます……私みたいな……出来損《できそこ》ないに……こんなにして貰えるなんて

……なんて……御礼《おれい》を……私……私……」

無論、ジンの胸に顔を埋めたままなのでリネットの表情は分からないが——声の調子からすれば彼女は泣いているのだろう。涙《なみだ》まで流しているかどうかは分からないが、その碧《あお》い眼が、こぼれ落ちそうな程《ほど》に潤《うる》んでいるのはジンにも容易に想像出来た。

「——リネット」

ジンは短く溜息《ためいき》を一つついて言った。

「『出来損ない』……それから『無能』か。その手の言葉を二度と自分を示す為に使うな」

「——え？　あ、あの」

驚《おどろ》いた様子でジンの胸から顔を上げるリネット。

やはり想像通り彼女の両眼は潤みきっていて、瞬きをする度に涙の雫《しずく》が一筋二筋とこぼれ落ちていくのが見えた。

「お前は自分を卑下《ひげ》しているだけの積もりかもしれないが。その言葉は……同じく魔術が使えない俺や俺の血族や先祖をひっくるめて全部、罵倒《ばとう》している事にもなる」

「そ、それは、ご……ごめんなさい！　そんな積もりは……」

「それは分かっている。お前に怒《おこ》っている訳ではない」

ジンは静かな口調でそう諭《さと》した。

「だが言葉というのは思っている以上に周囲に影響《えいきょう》を与《あた》える。お前が自分で自分を『出来損ない』と言えば、周囲もお前の事を『出来損ない』だと思う。思ってもいいと考えてしまう」

言葉は認識《にんしき》を引きずる。

『出来損ない』という言葉を貼《は》り付けてしまうと、真実がどうあれ、人間はそれを『出来損ないなのだな』とまず考えて、見方が歪《ゆが》む。偏見《へんけん》が生まれる。『出来損ない』と言われた者自身の中にすらも。

そしてそれを是正《ぜせい》するのは――そんな不名誉《ふめいよ》な呼び名を撤回させ、返上するのは、意外に難しい。

だからまずは、自分から、である。

「リネット。お前は今日を限りに『出来損ない』を、『無能』を、辞《や》める。だから二度と自分を表現するのにその言葉を使うな」

これは――覚悟の話だ。

何となく、適当に、言われた事をしていれば、自分は『真っ当になれる』……そんな風に思っていたら、多分、どうにもならない。上手《うま》くいかなければ『だって自分は出来損ないだから』と言い訳できてしまう。その言い訳に逃《に》げれば、もう、先には進めない。

「でも、えっと……」

リネットは恐《おそ》る恐るといった様子で再び口を開いた。

「本当に、ありがとうございます。私、嬉《うれ》しくて、その、御礼を言うのは、いい、ですよね？」

「それは無論」

とジンは無表情に頷く。

それをどう受け止めたのか、リネットは——再びジンの胸に顔を埋めると、自らの頭を、ジンの内にめり込《こ》ませようとでもするかの様に、ぐりぐりと擦《す》り付けてくる。

「……泣く程、喜んでくれるのはいいが、俺の寝間着で涙と鼻水を拭《ふ》くのはやめてくれないか」

「ち、ちがっ……」

と慌てて身を起こしたリネットは、またも息が触れあう様な間近な距離《きょり》でジンと顔を向き合わせる事になって。

彼女は呆然と眼を瞬かせてジンと見つめ合う。

「……ジン様」

やがて深呼吸を三度ばかりしてからリネットはジンの名を呼ぶ。

「本当に、本当に、あの、ありがとうございます！」

泣きながらも紅潮した笑顔《えがお》で、ジンを見つめながらそう礼を言ってくるリネットを――

ジンもまたしばらく見つめ返していたが。

「もう遅《おそ》い。寝ろ」

溜息交じりにそう言って、彼は眼を閉じた。

第3章　魔術剣法

白を基調とした内装の、広く長い廊下《ろうか》。

窓からは朝の陽光が降り注ぎ、清廉《せいれん》な空気に満ちている。

およそ暗殺者には似つかわしくないその場を――小柄《こがら》な老女に先導されながらジン・ガランドは歩いていた。

「――ガランド侯」

老女はジンを振《ふ》り返る事も無く声を掛けてきた。

「侯におかれましては、既によく御存知《ごぞんじ》かとも思いますが」

若い頃《ころ》は夜空の如《ごと》く黒く艶《つや》やかであったろうその髪《かみ》は、今や多分に交じる白髪《はくはつ》のせいでくすんだ灰の色、襟元《えりもと》に見える首筋も痩《や》せて筋張った様な印象が強い。

だがジンの数歩先を行く老女の姿は矍鑠《かくしゃく》たるもので、その後ろ姿から『老い』の衰《おとろ》えを感じとるのは困難だ。

「我《わ》がウェブリン女学院は伝統ある名門校です」

「勿論《もちろん》、存じ上げております――エンフィルド卿《レディ・エンフィルド》」

そう言ってジンは――朗らかな笑みを見せる。

その様子は、事情を知らずに見る限り『上品な青年貴族の笑顔』そのものであり、暗殺者としての物憂《ものう》げな表情は微塵《みじん》も無い。

まるで別人かと見紛《みまが》う程の変わりようだ。

何より今は――恰好《かっこう》が、黒くない。

白を基調として、裏地に暗めの赤い布、飾《かざ》り縫《ぬ》いに金糸銀糸を用いた、いかにも貴族らしい衣装《いしょう》を身にまとっている。元々ジンは端整《たんせい》な顔立ちであるから、派手めの衣装でも似合わない事は無いというか――むしろよく似合っているが、普段《ふだん》の彼とは見た目の印象が全く違《ちが》う。

ともあれ――

「いや。ここはミニエン公爵《こうしゃく》夫人とお呼びした方が?」

「ここでは学院長とのみお呼びくださいな」

立ち止まって振り返りながら女性は――ウェブリン女学院の長であるところの、エンフィルド卿イザベラ・ミニエン公爵夫人は言った。

正面から相対すると、いかにも上品な貴族の奥方《おくがた》といった印象だ。

目尻《めじり》や口元に小さな皺《しわ》はあるが、終始穏《おだ》やかな笑みを浮かべるその顔に、『老醜《ろうしゅう》』を感じさせる部分は無い。むしろこれ以上無いというくらいに、良い歳の取り方をした人物、といった風情《ふぜい》である。

「我が校《こう》は、皇国貴族コルトン伯爵《はくしゃく》夫人によって、貴族の子女の教育水準を引き上げる為、約百五十年前に創立されました」

再び歩き出しながら学院長は話を続ける。

「我が校が何より重視しているのは『教養』です。単に必要とされる知識を詰《つ》め込むだけではなく、ただ家事や芸事を教えるだけでもなく、皇国臣民女性が成人した後、何者になるのか、なれるのか、その選択肢《せんたくし》を増やす為の、素地作りと申しましょうか——その為、我が校の教育内容は、実に多岐《たき》にわたります」

「はい。聞き及《およ》んでおります」

とジンは『爽《さわ》やかな青年貴族』の顔を維持《いじ》したまま応える。

「特にこの半世紀は隣国との戦争が多かったという事もあって、『教養』を支える知識や技能として『武芸』や『軍事』が求められる場面も増えて参りました」

「うら若き姫君達《ひめぎみたち》が、殺伐《さつばつ》とした技を学ぶのは心苦しい、と嘆《なげ》かれる方も多い様ですが——これも世情ならば、致《いた》し方《かた》ないかと」

肩を竦《すく》めてみせながらジンは言った。

つまり――ジンがこうして、学院長に案内され、ウェブリン女学院高等部の廊下を歩いているのは、そういう事情からである。

勿論、彼はあくまで『古式武芸に通じたガランド侯爵』としてここに居るのであって、ジンの暗殺者としての顔を、この学院長は知らないのだが。

「おかげで私の様な若輩者《じゃくはいもの》に、お声が掛かった訳で、私としては有難《ありがた》い限りなのですがね」

ちなみにジンは現在、仮採用の身――『お試《ため》し期間』の最中である。

さすがに歴史ある名門校――貴族名鑑《めいかん》に名前は載《の》っているものの、社交界でも滅多《めった》に名前も聞かない没落《ぼつらく》貴族を、いきなり正式採用したりはしないらしい。単純な能力は各種試験で推《お》し量《はか》れるが、その人格も……となると、しばらく様子を見なければ、わからないものだ。

「……ところでガランド侯」

何を思ったか、再び立ち止まって学院長が振り返ってくる。

「学院長。どうか私の事も此処《ここ》ではガランド先生とお呼びくだされば」

「……ではガランド先生。こういう事を言うのは心苦しいのですが、私はこの学院で起こる全ての出来事に責任を負わねばなりませんので、念の為と思っていただければ」

「何のお話でしょう？」

「我が校の生徒はその多くが名家良家の娘――将来は貴族のみならず皇族に嫁《とつ》ぐ者も出てくるやもしれません。くれぐれも『過《あやま》ち』など起こされぬよう、ご注意くださいましね」

「『過ち』ですか？」

「ええ。我が校には今現在、殆《ほとん》ど男性の教師がおられませんので……若い生徒達《たち》の眼に、ガランド先生の様な若い殿方《とのがた》は、さぞかし魅力的《みりょくてき》に映る事でしょう」

「いやいや。まさか」

とジンは再び肩《かた》を竦めてみせる。

「懸想文《けそうぶみ》などを渡《わた》される事もあるかと思いますが、教師と生徒という立場をよく踏《ふ》まえた上で、一線を越《こ》えられる事の無きように。侯爵家当主として将来の伴侶《はんりょ》を探す――という事も控えていただければと」

「……肝《きも》に銘《めい》じておきましょう」

とジンは表情を引き締めて、殊更《ことさら》に大きく頷いてみせる。

「特にガランド先生が担当なさる杖剣術《バヨネットアーツ》は、指導の際に女生徒の身体《からだ》に触れる機会も在るでしょう。ですが、くれぐれも生徒に『誤解させる』様な真似《まね》は慎《つつし》んでいただければと……」

少し困ったかの様な口調で学院長が言う。

妙《みょう》に具体的な指摘《してき》であるが――

「……つまり悪《あ》しき前例がある？」

「……ええまあ」

と――ここで初めて学院長は顔をしかめた。

「前任の武術教師の方は、その『過ち』が原因で退職なさいました」

「それはそれは」

と初耳の様な態度で応じているジンだが、実はその件についてはよく知っている。元軍人の武術教師が生徒に――しかも三人同時に手を出していたという事実が、学院上層部の知るところとなったのは、ユリシアの手配である。ジンを教師としてウェブリン女学院に送《おく》り込む為に、教職員の採用枠《さいようわく》に『空き』を作る必要があったからだ。

「ですが私にはとてもそんな余裕《よゆう》は在りません。自分の身内の面倒《めんどう》を見るので精一杯《せいいっぱい》です」

言ってジンは肩を竦めてみせる。

「……リ、リネット・ガランドですか」

「ええ。確か高等部一年の二組――でしたか」

「御身内《おみうち》の生徒と親しくなさる事までは、さすがに咎《とが》め立ていたしませんが、公平性というものも大事ですし、風紀というものがありますので、くれぐれも――」

「心得ております」

宣誓《せんせい》するかの様に片手を挙げてジンはそう言った。

●

「――そういう訳で」

教壇《きょうだん》に立つ女性教諭《きょうゆ》は生徒達を見回して言った。

「事情が在って先日の始業式には出られませんでしたが、今日から彼女《かのじょ》は貴女達《あなたたち》の同級生、貴女達と共に学んでいく仲間です」

女性教諭の隣《となり》に緊張《きんちょう》の面持《おもも》ちで立っているのはリネットである。

ウェブリン女学院高等部の制服を身に着けたその姿は、清楚可憐《せいそかれん》な女学生そのものだ。

当初はぼさぼさだったその長い髪は、襟足《えりあし》を整えた上で、側頭部に黒と赤の飾布《リボン》を付ける事で印象を変えてある。

「リネット・ガランド、挨拶《あいさつ》を」

「はいっ」

促《うなが》されてリネットは頷いた。

元々素直《すなお》な彼女は、緊張しつつも勢い良く全力で頭を下げて――

「皆《みな》さん、よろしくお願いま――ひぎゃっ？」

勢い余って教卓《きょうたく》の端《はし》にごつんと、音を立てて額をぶつけていた。

「リネット・ガランド？　大丈夫《だいじょうぶ》ですか？」

と女性教諭が横からリネットの顔を覗《のぞ》き込む。

「だ……大丈夫、です」

額をさすりながらリネットがそう答えると、生徒達の間から失笑《しっしょう》の声が漏れた。

彼女達の眼にはリネットが『分不相応にもウェブリン女学院にやってきた田舎《いなか》貴族の娘』とでもいう風に映っているのだろう。

ガランド侯爵家は貴族名鑑には百年以上も載り続けている『名門』だが、社交界であまり聞く名前ではない。肩書《かたがき》だけが大層な没落貴族、あるいは田舎貴族と生徒達に思われても別に不思議は無い――というより実際にガランド家の状況《じょうきょう》は没落貴族そのものだが。

「か、身体の頑丈《がんじょう》さには自信があります！」

「そ、そうですか……」

と女性教諭は若干《じゃっかん》、呆《あき》れの表情を浮《う》かべて頷《うなず》く。

「もし痛みが長引くようなら保健室へ」

女性教諭は囁《ささや》く様にそう言ってきた。

「ではリネット・ガランドは――最後列の真ん中の席が空いていますね。貴女《あなた》の席はとりあえずそこという事で」

女性教諭はそう言って教室の後ろを指さす。

リネットは彼女の指示に従って真《ま》っ直《す》ぐそちらへと歩いて――

「……え」

次の瞬間《しゅんかん》――彼女はいきなり斜《なな》めに傾《かたむ》いていた。

「ひゃわっ⁉」

若干、間の抜《ぬ》けた悲鳴を上げながらその場に転がるリネット。

「リネット・ガランド⁉」

さすがに女性教諭が驚いた様子で声を掛けてくる。

だがリネットは慌《あわ》てて身を起こすと、教壇から下りて駆《か》け寄ろうとしている女性教諭に、片手を挙げて言った。

「だ、大丈夫です、ちょっと、その、転んだ、だけで！」

「そ、そうですか？」

若干、不審《ふしん》そうにしながらも本人がそう言うならと女性教諭は教壇の上に戻《もど》る。あるいは彼女は、リネットが転んだ原因について何か気がついていたのかもしれない。

リネットが転んだその場の——右横。

そこの席に座《すわ》る生徒の、中型の魔導機杖《ガンド》が架台《かだい》からずれて、リネットの進路を遮《さえぎ》る様に突《つ》き出ていたのである。勿論、魔導機杖が架台から何かの拍子《ひょうし》に外れてしまう事は有り得るのだが——

「——あ」

リネットはその生徒の方を見て驚きの声を漏らした。

白金《プラチナブロンド》の長く癖《くせ》の無い髪と、紫《むらさき》がかった美しい双眸《そうぼう》、すらりと高く通る鼻筋、薄《うす》い唇《くちびる》、長い睫毛《まつげ》。

それらが組み合わさって描《えが》き出す、気の強そうな、しかしよく整った愛らしい顔に……リネットは見覚えが在ったからである。

「ルーシャ……」

「………」

ルーシャと呼ばれた女生徒は、しかし一瞥《いちべつ》しただけで、まるでリネットの存在そのものを無視するかの様に、無言で視線を教壇の方へと戻し——同時に片手で魔導機杖を引き込んで架台にかけ直した。

「あ……あの……ルーシャ……ルーシャ・ミニエンだよね？」

若干、引き攣《つ》り気味の中途半端《ちゅうとはんぱ》な笑みを浮かべつつリネットは問うが、やはりその女生徒はリネットに目を向けない。まるで頑《かたく》なにリネットを見ないようにしているかの様に。

仕方なくリネットは、声を掛けるのを諦《あきら》め、その場で立ち上がろうとする――が。

「……………うっ」

短い呻《うめ》き声がその唇から漏れる。

どうやら足首を少し捻《ひね》っていたらしい。鈍《にぶ》い痛みが爪先《つまさき》から駆け上がってきて、リネットは再びその場に座り込んでしまった。

くすくすと周囲から再び失笑の声が伝わってくる。

挨拶で頭を打つわ、ただ歩いて席に向かうだけで転ぶわ、粗忽《そこつ》にも程がある――とでも言いたげである。

これでもしリネットがまともに魔術《まじゅつ》が扱《あつか》えない『無能』だと知れば、彼女等《かのじょら》はどんな反応を示すだろうか。想像もつかない――どころか過去の経験《けいけん》から概《おおむ》ね想像がついてしまうからこそ、リネットはその未来に怯《おび》えて震えた。

「…………」

じわりとその碧い双眸が潤む。

直後――ぱちりと床《ゆか》の上に走る小さな稲妻《いなずま》。

息を呑《の》んでリネットは制服の胸元《むなもと》を掴んだ。

「だ……駄目っ……」

リネットはそう自分に言い聞かせるものの、稲妻は消えるどころか、ぱちりぱちりと小さいながらも連続して弾《はじ》けている。感情を制御《せいぎょ》するというのは言葉としては簡単だが、多感な十代の少女にそれを常に求めるのは、やはり無理が在る――が。

「――リネット！」

突然《とつぜん》、彼女の名を呼ぶ声が教室に響《ひび》いた。

次の瞬間、旋風《つむじかぜ》の様にリネットの前に飛び込んできたのは――

「え？　ジンさ――」

「ああ、本当にお前という奴《やつ》は、初日から粗相《そそう》かい！」

うっかり『ジン様』と呼びそうになったリネットの声に覆い被せる様にしてジンは叫《さけ》ぶと――彼女の体をいきなり抱《だ》き上げた。

「本当にお前は不器用だね！」

「えっ……あっ……あの、ジン様……ごめんなさい」

言ってリネットはジンの顔を見上げながら必死に訴《うった》える。

「ごめんなさい、気を付けます、だから、棄てないで――」

一瞬《いっしゅん》だが――教室の空気が凍《こお》り付く。

若い女生徒とこれを抱き上げる容姿《ようし》端麗《たんれい》な青年教師。

泣きそうな顔の女生徒の口から出る『棄てないで』。

たったこれだけでも人間は、何かと品の無い想像をしたくなるもので――ひそひそと生徒達の間で何やら囁き声が行き交《か》い始める。

それを押《お》し潰《つぶ》すかの様に――

「はっはっは！」

ジンは殊更に大きく笑い声を立てた。

「冗談《じょうだん》がきついというか、人聞きが非常に悪いからその口癖《くちぐせ》はやめなさいと言っただろう、リネット！」

「え？　あ――」

「いやもう、この子は昔からそそっかしくて！　注意力散漫《さんまん》なので『今度やらかしたらどこかの橋の下にでも棄てようか』と言って躾《しつ》けられたのですが、この歳になってもその時の口癖が抜けなくてね！」

咄嗟《とっさ》に組み上げたらしいでたらめを、すらすらと口にするジンだが――リネットの位置からは、彼《かれ》の頬《ほお》がわずかに引き攣っているのが見て取れた。

「……学院では『ガランド先生』と呼べと言っただろう」

表情だけは別人の様に朗らかなまま、しかしジンは低く抑《おさ》えた声でそう囁く。抱き上げた事で互《たが》いの顔が近づいた為《ため》、このくらいならば周囲に会話を聞かれる恐れは無い、という判断だろう。

「ああ、これは突然、失礼！」

それからジンは――呆然《ぼうぜん》と様子を見守っている生徒達に、そして教壇の上で目を丸くしている女性教諭に向けて、笑顔で挨拶をした。

「私、ベルトン先生の後任として杖剣術を本学院の皆さんにお教えする事になったジン・ガランドと申します！」

爽やかに自己紹介《しょうかい》しつつ、リネットを最後列の席へと運ぶジン。

「皆さんお気づきの通り、このリネット・ガランドは私の身内――遠縁《とおえん》の娘《むすめ》でしてね。ですがどうにもそそっかしいところの多い娘で、気が抜けないというか、目が離《はな》せないというか」

「あ、あの、ジン――じゃなくて、ガランド先生――」

「今もたまたま通りがかったところ、早速《さっそく》転んでいる様子、身内としてはこれ以上恥《はじ》をさらすのを見ていられず、つい、無礼を承知で飛び込んでしまいました。いや、面目《めんぼく》ない」

「い、いえ――」

と教壇の上の女性教諭が首を振る。

生徒達もただただ驚きの表情で固まっている。確かにいきなり女子ばかりの教室に若い男性が飛び込んできて自己紹介などしてくれれば、訳が分からずに凍り付いても仕方ない。

リネットから頑なに目を逸《そ》らしていたルーシャですら、驚きの表情で二人を見つめていた。

「……というか早速、『お漏らし』しそうになってるのかお前は」

「ごめんなさい」

と囁く様な小声でやりとりするジンとリネット。

「棄てな――じゃなくて。で、でも、もう、大丈夫です」

「そうか？」

「は、はい。ジン様が、ガランド先生が、来てくれましたから」

「………………」

ジンは小さく溜息をつくと、リネットを席に下ろした。

「――ガランド先生？」

と――ジンが飛び込んできた時から開かれっぱなしの教室の扉《とびら》、その向こうから、溜息交じりに声を掛《か》けてきたのは、学院長だった。

学院長が『新任のガランド先生』を案内している最中だったのだろう。偶然《ぐうぜん》、この教室の傍《そば》を通りがかった際に、ジンはリネットの『暴走』に気が付いて飛び込んできたのだ。

「先にも申し上げた通り、風紀というものがありますのでね？」

「ええ。勿論ですとも！」

とジンはそう学院長に応えると、改めて教室を見回す。

「お邪魔《じゃま》いたしました、皆さん、また後ほど、杖剣術の授業にて！」

そう言ってジンは笑顔で廊下へと去って行った。

これにてお終《しま》い、とばかりに、ぴしゃりと音を立てて扉が閉められ――生徒達の多くは夢から醒《さ》めたかの様に眼を瞬《しばた》かせている。

「ええと。リネット・ガランド？　本当に大丈夫ですか？」

しばらくしてから、ふと思い出した様子で女性教諭がそう尋《たず》ねてきて――リネットは慌てて首を何度も縦に振った。

「では――始めなさい」

ウェブリン女学院の――第二運動場。

授業としては二限目の時刻。

運動着に着替《きが》えた一年の女生徒達は、そこに置かれた魔導機関《マギエンジン》に順番に触《ふ》れて、己《おのれ》の『力量』を測定していた。

一抱《ひとかか》え程の、その四角い箱状の魔導機関は、被測定者《ひそくていしゃ》の魔術の力量や特性を探《さぐ》る為のものである。

固定装置ではあるが、構造としては魔導機杖の一種で――突き出た柄《ハンドル》を握《にぎ》って魔力《まりょく》を意識し、所定の呪文《じゅもん》を詠唱《えいしょう》すれば、極《きわ》めて限定的ながらも魔術が発動する。

魔力そのものを客観的に測定する事は出来ない――あくまでそれは仮想のものに過ぎず、計測不能な個人の精神の力だ――ので、こうして現実事象に転換させて、その際の規模や効果、転化の速度等で、その者の魔術に関する特性や適性を測るのだ。

「…………」

そんな授業の様子を――ジンは女性教員の横で見学していた。

勿論、ジンの担当である杖剣術の授業と直接の関係は無いのだが、着任して間も無い新人教員という事で、学院長から午前中は他の教員が担当する授業の見学を許されているのである。

「出席番号16番、ルーシャ・ミニエン」

そう言って魔導機関の柄を握るのは――見るからに御嬢様然《おじょうさまぜん》とした、綺麗《きれい》な少女だった。

ミニエンの姓《せい》から分かる様に学院長の係累《けいるい》、それも直系の孫であるらしい。長い白金の髪と、少々珍《めずら》しい紫の瞳《ひとみ》、よく整った目鼻立ち――艶《あで》やかな容姿とも相まって、一年生の中ではかなり目立つ存在である。

「――トルマ・キイ・ウル・ヨン」

呪文詠唱の終了《しゅうりょう》と共に魔導機関に填《は》め込まれた宝珠《ほうしゅ》が虹色《にじいろ》の光を帯びて、その直上に小さな水晶球《すいしょうきゅう》が浮かび上がる。

水晶球の中では青白い光が跳《は》ね回っているのが見えた。

「魔術強度、四十八メル。魔術特性、〈風〉第五位階《ランク5》、〈火〉第二位階、〈水〉第一位階――」

女性の指導教員が水晶球の中の光からそうした測定値を読み取って、手にした記録帳に記載《きさい》してゆく。水晶球の中は複雑な迷路状《めいろじょう》の構造が組《く》み込まれており、光の形状や強さを測る為の『物差し』として使えるようになっているのだった。

（……意外と低い数値と偏《かたよ》った特性分布だな……）

口には出さないがジンはそんな事を考える。

見た目に反してルーシャの魔術の能力は高くない。

いや。はっきりと低い。今の計測値を見る限り、『無能』とまでは言わずとも、扱える魔術の種類や規模にはかなり制限を受けるだろう。

勿論、今測っているのはあくまで彼女の肉体的な魔術適性でしかない。基礎的《きそてき》な能力の低さは技術で補う事も出来る。

「………………」

ちらりとルーシャが背後を振り返る。

(見ているのは……リネットか？)

ルーシャの視線を追った先には身を竦める様にして立つリネットの姿が在った。

(リネットは幼年部の時にもここに通っていたと言っていたな……顔見知りがいても当然だが)

ウェブリン女学院では毎年、授業内容について行けずに一定数の脱落者《だつらくしゃ》は出るし、中等部、高等部でも外部から生徒が入ってくるので、生徒の入れ替《か》わりは意外に激しく……現状、幼年部からの持ち上がり組は半分以下になっている。

とはいえ、逆に言えば、生徒の三割四割はリネットの事を知っていてもおかしくない。

姓が変わっている事や、十代の少女の成長著《いちじる》しい事、髪型《かみがた》も変わっている事を思えば、すぐさま過去のリネットと現在のリネットを繋《つな》げて理解できる者は少ないだろうが――

「………………」

わずかに眉《まゆ》をひそめるジン。

ルーシャがリネットに向ける視線に冷たいものが交じっている様に思えたからである。少なくとも再会した学友に向けるものではない。まるで穢《けが》らわしいものを見るかの様な、敵意や嫌悪《けんお》さえ滲《にじ》むかの様な、強く鋭《するど》い視線だった。

(やはりリネットの素性《すじよう》を知っているか)

リネットは公式の記録ではホーグ家から逃げ出して失踪《しつそう》した事になっている。恐らくは養親がそう申告《しんこく》したのだろう。

一度は家出して、学校からも逃げ出した『無能』のくせに、のこのこと、名前を変えて髪型を変えて、別人として復学してきた恥知《はじし》らずの卑怯者《ひきようもの》――リネットを、そんな風に思っているのだろう。

(自分は頑張《がんば》っているのに、という感じか)

先の計測通りルーシャの魔術《まじゆつ》的な能力は低い。

だからこそ、自分よりも明らかに『下』であるリネットの存在が慰《なぐさ》めになっていたのかもしれない。それが突然、居なくなったのだから、不愉快《ふゆかい》に思っても当然か。あるいは学院内での『いじめ』の矛先《ほこさき》がリネットからルーシャに変わったという事も在るかもしれない。

やがて——

「出席番号37番、リネット・ガランド」

計測も終盤《しゅうばん》に入り、名を呼ばれるリネット。

おっかなびっくり、といった様子で彼女は計測用の魔導機関の前へ出ると、柄を握って目を瞑《つぶ》る。

深呼吸して、握る手に力を込めて、集中——するのだが。

「リネット・ガランド？」

指導教員が怪訝《けげん》そうに声を掛ける。

それまでの生徒達と違って、魔導機関は全く反応しない。宝珠は鈍色《にびいろ》に曇《くも》ったままで、水晶球も枠《わく》にはまったまま、ぴくりともしない。

「どうしたの？　魔力を込めなさい」

「は、はいっ……」

と応じてリネットは力むが、やはり変化は無い。

「──先生」

ふと生徒達の間から声が上がった。

「ガランドさんは、魔術が使えない『無能』なんですよ」

「……!」

嘲《あざけ》りの響きを含《ふく》んだ『無能』の一言にびくりと身を震《ふる》わせるリネット。いかに覚悟《かくご》はしていても彼女にとって、他人から投げられるその言葉は、心を抉《えぐ》る刃物《はもの》にも等しい。

だがそれを知ってか知らずにか、少女達は続けた。

「幼年部の時から全然魔術が使えなかったんですよ」

「姓が変わってるけど」

「昔から『無能のリネット』って有名で」

少女達は無邪気《むじゃき》とも言える様な口調で残酷《ざんこく》な事実を引きずり出してくる。リネットの顔色は、いつの間にか蒼白《そうはく》になっていた。

しかも──

「──それで『逃《に》げた』んです」

まるでとどめを刺《さ》すかの様にそう言ったのはルーシャだった。

「ち、違っ──」

とリネットはルーシャを振り返って言うが、相手はまるで聞く耳を持っていない様だった。学院長の孫娘《まごむすめ》は、むしろリネットの言葉に覆《おお》い被《かぶ》せるかの様に、大きな声でこう続けてくる。

「三年間も逃げて行方《ゆくえ》をくらませておいて、今更《いまさら》、姓を変えて復学してくるなんて、恥知らずにも程《ほど》があるわ」

「…………っ！」

勿論、リネットは逃げたのではなく、娘の『無能』っぷりを嫌《きら》った養親によって奴隷《どれい》商に売られてしまったのだが……そんな事を、彼女自身の口から言える筈《はず》も無い。

「……リネット・ガランド。貴女は測定に時間が掛かりそうだから、後でもう一度やりましょう。次――」

指導教員が気を遣《つか》ってそう指示を出すと、リネットは魔導機関から離れて、すごすごと生徒達の待機している辺りへと戻っていく。

（とりあえず、暴走は堪《こら》えられたか）

後で褒《ほ》めてやっても良いだろう――とジンは心の内でそう決めた。

午前中の四限の授業を終えての――昼休み。

リネットは独り中庭の隅《すみ》で、持参した弁当を食べていた。

多くの生徒は教室でそのまま食べるのだが、リネットはわざわざ中庭にまで出てきた。

正しくは教室の中に居るといたたまれなくて、中庭まで『逃げて』きたのである。

「……ルーシャ……」

ぽつりとリネットの口からその名がこぼれ落ちる。

幼年部の時の同級生で――リネットにとってはただ一人の友達。

魔術が使えない『無能』令嬢《れいじょう》のリネットと、学院長の孫娘でありながら魔術の能力が低い『劣等《れっとう》』令嬢のルーシャ。他の生徒達に陰《かげ》で嘲られる日々の中、リネットにとって仲良くしてくれるルーシャの存在は、ほぼ唯一《ゆいいつ》と言っても良い程の慰めであり救いだった。

『一緒《いっしょ》に頑張ろう、リネット！』

そう言ってルーシャが手を握りしめてくれた時の事を、リネットは今でも脳裏《のうり》にありありと思い浮かべられる。

ウェブリン女学院への復学を希望したのも、実を言えば、ルーシャと再会できるかもと思ったからだ。気位が高い上に、頑張り屋のルーシャなら、『逃げ出す』事など無く、高等部に残っているだろうとリネットは思ったのだ。

実際——リネットはルーシャと再会した。

だが今の彼女は、心の底からリネットを軽蔑《けいべつ》している様だった。

ルーシャはどうやら魔力の低さを技術で補い、座学その他でも満遍《まんべん》なく好成績を修める事で、生徒は勿論、教師達からも一目置かれる存在になっているらしい。

それに加えて学院長という後ろ《うし》盾《だて》もあってか、彼女はまるで学院内では女王の様な立場に居る様だった。

そんな彼女が公然と嫌うリネット・ガランド。

他の生徒達も『こいつはいじめていい』と判断してしまうのも、当然であっただろう。

初日という事もあって、未《ま》だ何か積極的な嫌《いや》がらせをされた訳ではないが……リネットが他の生徒に話しかけても無視されるし、彼女を見て眉を顰《ひそ》めたり、くすくすと馬鹿にするかの様な笑い声を上げたりする生徒達が何人も居た。

しかも——

「——あ」

ぽとりと何かがリネットの足下《あしもと》に落ちた。

小さな……虫の、死骸《しがい》。

「…………」

思わずリネットが周囲を見回すと——少し離れた場所に、同じ一年の生徒が何人かかたまって視線を送ってきている事に気がついた。

彼女等はくすくすと笑いながら、第二弾《だん》を——即《すなわ》ち硬筆《ペン》の先に突き刺した虫の死骸を、新たにこちらへと投げようとしているところだった。恐《おそ》らくはリネットの弁当に向けて。

「やっ——」

止《や》めて、と言おうとした瞬間、二つ目の死骸が大きく振《ふ》られた硬筆から離れ、山なりの弧《こ》を描きながらリネットに向けて飛んで来る。

「——!?」

空中でその死骸の描く放物線が、いきなり折れ曲がった。

リネットの所に届く事無く、ぽとりと落ちたそれ——綺麗な中庭の芝生《しばふ》の上に転がるそれに、金属の小片《しょうへん》が——いや、少女達が振っていたものとは別の、硬筆の先端《せんたん》部分が突き刺さっているのが見えた。

「——ジン先生？」

咄嗟にリネットが周囲を見回すと——素知らぬ顔で中庭を横切っていく彼の姿を目にする事となった。ジンはリネットの方を向いてさえいないが、硬筆の先端を投げたのは恐らく彼だろう。

「え？　何？」

「何が——」

と死骸を投げてきた生徒達が不思議そうに顔を見合わせる。

彼女等には何が起こったのか分からないのだろう。リネットとてジンの『実力』を知っていなければ、何がなんだか分からないままだったに違《ちが》いない。

生徒達はとりあえずもう一度、試してみる事にしたらしい。

改めて中庭の地面から何かを——恐らくは雑草除《よ》けにと、歩道に敷《し》き詰められている小石の類だろう——拾い上げると、立て続けにそれらをリネットに向けて投げてきた。

——ちぃん！

今度ははっきりと硬筆の先端が小石に激突《げきとつ》する音が聞こえた。

二度。三度。四度。立て続けに投げられた小石は、しかしいずれも涼《すず》やかな金属音と共に撃墜《げきつい》され、リネットに届く前に地面に落ちた。

ここでようやく生徒達は自分達の行為《こうい》が、何者かに邪魔されているのだと気がついたらしい。

しかし、誰《だれ》がそんな真似をしているのかは分からなかった様だ。

ジンは硬筆の先端を、腕《うで》を振りかぶって投げているのでなく、非常に小さな動きで――指先でただ弾くだけで飛ばしているらしく、リネットの様にそれと意識して見なければ、彼が何をしているのか分からないだろう。

「……ふんっ」

やがて生徒達は――不満そうな顔で鼻を鳴らして、去っていった。

「ジン――先生」

制服の胸元の飾布《スカーフ》に手を当てながらリネットは自分を助けてくれた青年の名を呟《つぶや》く。

「あ、あのっ……！」

せめて守ってくれたお礼を。もし良かったら一緒にお昼を。

そう声を掛けようとしたリネットだったが――

「………」

リネットの方を改めて一瞥するジン。

一瞬、愛想《あいそ》の良い『教師の仮面』ではなく、いつもの物憂《ものう》げな顔が――このウェブリン女学院の中ではリネットだけが知っている彼の素顔《すがお》が、その秀麗《しゅうれい》な目鼻立ちの上に顕《あらわ》れていた。

彼は特に何かを言って寄越《よこ》した訳ではないのだが――

『いいからさっさと食べろ』

そう言われた様な気がして、リネットは慌て気味《ぎみ》に何度も頷いた。

●

昼休みの後――午後の授業。

ジンは運動場に集まった生徒達《たち》を見回して言った。

「――さて。昼ご飯も終わって皆、眠《ねむ》くなっている事とは思いますが、もう少し私の顔を立てて、お昼寝《ひるね》を我慢《がまん》しておつきあい願えますでしょうか、御嬢様方？」

ジンがそう告げると、生徒達の間から笑い声が漏《も》れる。

彼の担当する科目は『杖剣術』だ。

はっきり言えば……それはあまり重視されている教科ではない。現代においてそれは主流にはなり得ず、あくまでたしなみ程度、生徒達にもその親にも、習得を強く期待されている様な技術ではない。

魔術が使えねば人にあらず、とまで言われる昨今。

軍においても『戦力』の主軸《しゅじく》は魔術だ。

戦場においては、大威力《だいいりょく》の攻撃用《こうげきよう》魔術を、一定の距離《きょり》を置いて応酬《おうしゅう》するのが主流になり、かつて騎士《きし》や戦士が連綿と受け継《つ》ぎ磨《みが》き上げてきた白兵戦技術は、既《すで》に過去の遺物扱いされて久しい。

多くの軍人が言う――『もう殴《なぐ》り合いの時代ではない』と。

「あの、ガランド先生？」

ふと生徒の一人――ルーシャが手を上げて言った。

「先生の授業は、杖剣術なのですよね？」

「その通りですが？」

「でも、先生は杖を持っておられない様に見えるのですが」

ルーシャの言う通り、ジンは魔導機杖を持っていない。代わりに手にしているのは鞘《さや》に入った片刃《かたば》剣《けん》――暗殺者としての彼が愛用している〈影斬《かげきり》〉だ。

「私は魔導機杖は使いません」

ジンがそう告げると生徒達の間にざわめきが広がっていく。

正確には『使わない』のではなく『使えない』のだが……ここでそれを言う必要もあるまい。下手に『無能』である事を告白すれば生徒達は間違《まちが》いなくジンを舐《な》めてかかる。

「杖剣術というのはその名の通り、魔導機杖に『取り付ける』形式の小型剣を用いて、白兵戦を行う技術の事です」

ジンはルーシャの方に歩み寄りながら言った。

「仮に、魔術を使っている余裕《よゆう》が、時間的にも空間的にも無い場合」

ジンは遠慮《えんりよ》無くルーシャに近づいて行く。手を伸《の》ばせば届くどころか、互いの吐《は》いた息がそのまま相手に届く程の——超至近距離《ちようしきんきより》。

「ガランド先生……？」

普通《ふつう》は他人が立ち入る筈の無い間合いに踏《ふ》み込《こ》まれたルーシャは、目を丸くして、思わず手にしていた魔導機杖を掲《かか》げながら身を退こうとする——が。

「——ついつい人は切り替え損《そこ》なう」

無造作に伸ばされたジンの右手がルーシャの魔導機杖をつかんだ。

「つい、魔導機杖そのもので戦おうとしてしまう」

やはり笑顔《えがお》を維持《いじ》したまま、ジンはそう言った。

多くの魔導機杖には、『伝統的に』接近戦用の杖剣《バヨネット》を装着する金具が付属するし、軍用の魔導機杖には杖剣を内蔵しているものも在る、また一部では魔導機杖そのものを利用する棒術も在る――が。

「魔術に拘泥《こうでい》して、杖剣術に切り替えて対応する機会を見失う。また、魔導機杖を風呂場《ふろば》や寝室《しんしつ》にまで持ち込む人も少ないでしょう。そういう場で襲《おそ》われた際に、どうしますか？」

「…………」

ジンに魔導機杖を押さえられたルーシャは、問いに答える事も出来ないまま、喘《あえ》ぐ様に口をぱくぱくと開け閉めしている。

彼女《かのじょ》の綺麗な顔には薄《うっす》らと恐れの色が乗っていた。恐らくジンが、風呂場や寝室に押し入ってきた暴漢にでも見えているのだろう。

（まあ、いじめるのはこのくらいにしておくか）

ジンは教師として未だ仮採用の身ではあるのだが……今後、本採用を目指してこのウェブリン女学院に通う積もりであれば、学院長の孫をいじめて嫌われても、良い事は無いだろう。

「杖剣術という言い方をしていますが、私がお教えするのは、護身術、あるいは魔術に頼《たよ》らない戦い方――古式武術全般《ぜんぱん》です」

「魔術に、頼らない……？」

ざわめきが改めて生徒達の間に広まっていく。

多くの生徒にはそれはひどく時代錯誤《じだいさくご》な考え方に聞こえただろう。

しかし──

「……なるほど」

とルーシャは頷いた。納得《なっとく》の表情で。

（……ん？）

ふとジンはルーシャの反応を意外に思う。

ルーシャが『魔術に頼らないなんて、何という時代錯誤な！』と噛《か》み付いてくるのではないかと思っていたのだが。意外と柔軟《じゅうなん》な考えが出来る少女なのか、それとも──

（となると最初に『驚《おどろ》かして』やるのは他の子の方が良いか）

そう判断してジンはルーシャの魔導機杖から手を離す。

「そういう訳で、ええと──そこの貴女《あなた》とそこの貴女」

ジンはルーシャの近くに居た生徒二人を指さした。

「魔導機杖の安全装置は外していますね？　じゃあ何か適当に攻撃魔術《こうげきまじゅつ》で私を攻撃してください」

「──え？　せ、先生を、ですか？」

と生徒達が目を丸くして固まる。

軍の記述開発した攻撃魔術は──比較的威力《ひかくてきいりょく》が低いものに限られるが、『護身用』の名目で一般《いっぱん》にも公開されている。生徒達もそうした術式を一つや二つは魔導機杖に装填《そうてん》しているだろう。

「ええ。遠慮は要《い》りませんよ。ただ他の人に間違っても当てないように、よく狙《ねら》って──ああ、この距離じゃ私に有利過ぎますかね」

そう言ってジンは十数歩後ずさり、少女達から距離をとった。

二人の女生徒からはジンの歩幅《ほはば》にしておよそ二十歩の距離。ヴァルデマル皇国の度量衡で言えば、十五メルトルといったところか。全力疾走《しっそう》している最中ならともかく、静止状態からとなると、さすがに一瞬で踏破《とうは》は出来ない距離である。

「さあどうぞ？」

「で……でも」

と女生徒達は躊躇《ちゅうちょ》の表情で顔を見合わせる。当然だ。いきなり殺傷力のある魔術で教師を撃《う》てと言われて、躊躇しない方がおかしい。

「ああ。なるほど。貴女達を拐《かどわ》かすのは簡単ですねえ。実際に暴漢に出会っても、貴女達はそうやって躊躇しているうちに、手の届く距離に踏み込まれる訳ですよ」

「…………」

女生徒達は戸惑《とまど》いの表情で顔を見合わせる。

「ええと、貴女達、名はなんと言いましたか？　もし私が食うに困って身代金誘拐《みのしろきんゆうかい》に手を染めざるを得なくなれば、貴女達をまず最初に襲えばいいという事ですね。簡単にさらえてしまう」

「……！」

わざとらしい――ジンのひどく芝居《しばい》がかった大仰《おおぎよう》な挑発《ちようはつ》に、しかし少女達は呆《あき》れる程、素直《すなお》に反応した。

「トルマ・キイ・ウル・ヨン――」

「エル・ム・ジン・シン・コル・ポ――」

呪文詠唱――開始。さすがに殺傷力の高い魔術《まじゆつ》ではない様だが、それぞれ使う魔術の種類を変えてくる程度の工夫《くふう》はある様だった。

「おお。素晴《すば》らしい」

とジンは笑顔でそう評する。

同じ攻撃を放てば同じ手段で防がれてしまう。攻撃の種類も、それを放つ瞬間《しゆんかん》も、敢《あ》えてずらしてやるのが定番戦法《セオリー》である。女生徒達はそれを忠実に実行しているのだ。

「では、いきますよ」

ジンはそう断って──地を蹴《け》った。

●

ジンの姿は唐突《とうとつ》に消滅《しょうめつ》した。

少なくとも彼に注目していた生徒達には、そう見えただろう──最初からジンが何をするのか想像がついていたリネットを除いて。

『人間は殆《ほとん》ど無意識の内に瞬《まばた》きをする。つまり目を瞑る』

リネットはモーガン・パウザの屋敷《やしき》での、ジンの言葉を思い出す。

『小石でも投げて注意をそっちに向ける。揃《そろ》っていないのなら、視線の向きや、瞬きの瞬間を、こっちで揃えてやればいい』

ジンがわざわざ『いきますよ』と断って、殊更《ことさら》に身構えてみせたのは……恐らく彼が言うところの『小石』だ。

彼が素早《すばや》く動くであろう事は誰もが予想していただろうから、先読みしようと無意識の内に、彼が向いていた方向に――ジンと女生徒二人を結ぶ直線をなぞる様にして視線を動かそうとする。

「――!?」

だが――ジンに攻撃してこいと言われた女生徒二人は、彼の姿を見失い、思わず驚きの声を上げながら左右を見回していた。

「――はい。これで一人。貴女《あなた》は死にました」

そう言って――ジンが二人の背後から、右側に居た女生徒の肩《かた》に片刃剣を乗せたのは次の瞬間の事であった。

「――!?」

剣を乗せられた生徒は、びくりと身を震わせてジンを振り返る――が、彼はその時には既にそこに居なかった。

するりと横から死角に回り込んで、左側の生徒の側面から、こん、と生徒の頭の上に剣身を乗せる。さすがにこれは離れた位置から見ていた他の女生徒達には見えていた様だが、当の女生徒二人は自分が何をされたのか全く理解出来ていない様だった。

「え、え？」

「この様に――」

とジンは最早《もはや》、勝負はついた――と言わんばかりに、狼狽《ろうばい》する女生徒達から離れ、すたすたと歩いて元の位置に戻《もど》って言った。

「人間は、地を歩く生き物――平面に生きる生き物ですから、視界は基本的に横に広く縦に狭《せま》い。勿論《もちろん》、多少の個人差はありますが」

と剣を縦横に振ってみせながらジンは言った。

「なので相手を見失った際、ついつい、右と左を捜《さが》して、上と下には中々目がいかないものです。相手が人間で、空を飛ぶだの、地に潜《もぐ》るだのとは思っていなければ尚更《なおさら》――ね」

唖然《あぜん》としている生徒達にジンは朗《ほが》らかな笑顔を見せる。

「更にいえば――『こっちだよ』と右の背後から声を掛けられたり、右肩《みぎかた》を叩《たた》かれたりすれば、人はまず右側から振り向こうとします。当たり前ですが。すると当然、視界はそちら側に動く事になり、左側へ回り込んでやると、常に相手の死角にいる事が出来ます」

「あ、あの、せ、先生？　よろしいですか？」

と生徒の一人が片手を挙げて質問する。

「ま、まさか、先生は──今、先生がなさった動きを、その、私達にも、しろと……？」

「………」

ジンは束《つか》の間《ま》、不思議そうに目を瞬かせていたが。

「まずいですか？」

「出来ませんよ⁉」

と生徒達が悲鳴じみた声を上げる。

（ジン先生……）

リネットはこっそりと胸の内で溜息《ためいき》をついた。

自己評価が低いのはリネットも同じだが、ジンはジンで、『自分に出来る程度の事は誰にでも出来る』と思っている節が在る。ジンに引き取られてから、諸々《もろもろ》の手配が済んで、ウェブリン女学院に入るまでの一か月余り……みっちりと彼《かれ》に『身体運用』について鍛《きた》えられてきたリネットには、それが嫌という程わかっていた。

「普通の人は、立っている人間を跳《と》び越《こ》えたりなんか出来ません！」

確かに普通の人間の脚力《きゃくりょく》では──何か専門の訓練でも受けていない限り、自分の身長を超《こ》える高さまで跳ぶなどという真似《まね》は出来ない。

「――リネット・ガランド」

「は、はいっ⁉」

急に声を掛けられて、思わず上ずった声を上げるリネット。

周囲の視線が自分に集中するのを感じて、顔を赤らめるが――

「やってみなさい」

「……え？」

と驚きの声を上げたのは――しかしリネットではなく、他の女生徒達だった。初口に転んだり教壇《きょうだん》で頭を打ったりする様な鈍臭《どんくさ》い転入生が、ジンの言う様な動きなど出来る筈もない、と思ったのだろう。

「は、はい、がんばりますっ！」

リネットはそう言って大きく頷《うなず》く。

「とりあえず私の頭上を跳び越えれば良いでしょう。単純な脚力で無理なら、創意工夫《そういくふう》で補いなさい」

「…………」

リネットは数歩の距離を空けたまま、ジンと改めて対峙《たいじ》。

そして――

「…………ッ！」

三歩ばかり助走をつけてから、両手で振り上げていた魔導機杖の下端《かたん》を叩き付ける様にして――地面を突《つ》く。

全身を使ってのその動きは、当然、反動として魔導機杖を支点に彼女の身体《からだ》を空中に投げ上げる。つまりは棒高跳《ぼうたかと》びの要領だった。

「ああっ……？」

生徒達の驚きの声を背に受けながら、リネットは何とかジンの頭上を跳び越えて背後に立つ。着地の瞬間にわずかながらもよろめいたのは――まあ愛嬌《あいきょう》と言えなくもないだろう。

実を言えば、この『棒高跳び』はガランド邸《てい》の中庭で何度も何度も練習してきた。ジンの訓練は最初の十日は、最低限の筋力と体力を付ける為《ため》のものだったが、残りの本日に至るまでの二十日間は『身体をどう動かすか』の経験《けいけん》を、ひたすら積ませるものだったのである。

『とりあえず、普通に魔術《まじゅつ》が使えないなら、使えないなりに、魔術使いと同等以上に渡《わた》り合えばいい。そうすればお前は無能と呼ばれない』

ジンはそう言って、対魔術戦闘《せんとう》の基本をリネットに叩き込んだ。

「あの無能のリネット・ホーグが……？」

「で、でも魔術が使えないから無能なのであって、今は魔術は関係ないような……」

「というか、彼女、今はガランド先生の身内なんでしょ？　きっと依怙贔屓《えこひいき》してもらってる――」

と生徒達の間でひそひそとそんな言葉が交《か》わされているのが、リネットの耳に届く。恐らくはジンにも聞こえているだろうが、彼は笑顔の仮面を毛ほども揺《ゆ》るがさず――

「……まあ少し私の頭を擦《こす》りましたが、良しとしましょう！」

と言ってリネットの頭にぽんと左の掌《てのひら》を乗せる。

それから彼は再び他の生徒達に目を向けて言った。

「この様に――転入早々、教室内で足をもつれさせて転んじゃう様な、少々鈍臭い私の身内でも、創意工夫で何とかなります。ならば他の皆《みな》さんにも出来ない筈がありません」

生徒達の間に湧《わ》き上がるざわめきを抑《おさ》え込む様にジンは言った。

「つまり、魔術を使わずに魔術に対抗《たいこう》する為には、何をすれば良いのか、よく考えてみましょう、相手も人間である事に変わりはないので、その肉体的な制約や限界も含めて考慮《こうりょ》して――という話ですよ」

「………………」

顔を見合わせる女生徒達。

彼女等《かのじょら》の驚きは無理も無い。

元々杖剣術というのは、あくまで、『何らかの理由で魔術が使えない、使うのが間に合わない、そういう特殊《とくしゅ》な状況《じょうきょう》で、何とか身を守る為の技術』であって――『魔術を使わずに魔術を使う相手を制圧する技術』ではない。

言うなれば『身を守る盾《たて》の使い方』を教わる積もりで居たら、いきなり『先に相手をやっつけちゃえば盾も別に要らないですよね？』と言われた様なものである。

「……なるほど、驚きました」

という声が女生徒達の間から上がる。

ジンが目を向けると、声の主は――ルーシャだった。彼女は生徒達の中から一歩前に出ると、ジンに向かって微笑《ほほえ》みかける。

「その様な考え方、今までどなたも教えてくださいませんでした」

「まあ戦場から白兵戦術がほぼ駆逐《くちく》されたのは事実なので」

とジンは肩を竦《すく》めてみせる。

「今時の軍が杖剣術はもう旧《ふる》いとして、あまり力を入れていないのも事実ですし、そういった考え方が一般にも広まるのは当然と言えば当然ですが――」

ジンはひょいと軽い動作で剣を振る。

「忘れてはいけません。人間は魔術を使わなくとも火を熾《おこ》せますし、石を割る事だって出来ます。魔術を使わずとも人を殺す事も——ね」

そう告げるジンの笑顔は、あくまでも朗らかだ。

「魔術が使えない現場というのも、実は幾《いく》つも想定出来ます。そういう『もしも』に備えるのは悪い事ではないでしょう。しかし人はついつい、それを忘れがちだ」

言って——ジンは、少し身を屈《かが》めてルーシャの顔を覗《のぞ》き込む。

「世の中には、数こそ少ないですが、魔術が使えない人間も居ます」

「…………」

ジンの眼はルーシャの方を向いたままだったが、代わりに彼女の紫《むらさき》の眼がちらりとリネットを一瞥《いちべつ》した。女生徒達の数名もジンの言わんとするところを察したのか、リネットに目を向けてくる。

「あるいはある時から魔術が使えなくなる人というのも、居るかもしれない。事故で歩けなくなる人が居るように。病気で眼や耳が不自由になる人が居るように」

「……それは」

「だから魔術を使えない状況を想定した上で『では何が出来るか』を考える事は、決して無意味ではないと私は考えているのですよ」

そう言ってジンは、ルーシャに、そして女生徒達に微笑んでみせた。

●

放課後──

「…………」

ジンは宛《あ》てがわれた執務室《しつむしつ》に居残って、学院側から渡された各種書類に目を通していた。

生徒達個々の情報から、同僚《どうりょう》教師の情報、学院における年中行事一覧、その他諸々を頭に叩き込んでおくようにと、学院長から直々に命じられているのだ。

(リネットの周辺で『網《あみ》を張る』為にも有用な情報だからな……早々に記憶《きおく》しておくに越した事は無いが)

そんな事をジンが考えていると──執務室の扉《とびら》を叩く音がした。

何処《どこ》か控《ひか》えめに、躊躇《ためら》うかの様に、間を置いて、二回。

「開いています。どうぞ」

視線は書類に向けたまま、咄嗟《とっさ》に『ガランド先生』としての表情と声音《こわね》を取り繕《つくろ》ってジンはそう応じる。

「失礼します」

そう言って扉を開き顔を出したのはリネットだった。

「あの……ジン先生？」

彼女は後ろ手に扉を閉めると、ジンの方に歩み寄ってくる。彼女は少し身を屈めてジンの横顔をのぞき込みながら——

「……えっと、ひょっとして、お疲《つか》れですか？」

「まぁな」

とジンは書類から目を上げる事も無くそう答える。

「どうにも落ち着かない」

「はい。私も——」

「——黒い服でないと」

「——え？」

「いざという時に暗がりに潜《ひそ》めないだろう」

「……い……いざという時、ですか？」

「ユリシアの奴《やつ》、『まさか、名門女子学院に先生として就職しようっていうのに、暗殺者の時と同じ黒ずくめで行こうなんて、阿保《あほ》な事考えていませんよね』とかなんとか言って、こんな派手な服を……いつの間にこんな衣装《いしょう》を用意したんだか、あいつは。よりにもよって白だぞ白、しかも裏地が赤で……目立って良い事なんて何もないってのに――」

「……………」

書類に目を通しつつも、ぶつぶつと独り言の様に不満をこぼすジンを、しばらくリネットは無言で眺《なが》めていたが。

「あの、ジン先生――」

「子供の頃《ころ》、よく魔術が使えない無能と姉共々、周りからいじめられたんでな、黒い布を被って物陰《ものかげ》に隠《かく》れる癖《くせ》が――」

と、そこまで言って。

「…………」

ふとジンは我に返って手を止めた。

書類仕事に意識を向けていた為、自分が『暗殺者ジン・ガランド』なのか『教師ジン・ガランド』なのか切り替《か》えが少し曖昧《あいまい》になってしまっていたらしい。あるいはこれも黒くない服を着ている事からくる心労のせいか。

「――リネット」

一つ咳《せき》ばらいをしてジンは言った。

「今の話は忘れなさい。いいね？」

「……は、はい」

何をどう感じたのか、かくかくとぎこちなく頷くリネット。

ジンは半眼で彼女をしばらく眺めていたが――

「というか、なんで名前呼びなんだ？」

本来なら『ジン先生』ではなく『ガランド先生』と呼ぶべきだろう。

「えっと、お屋敷ではジン様とお呼びしていますし、それに私も今は一応、ガランド姓《せい》って事になっているので……」

リネットによると、彼女とジンを同じ姓で呼ぶと混乱するかもしれない――という事で、生徒達は早々にジンの事を『ジン先生』と呼び始めているらしい。

「まあいい。親しまれているのだと思っておこう」

他の生徒までが『ジン先生』と呼び始めているのなら、リネットにだけ殊更に『ガランド先生』呼びを強《し》いるのも、悪目立ちしかねない。

「で――なんの用だ？」

「あ、えっと」

途端《とたん》――リネットの表情が、陰《かげ》りを帯びる。

「……一日で音《ね》を上げたか？」

ジンは書類に目を戻しながらそう問う。

彼が見た限り……事前の想像以上に、生徒達の、そして教師達のリネットに対する当たりはきつい印象である。高等部の教師はリネットの素性《すじょう》を――『無能』を含《ふく》め、幼年部の諸々を知らなかったが、幼年部から進級してきた生徒達が、早々に告げ口したらしい。『無能』のリネットが自分達の学院に通ってきている時点で、不愉快《ふゆかい》に感じる者も居るという事なのだろう。ましてや一度は『逃《に》げた』事になっている彼女が、姓を変えて戻ってきた事についても、『卑怯《ひきょう》』と感じる者が居る様だった。

「……あのルーシャ・ミニエンという生徒だが」

「…………」

その名を聞いた途端にびくりとリネットが身を震《ふる》わせる。

「幼年部の時の同級生か？」

「お友達……お友達の、積もり、でした……私は」

そう言ってリネットは強く飾布を握《にぎ》りしめる。

直後――ぱちり、と彼女の足下で火花が弾《はじ》けた。

「…………」

ジンは短く溜息をつくと、椅子《いす》を引いて立ち上がる。

俯《うつむ》くリネットに歩み寄ると、おもむろに彼は彼女を抱《だ》き締《し》めた。

「……ジン先生……⁉」

驚いた様子で声を上げるリネットだが――同時に彼女の足下で弾けていた魔力《まりょく》暴走の兆候は、鳴りを潜めていた。ジンに抱き締められた事によって、魔力は事象転換《てんかん》出来ずに散《さん》逸《いっ》しているのだ。

「ジン……さま……」

リネットはしかし、何か勘違《かんちが》いをしているのか、腕を回してジンの身体にしがみついてくる。

ジンの胸元《むなもと》に顔を埋《うず》めたのは、潤《うる》んだ目や赤らんだ頬《ほお》を見られたくないからか。ジンからは彼女の赤く染まった耳が丸見えだが――

「あの、ありがとうございます」

「なんだ？　改まって」

「お昼に……庇《かば》ってくださいましたよね」

中庭で独り昼食を摂《と》っていたリネットが、弁当の入った籐編籠《バスケット》に虫の死骸《しがい》を投《な》げ込まれそうになっていたのを、ジンが指弾《しだん》――指先で石礫《いしつぶて》等を飛ばす暗器術の一つだ――の要領で硬筆の先を飛ばして防いだ事を言っているのだろう。

「たまたま俺《おれ》が庇える位置に居て、庇える内容だったからな」

ため息を一つついてジンは言った。

「俺が教師としてこの学院に潜り込んだのは、確かにお前を『利用』する上で必要な事だったからだ。お前が不用意に『お漏らし』をして怪我人《けがにん》でも出そうものなら、そういう思《おも》惑《わく》もご破算になるからな、介入《かいにゅう》出来る時には極力そうするが……だからといって四六時中、それこそ王に仕える近衛騎士の様に傍《そば》に侍《はべ》っている訳にもいくまい」

「それは分かってます、分かってますけど」

益々強くジンにしがみつきながらリネットは言った。

「それでも御礼《おれい》を言いたい気持ちだったんです。私が嬉《うれ》しかったから」

「……そうか。それを言いにわざわざ？」

礼を言うだけなら屋敷に戻ってからでも構わなかっただろう。

「いえ。あの。一緒《いっしょ》に帰れたらって……思って」

「学院長に釘《くぎ》を刺《さ》されてるんだが」

「……え？」

「女生徒との間に変な噂《うわさ》が立つような真似はしないように、とな。一応、身内という事になっているから、同じ屋敷に帰るのは良いとしても、時間を合わせて一緒にとなると、他人の眼にどう映るかだな」

「あっ……」

「まあそれ以前に、今この場を誰かに見られでもしたら、一発で教師生活は終了《しゅうりょう》、言い訳もきかないだろうが」

「え？　あ、は、はい、ごめんなさい⁉」

言って弾かれた様に身を離《はな》すリネット。

「ごめんなさい、ごめんなさい、ジン先生――棄《す》てないで、私」

「だからそれも、人聞きが悪いというか、ますます誤解されるからやめろ。俺もお前も初日でこの学院を追い出されかねないぞ」

「……！」

慌《あわ》てて自分の口を両手で押《お》さえるリネット。

しばらくジンはそんな彼女を眺めてから――

「………リネット」

書類の束を引き出しに片付けてジンは壁《かべ》に吊《つる》してあった外套《がいとう》を手に取った。愛用の片刃剣〈影斬〉を鞘ごと左脇《ひだりわき》に帯び、最後にこれまた壁に吊してあった鞄《かばん》を手に取る。

「逆に考えるか。出来の悪い生徒には補講が必要だな」

「え？　え？　あの、それは」

「放課後、他の生徒に見られると恥《は》ずかしいからという理由で、お前は教師と二人っきりで、課外授業を受けていた」

他人事《ひとごと》の様な口調でそう言うジン。

リネットは驚いた様に目をぱちくりと瞬《しばた》かせていたが――

「二人っきり……？」

「それが終わったらそこそこ遅《おそ》い時間だ。暗くなってきた頃合《ころあ》いに、女生徒を一人で帰らせるのも、何かと不用心だ。だから帰る先が同じという事もあって、一緒に帰る……まあこんなところか」

そう言いながらジンは執務室を出る。

廊下《ろうか》を歩く彼の横に並びながら――

「えっと、つまり……？」

「筋書きに説得力を持たせるために、少し課外授業だな」

人目のある場所に出た為に、『ガランド先生』――いや『ジン先生』の仮面を被《かぶ》りながらジンは朗らかに言った。

ジンがリネットを連れて向かったのは校舎裏だった。

あまり人の来ない――校舎と、そして敷地《しきち》の外縁《がいえん》をぐるりと取り囲む塀《へい》との間に出来た場所。隙間《すきま》と呼ぶには広いが、さりとて、何かの用途《ようと》に使える程《ほど》の広さでもない。小さな物置小屋が幾つか在り、他には申し訳程度に、数本の落葉樹が一定間隔《かんかく》で植えられている。

そこでジンはリネットと向かい合うと――

「俺の教えた歩法でそこの木の周りを一周してみろ」

「あ、は、はい」

ジンに言われてリネットは一本の木を中心に円を描《えが》いて歩いていく。

その姿は、傍目《はため》には殊更に変わったものでもなかったが――

「――リネット」

ジンはリネットに歩み寄ると、彼女の背後で腰《こし》を屈め、いきなりその脇腹《わきばら》に両手を添《そ》えた。

「うひゃっ⁉」

「変な声を出すな」

「あ、あ、で、でも」

「少し体幹の動きにぶれがあるぞ」

とリネットの脇から太ももへと両手を滑《すべ》らせながらジンは言う。

「え、あ、は、はい……ひあっ？」

「呼吸も乱れた。呼吸は最も基本的な『運動』だ。調子を崩《くず》すな。落ち着いて頭の中で俺の教えた『歌』を暗唱しろ。常に頭の中に歌を流している感じだ。その『歌』に合わせて呼吸をしていく。緩急《かんきゅう》をつけて、幾つも小さな波を作る様に」

「え、えっと、は、はい」

とリネットは素直に答えるものの、その声は上ずっている。

背後から身体の各所を触《さわ》られているからだろうが——触っているジンの方はといえば、何処か物憂《ものう》げな表情をいつもの様に浮《う》かべているだけで、その声にも特に変化は無い。

「うまく呼吸が出来れば、それをずっと維持しろ。それが癖になるまで——無意識に常にその呼吸が出来る様に」

「は、はい、やっては……いるんですけど……」

リネットは頬を赤らめながらそう答える。

「全身の筋肉の一つ一つに意識を向けるんだ」

とジンは両手をリネットの筋肉に沿って——その状態を確かめる様に滑らせていくが、それがくすぐったいのか、リネットは時折、『ひあっ』とか『あひゃっ』とか、何処か間の抜《ぬ》けた素《す》っ頓狂《とんきょう》な声を上げたりもする。

「リネット。呼吸を乱すな。鼓動《こどう》を乱すな」

「そ、そんな事言われても……！　あ、あの、ジン先生——こ、これって、この動きとか、歩き方って、そもそも、どんな意味が……？」

リネットは震える声で尋《たず》ねる。

ジンが彼女《かのじょ》にこの『歩き方』や『息の仕方』を教えたのは十日ばかり前の事だが、彼はその際にその意味を教えはしなかった。ただ歩き方を教え、息の仕方を教え、それを繰《く》り返し、寝《ね》ても覚めてもする様に命じただけだ。

リネットもジンを信頼《しんらい》してか、今まで『どうして？』とは聞いてこなかった訳だが——

「呪文詠唱《じゅもんえいしょう》は、魔力を——仮想的な力、精神の力、己《おのれ》の『内なる力』を、実際の現実事象、『外なる事象』につなげるための、切っ掛けだ」

唐突に手を止めてそんな事を言い出すジン。

彼はリネットの前に回り込《こ》みながら、改めて彼女の頭のてっぺんからつま先まで、視線を滑らせていく。

「人間の身体は――その内側は、一つの『世界』だ。そしてその外側はまた別の『世界』で、この二つには断絶がある」

「……は……はぁ……」

曖昧に頷くリネット。

そんな彼女の額にジンは指先を突き付けて――

「頭の中で『考えている』だけでは現実事象に何も影響《えいきょう》しない。だから言葉にしてこれを『発する』事で現実に影響を及《およ》ぼす。二つの世界を『繋《つな》ぐ』んだ。つまりそれが魔力を外に出す、という事であり、それを手助けするのが魔導機杖という事になる」

「…………」

リネットの様子を見ていると、完全に理解できているかどうかは怪《あや》しいが、ジンも一度の講釈《こうしゃく》で済ませられるとは思っていない。今更《いまさら》の様に質問をしてきたという事は、『知りたい』と考えているという事だ。物事を学ぶのにはそれが最も重要である。

（『教わる』積もりでいる奴は学習しない。自ら『学ぶ』積もりでなければ――『学び』『獲《と》る』積もりでなければ）

ジンはそう考えている。

だから彼は、学ぶ意欲を見せたリネットに対しては、それこそ歌を歌うかの様に何度でも何度でも、彼女が理解できるまで、繰り返すつもりだった。

「かつての――魔導機杖の無い時代の魔術師《まじゅつし》は、呪文詠唱に加えて、儀式《ぎしき》だの結印だの、あるいは術式陣《じゅつしきじん》を描く動作だのを繰り返して、それら全てで魔力を『外に出』してきた」

「……はい」

「お前は魔導機杖が使えない。魔導機杖に自分の魔力を流《なが》し込めない。呪文詠唱に魔力が伴《ともな》っていない。だがそれは逆に言えば――それだけの事でしかない」

「――え？」

「魔力はある。それも常人の何倍も。時に漏《も》れ落ちた部分が暴走する程に。ならば、魔導機杖以外の方法で魔術を使う事が出来るかもしれない――魔導機杖が無かった時代の魔術師の様に」

ジンは言ってリネットに手を伸《の》ばす。

「手足を動かせ。些細《ささい》な手の上げ下げにも、『意味』を込めろ。筋肉を緊張《きんちょう》させ、弛緩《しかん》させ、それらの繰り返しで、呪文を詠唱するかの様に魔力を外に出す意思を示せ」

手話というものがある。

指や手の動きで『言葉』を紡《つむ》ぐ技術。

別に言葉は『声』でなければ表現出来ない訳ではない。それが最も手っ取り早いから使われているだけで――ならば、呪文詠唱を、自らの身体を動かす事で代用できないか？

「全身には二百五十を超える関節と、それを動かす為の筋肉がある。それらを個別に意識して使え。それらを組み合わせれば、呪文を詠唱する以上の密度で『意味』を操《あやつ》れる」

ジンはリネットに身振《みぶ》りで指示して、校舎の壁に両手をつく様に促す。リネットは素直にこれに従い、上半身をわずかに屈めて校舎の壁に両手をついた。

「足を広げて――そうだ」

言ってジンはその背後から覆《おお》いかぶさる様にして――

「ジ、ジン様……!?」

「動くな。呼吸を乱すな」

「そ、そんな事言ったって……!? ひあっ？」

ジンの声が――というより息が首筋に触《ふ》れて声を上げるリネット。

「しょうがない奴だな」

「ご、ごめんなさい……!?」

「まあ、最初は少し痛いかもしれないが」

「――え？」

「じきに慣れる。慣れればむしろ気持ちよくなる」

とジンは背後からリネットの身体に手を這《は》わせながら――掌で彼女の身体を撫《な》でまわしながら、言った。

「ちょっ……ジ、ジン様⁉　それって一体、何の――」

「お前の身体の話だが」

「い、いや、あの、わ、私、ジン様にならなんでも、で、でも、あの、こ、心の準備――が⁉」

とリネットは耳まで真っ赤にしてそう訴《うった》えるが、ジンの手は止まらない。彼はリネットの身体を後ろから抱き締める様な体勢で、更に両手を彼女の身体に這い回し、時に、指先を押し込んでいく。

「こ、こんな、そ、外で――ひぎっ⁉」

リネットの声が悲鳴の形に跳《は》ねた。

ぐい、と押し込まれたからだ。

ジンの指が――リネットの体に。

「いたっ……⁉　いたたた、いたい、いたい⁉」

「言っただろう。少し痛いかもと。我慢《がまん》しろ」

と言いながら、ジンは逃げようとするリネットを身体全体で抱き締めて押さえ込みながら、指先を彼女の身体のあちこちにめり込ませていく。

「呼吸を整えろ。俺の呼吸に合わせろ」

「ひぎっ……そ、そんな、こと、言っ……ひあっ⁉」

ふとリネットの声の調子が変化する。

それがどういう効果があるのか、リネットは何度も身体を震わせ、言葉にならない声を漏らしている。頬も紅《あか》いし、呼吸は激しいしで、傍目には彼女がジンの『愛撫《あいぶ》』で立ったまま悶《もだ》えているかの様にも見えるが……

「……まあこんなところか」

やがて、ジンが手を離すと、リネットはぺたんとその場に座《すわ》り込んでしまう。苦痛なのか快感なのか、これも傍目には判別がつき難《にく》いが、とにかくリネットが初めて体験する感覚であったのは間違《まちが》いなかろう。

「ジン……さま……」

喘《あえ》ぎながらリネットはジンの顔を見上げる。

その表情は曖昧に溶《と》けて、意識が朦朧《もうろう》としている様にも見えるが――しかし、次の瞬間《しゅんかん》。

「……あれ？」

急にすっきりした表情になってリネットは目を瞬かせる。

「あ、あの、ジン様、じゃなくてジン先生――これって?」

「指圧術で経絡《けいらく》に――人体内の力の流れに干渉《かんしょう》して、一時的にだがお前の身体を最適化した。基礎《きそ》の歩法や呼吸は出来ていたからな。まあ微調整《びちょうせい》だな」

「は……はぁ」

と目を瞬かせるリネット。

「今の状態を――体の感覚を覚えておけ。俺に強制的に調整されるのではなく、自分でいつでもその状態に出来る様にな」

ジンはリネットの前に膝《ひざ》をついて彼女の眼をのぞき込む。

「今の状態に出来れば、あと一歩だ」

「あと一歩って――」

「お前は声ではなく身体で魔術《まじゅつ》を――」

とジンは言いかけて。

「……!?」

次の瞬間、彼は跳ねるかの様に立ち上がりながら、爪先《つまさき》で地面に穴を掘《ほ》る程の勢いで半回転。

「――ジン先生？　どうかしたんですか？」

ジンの唐突《とうとつ》な行動に、驚《おどろ》いた様子でリネットが声を掛けてくる。

「ああ――いや」

とジンは首を振《ふ》りながら懐《ふところ》から手を抜いた。

「視線を感じた様に思ったが……多分気のせいだろう」

と言いながらジンは眼を細め、改めて視線を感じた方を見遣《みや》る。

そこにはもう誰《だれ》の姿も無いのだが――

（……生徒ではなかった様な）

振り返った瞬間の視覚を脳裏《のうり》に思《おも》い描く。

物陰に見えた様に思ったその人影《ひとかげ》は、衣装が生徒と違《ちが》った様に思う。

では教職員か。いや――それも怪しい。

女生徒であれば、ジンが振り返った時点で、気まずくて逃げても不思議ではないが――

教師と生徒の逢《あ》い引き場面だと勘違いして――教職員であればむしろ、咎《とが》めるために近づいてくるだろう。

さもなくば――

（自分も見られては困る何かをしていたか、だが……）

ジン達《たち》と同様、ここなら人目に付かないだろうとやってきたは良いが、先客が居たので慌てて逃げた、とも考えられる。

だがジンが見た人影は一人分――それこそ教師と生徒が逢い引きという訳でもなかろうし、生徒同士のいじめの類でもなかろう。

「……まあいい」

ジンはリネットに視線を戻《もど》して言った。

「今日のところはこれで切りあげよう」

「は、はいっ……あ、あのジン先生？　えっと、あのですね、申し訳ないんですけど、その、手を――貸していただけません……か？」

とリネットは額に汗《あせ》を浮かべてそう言った。

「だから、えっと、その、た、立てないっていうか、なんだか膝が笑っちゃうというか――身体の調子は良いんですけど、その」

「………………」

ジンはしばらく無表情にリネットを見下ろしていたが。

「少々、荒療治《あらりょうじ》すぎた――というか刺激《しげき》が強すぎたか」

ため息を一つつくと、再びリネットの前にしゃがみ込み、両手を彼女の背中と膝の裏に添える。

「え、あの、ジン先生、まさか——ひゃわっ⁉」

とリネットが声を上げたのは、ジンが彼女を抱き上げたからだ。

「しっかりつかまってろ。それくらいは出来るな」

「ジン先生、あの、えっと、恥ずかしい……です……」

「誰も見てない。多分——今は、な」

言いながらジンはリネットを抱き上げたまま、歩き出す。

「そ……そう、です、か」

とぎくしゃくした様子でリネットは言って——

「そうですよ、ね、誰も、見てません、よね」

まるで誰かに言い訳するかの様にそう繰り返し——リネットはジンの首に両腕《りょううで》を回すと、ぎゅっとその顔を、彼《かれ》の肩《かた》に押し付けた。

「〈霞斬《フォグヒッター》〉と名付けましたですよ」

ガランド邸の――大広間。

舞踏会《ぶとうかい》でも開けそうな、だだっ広いその部屋の真ん中に、今、無骨な作業机が一つ置かれていた。

そしてその上には二本の『剣《けん》』が置かれている。

いや。正しくは剣と杖《つえ》が一本ずつだ。

どちらもユリシアが、家政婦としての仕事の合間に、ガランド邸地下の隠し部屋に置かれた設備を使い、同じく隠し部屋に保管されていた材料を用いて作った代物《しろもの》である。

「銘《めい》については、斬《き》れないものを斬る、形無きものをといった意味で、若様の〈影斬《かげきり》〉と揃《そろ》えてみましたです」

と言うユリシアだが、見た目はあまりジンの〈影斬〉と似ていない。

〈影斬〉は体裁《ていさい》としては片刃《かたば》の小剣で剣身は黒い。

対して〈霞斬〉は剣身は通常の刀剣の様な白銀、剣身は細く更《さら》に短い――どちらかといえば短剣に近い。

「故に、正しくは『カスミギリ』と読みますです。若様の〈影斬〉が正式には『カゲキリ』と読むのと同じく」

ふん、と鼻息荒《あら》く――つまりは自慢《じまん》げに、ユリシアはそう言った。

彼女が指さす先、剣身の根元には、『霞斬』という何やら複雑な二文字が彫《ほ》り込まれている。ジンも詳《くわ》しくは知らないが、ガランド家の〈初代〉、即《すなわ》ち『異界から来た勇者』の故郷の文字、『カンジ』と呼ばれるものらしい。

これは黒い剣身故に視認《しにん》し辛《づら》いが、ジンの〈影斬〉にも彫り込まれている。その意味で確かにこれは〈影斬〉の姉妹剣《しまいけん》なのだろう。

ジンは、腕《うで》を組んで〈霞斬〉を眺めていたが――

「相変わらずお前の名付け方《ネーミングセンス》は……何というか評価に困るな」

「ガランド家〈初代〉様のお国の言葉を参考にして私の付けた銘に何か異論でも？　黒ばかり着たがる若様？」

「……いや。別に」

とジンは両手を掲《かか》げて『降参』の意思を示しながら言った。

ユリシアは魔術が使えないガランド家を補佐する為《ため》に、代々使えてきたスミス家の末裔《まつえい》である訳だが……補佐の内容が多岐《たき》にわたる為、彼女は様々な魔術が使える。

その中には工匠《こうしょう》が剣を打つ、あるいは杖を造る際に用いる金属加工関連の魔術も一通り含まれており、屋敷《やしき》の地下に設けられた作業場で、彼女は普段《ふだん》からジンの使う武器の製造、整備、調整、研磨《けんま》、その他を引き受けてくれているのだ。

「こちらの魔導機杖――魔導機剣といった方が良いでしょうか。こちらは仮に〈紅蓮嵐《クリムゾンボルテックス》〉と」

こちらは、一応ながら魔導機杖とそっくりの見た目にはなっている。ただし多くの魔導機杖については『オマケ』に過ぎない筈《はず》の杖剣《じょうけん》部分が大きく、魔力加圧の為の機構が組《く》み込まれる事が多い『柄《え》』の部分はかなり短い。

勿論《もちろん》、魔術を放つ為の補助具である為、柄と剣身の境目、鍔《つば》の部分には宝珠《ほうしゅ》が埋め込まれ、操作する為の釦《ボタン》や、術式符《じゅつしきふ》を装填《そうてん》する為の細い孔《スリット》も設けられていて、〈霞斬〉に比べると多少ごてごてとした印象だった。

「名は体を、道具においては機能を表しますですから！」

とまたもユリシアは得意げにそう言った。

「――リネット」

ジンは傍《かたわ》らに立っていた少女を振り返る。

「〈霞斬〉から抜いて、振ってみろ」

「――へ？」

とリネットは間の抜けた声を漏らす。

「わ、私が、ですか？　え、まさか、これ、私の……？」

「何だと思ってたですか」

とユリシアも苦笑《くしよう》を浮かべて言う。

「どちらもリネット用に造り上げたものですよ。〈紅蓮嵐〉の方は市販《しはん》の魔導機杖の部品をかなり使ってますが」

「……わ、私用……」

と目を丸くしてリネットは机の上の二本の『剣』を見ている。

やがて彼女はおずおずと手を伸ばすと、〈霞斬〉の方を手に取った。

「これ……いただけるんですか？」

信じられない、といった表情でリネットは確認《かくにん》してきた。

ウェブリン女学院の生徒達は全員が自分の魔導機杖を持っている。

これは魔術の授業が普通《ふつう》に在って授業中にも使う機会が多いからで……魔術が使えないリネットですら、とりあえず生徒としての体裁を整える為に、ユリシアの予備の魔導機杖を貸して持たせていた訳だが。

多くの生徒は既製品《きせいひん》――大量生産の魔導機杖を持っていて、設計段階から自分に合わせた特注品を持っている生徒は、さすがに半数以下だ。

つまりはそれだけ、個人に合わせた特注品は、少なからず見栄《みえ》を張れるものであり、生徒達にとっては憧《あこが》れの品なのである。

（迂闊《うかつ》に持ち込むと、また『魔術も使えないくせに生意気だ』とか何とか言われて、いじめの原因になったりもしそうだが――）

とジンは思うものの、この二本はリネットを『無能ではない』と示す為に必要なものだ。

「勿論、リネットの為に造ったものですから、リネットに使ってもらわなければ意味がありませんですよ？」

とユリシアは笑顔《えがお》で言う。

ユリシアは――殊更《ことさら》にリネットに構う訳でもないのだが、彼女は彼女なりにリネットの事を気に入ってはいるらしい。建前上、リネットはガランド家の人間という事になっているので、ユリシアにとっては仕える対象である訳だが……その実、『ちょっと手の掛《か》かる妹』の様に考えているのかもしれなかった。

もっともユリシアの場合、ジンの事さえ『ちょっと手の掛かる歳上《とし》の弟』くらいに考えている様な節があるが。

「あ……ありがとうございます！……ふぎゃっ⁉」

感極《かんきわ》まったらしく――自分の身体《からだ》を二つ折りにする勢いで頭を下げたリネットは、額を作業机にぶつけて小さく悲鳴を上げる。

「本当に……本当にありがとうございます……」

そう言って額をさすりながら眼を潤ませるリネット。

「とりあえず振ってみろ」

「えっと……こう、ですか？」

ジンに命じられ、リネットはおっかなびっくり、といった感じで〈霞斬〉を両手で握り、これを振り上げ、振り下ろす。

恐《おそ》らく剣術《けんじゅつ》の基礎も知らないどころか、剣を握ったのも初めてなのだろう。リネットの動きは、心得の在る者からすれば、失笑《しっしょう》しか出ない様な無様さではあったが――

「両手を使うな。そして止まるな。振り続けろ」

とジンは無表情に指示を出す。

「基本的にお前が覚えるべきは抜剣術《ばっけんじゅつ》であり暗殺剣術だ」

「暗殺――」

「それで敵の剣と斬《き》り合う事はまず無い。むしろ斬り合う様な状態になれば、負けだと思え。お前は相手より早く、一方的に、斬り付ける、そこにだけ勝算がある。相手が魔術士ならば尚更《なおさら》だ」

身も蓋《ふた》もない事を言うジンだが……対するリネットは笑いもしなければ拒《こば》みもしない。

彼の下で訓練を受けて一か月余り、彼女は愚直《ぐちょく》ともいうべき従順さでジンの言葉に従ってきた。

真剣なのだろう。かつてモーガン・パウザ邸《てい》で己の『無能』に対する絶望のあまり、自らを殺してとジンに請《こ》うた少女にとって、希望に縋《すが》るのも当然に、文字通り命懸《いのちが》けなのだ。

「その剣は──〈霞斬〉は、俺の〈影斬〉と同様、鋼の剣身に歴代ガランド家当主の遺灰を封《ふう》じ込めて作られている」

ジンはふと、唐突にそんな事を言った。

「だから〈影斬〉や〈霞斬〉は魔術を斬れる」

「…………それって、ひょっとして」

リネットは思わず手を止めて〈霞斬〉を見つめる。

「ジン様と同じ『力』をこの剣は持っているという事ですか!?」

「……『力』か」

淡《あわ》い苦笑を浮かべてジンは言った。

「むしろ代々のガランド家当主は『呪《のろ》い』とまで言ったが」

魔術は種類や規模を問わずガランド家の者が触れれば勝手に霧散《むさん》する。事象転換の流れを逆流し仮想の力に──魔力に戻ってしまう。

しかもこの特性は……ガランド家の者の遺体や、整髪《せいはつ》で切られた髪《かみ》、流した血、といった肉体の一部でも『活《い》き』ている事が確認された。

死してすら逃《のが》れられぬ呪い。

では——それを逆手にとるのはどうか？

数代前のガランド家にそう考えた酔狂《すいきょう》な人間が居た。

結果としてガランド家の者の肉体を混ぜ込んだ鋼で〈影斬〉の前身となる武器が数種類試作され、その効果が確認されたのである。

「…………」

リネットはただただ〈霞斬〉を手にしたまま眼を瞬かせている。

「この剣、色は違いますけど、ジン先生と……お揃いって事ですか？」

「おそろ……まあ、そう言えなくもないが」

思ってもみなかった言葉がリネットから飛び出してきて、一瞬《いっしゅん》ながら戸惑《とまど》うジン。

「とにかくここ一か月ばかりの修練で、お前は、ある程度まで身体を動かす才能はあると分かった」

意外と言えば意外だが……リネットの身体能力は決して低くない。

むしろ同世代の少女達と比べても高い水準にあると言っても良いだろう。それは一か月程度とはいえ、ジンの施《ほどこ》した『修練』に弱音も吐《は》かずについてきた事からも明らかだった。

あるいは未《いま》だ成長期という事で、身体が訓練に馴染《なじ》むのが早いのかもしれない。筋力は標準的だが、反射神経は良く、その上、身体を動かす上での感性《センス》とも言うべきものが優《すぐ》れているのだ。

「相手と正面から向かい合って戦う場合、飛んでくる魔術を斬り散らす事は、恐らく可能だろう」

魔術はどうしても呪文の詠唱と、魔術効果そのものの照準といういくつかの手順を必要とする。狙《ねら》ってくる瞬間、狙ってくる方向が分かれば、これを迎撃《げいげき》する事は難しくない筈だった。

「とはいえ、それはこれからだ。むしろ現状のお前にとってその〈霞斬〉は自身の魔術の暴走を防ぐ為のものとして使う」

「……え？」

「魔術の使い方を知ったからといって、その瞬間から魔術が自由自在に使える筈も無い。失敗だってするだろう。特に俺がお前に教えるつもりの技術は――魔導機杖を用いる方法よりも、何かと面倒臭《めんどうくさ》い。しくじって『お漏らし』してしまう事だって充分《じゅうぶん》有り得る」

魔力《まりょく》の暴走の結果、本人が被害《ひがい》を受ける事はあまり無い様だが、周囲の人間に重傷を負わせたり死なせたりした場合、最早《もはや》、リネットは学院を去るしかあるまい。

「水桶《みずおけ》も用意せずに火遊びする訳にいかんだろう」

「……あ、それで……？」

「魔力が現実事象に転換《てんかん》する事実そのものをこの剣は斬る。完全に無効化出来るかどうかは状況次第《じょうきょうしだい》だが、最悪の事態は防げる。『破魔《はま》の剣』があれば、万が一、暴走の瞬間に俺《おれ》が傍に居なくてもお前が自分で『お漏らし』を斬って無効化出来るだろう」

「あ、あの、ジン……先生？」

頬《ほお》を赤らめながらもリネットは困った様に眉《まゆ》を顰《ひそ》めた。

「その、ずっと思ってたんですけど、『お漏らし』っていう言い方……どうにかなりませんか？」

「なんだ。不満なのか？」

「ふ、不満っていうか……まるで、私が、その……」

「とはいってもな。何かの拍子《ひょうし》に他人に聞かれるとまずい。普段から隠語《いんご》を使っておくのは悪くない筈だが」

「いえ、ですから、その……私、もう子供じゃないので！」

とリネットは何やら決然とした様子でそう言ってくる。

自己評価の低い、気の弱い少女なのかと思いきや……時折、リネットはこういう表情を見せる。あるいは思い込みが激しいだけで、実際には結構、強情《ごうじょう》な部分があるのかもしれないが。

「お、大人、ですから！　大人の、女、ですから！」

「……何処《どこ》がだ？」

「い、色々です！」

と何やら顔を真っ赤にしてリネットは主張していたが。

「……話を戻すぞ」

「あ、はい」

ジンがそう告げると彼女は素直《すなお》に頷《うなず》いてきた。

「『破魔の剣』についてだが……ユリシアが用意した〈霞斬〉はお前の身体に合わせたものので、俺の〈影斬〉とは長さや重さも異なる。魔導機杖とも、持ち方から何から異なる。改めて素振《すぶ》りを繰り返して、剣を扱《あつか》う感触《かんしょく》を身体に覚えさせておけ」

それはつまり、今までの内容に加えて剣術の訓練まで増えるという話で、ジンとしては多少、脅《おど》かした積もりだったのだが。

「は、はい！」

とリネットはむしろ表情を輝《かがや》かせて頷いてくる。

『無能』と断じられ『不要』と何度も棄《す》てられてきた少女は、自分に出来る事がある、自分に進むべき先がある、というその事実だけでも喜ばしいのかもしれない。

だがそのひたむきさは、時に……危《あや》うい。

ジンは短く溜息《ためいき》をついて――

「ここで『お漏らし』はしてくれるなよ」

と言った。

「し、しませんよ!?」

リネットは――興奮の為か、頬を赤らめながらそう言った。

●

王都ヴァラポラスの各所に散在する――廃屋《はいおく》の一つ。

隣国《りんごく》スカラザルン帝国《ていこく》との戦争を二年前まで続けていたヴァルデマル皇国では、家主の戦死から、経済の悪化まで、様々な事情から管理を放棄《ほうき》されたままの建物は珍《めずら》しくない。

「――よく似合うな」

その中で……グレーテル・ドラモントは、十日ぶりに報告に戻ってきた部下の姿を見てそう評した。

ヴァルデマル皇国ではごくごく普通の、珍しくもない、服装。

よく見れば着慣れていないせいか、微妙《びみょう》に何処か噛《か》み合っていないかの様な印象があるが、それに違和感《いわかん》を覚える人間は居ないだろう。

まして以前からその服を着て、このヴァルデマル皇国の社会に溶け込んでいた人間と、そっくり同じ顔をしているのなら……『実は別人なのではないか?』などと疑う者は、まず居ない。

「間抜《まぬ》けなヴァルデマル人にしか見えない。今すぐ魔術で切り刻んでやりたくなるな」

「隊長もよくお似合いで」

とグレーテルの部下が苦笑して言ってくるのは、彼女も同種の服を着ているからだ。もっともグレーテルが着ているのは標準的な女物で、部下が着ているのは同じく標準的な男物という違いは在ったが。

「ヴァルデマルの服飾《ふくしょく》文化は理解に苦しむな。合理性が無い」

「蛮族《ばんぞく》に合理性を求める方が酷《こく》でしょう」

と部下は呆《あき》れた様子で首を振り、グレーテルは歯を剥《む》いて笑う。

獣《けもの》じみた鋭《するど》い――奇妙《きみょう》に大きな犬歯が剥き出しになるが、部下に驚いた様子は無い。無害を装《よそお》う以上、これ見よがしな武装はまずい――だからこそ爪《つめ》の一枚、歯の一本に至るまで、使えるならば武器となすのが彼女等《かのじょら》の流儀《りゅうぎ》だった。

「ともあれ。首尾《しゅび》は？」

「滞《とどこお》りなく。今のところ、私が『入れ替《か》わっている』事に気付いている者はおりません。本人の死体は解体した後で酸で溶かせるだけ溶かして、最後は川に流しました。勿論、目撃はされていません」

「良いだろう。あと少しだけ蛮族の振りをしておけ。来月頭には本国からアレが来る。ようやく第三国経由の海路で物流に大物を紛《まぎ》れ込ませる事が出来た様だ」

「了解《りょうかい》です。楽しみですな」

グレーテル達は抑《おさ》えた声で笑い合う。

彼女等――グレーテル・ドラモンド特佐率いるスカラザルン帝国第四特務遊撃《ゆうげき》部隊の潜《せん》入《にゅう》任務は、今のところ、極《きわ》めて順調に進んでいた。

第4章　模擬戦

リネット・ガランドがウェブリン女学院に『復学』して三十日目。

「…………」

朝、登院してきた彼女は学生鞄《かばん》を机の上に置き、背中に背負っていた専用の鞄から『剣』と『杖』を机に付属《ふぞく》する架台《ホルダー》に引っかけた。

斬魔《ざんま》剣《けん》〈霞斬《フォグヒッター》〉。

魔導機杖《ガンド》／剣〈紅蓮嵐《クリムゾンボルテックス》〉。

どちらも市販の量産品でない事は一目瞭然《いちもくりょうぜん》だった。生徒には貴族や裕福《ゆうふく》な家庭の娘達《むすめたち》が多いといっても、個人に合わせた特注品《オーダーメイド》を持参する生徒は、どちらかといえば少数派だ。

故《ゆえ》にそれらは良くも悪くも教室内で非常に目立つ。

「——それは何？」

そう尋《たず》ねる声にリネットが顔を上げると——すぐ近くにルーシャと、その取り巻きらしい四人の女生徒が立っていた。

「何って――」

魔導機杖に取り付ける杖剣《バヨネット》としては少し長すぎる〈霞斬〉と、それとは別に、杖剣部分が長すぎて魔導機杖に見え難い〈紅蓮嵐〉……確かにルーシャ達でなくとも気になるのは当然かもしれない。

「こっちは宝珠がついてるって事は魔導機杖？」

「でも見ない形よね。こっちの剣もなんだか杖剣としては変だし」

「特注品《オーダーメイド》って訳？」

「魔術も使えないくせに――」

そんな言葉が次々に投げかけられる。

だがリネットは唇《くちびる》を噛んでそれらに耐《た》えていた。

実のところ、嫌《いや》がらせの言葉を投げかけられるのは、これが初めてではない――という より毎日の事で、これまでもリネットはそれにひたすら黙《だま》って耐えてきた。

ルーシャはどちらかといえば、リネットを無視する傾向《けいこう》が強かった為、彼女《かのじょ》から直《じか》に何か言われたのは久々なのだが――

「せめて道具だけでも、立派にって事？　使えもしないくせに」

「今日は今期最初の模擬戦が在るのだけど、それでお披露目《ひろめ》する為に持ってきたって事？」

更にルーシャの左右で女生徒達が言い募《つの》る。それがまさしくルーシャ本人からの罵倒《ばとう》の様にも思えて、リネットは益々《ますます》強く唇を噛んだ。

ウェブリン女学院に復学しておよそ一か月。

その間、リネットは魔術を一度も使えていない。

リネットの過去を知らなかった生徒達も、もう彼女が『魔術が使えない』のだと知っている。

良くも悪くも魔術関連の科目はウェブリン女学院においては――いや、このヴァルデマル皇国の学校組織においては習得必須《ひっす》だ。他の成績がどれだけ良かろうと魔術関連が壊滅《かいめつ》的《てき》では進級すら危うい。

だからこそ、何時《いつ》、退学を言い渡《わた》されても仕方ない『落第生』として同級生達はリネットを扱い始めていた。

また、リネットに同情的な態度を示す者も、生徒、教師の中に居ない訳ではなかったが……学院長の孫であるルーシャが公然と彼女に対する嫌悪感《けんおかん》を、彼女の転入初日に露《あら》わにしていた為、誰もが彼女の『御意向《ごいこう》』に反するのを恐れて、リネットとは距離《きょり》をとり『我関せず』の態度を決《き》め込《こ》んでいたのである。

しかも……

「ジン先生に泣きつくんじゃないの？」

「身内だからってジン先生に甘《あま》えすぎよね、あなた」

唯一《ゆいいつ》――リネットを庇《かば》う様な言動が目立つジン・ガランド。

容姿《ようし》端麗《たんれい》で闊達《かったつ》な若い男性教師という事もあり、彼は生徒達に人気がある。勿論、彼もまた全く魔術を使っていない訳だが、そんな彼の行動も『身内であるリネットを庇う為』と受け取られている様だった。

『魔術も使えないくせに、ジン先生に甘やかされている奴《やつ》』

『何らかの手段を用いてガランド侯爵家《こうしゃくけ》に取り入った卑怯者《ひきょうもの》』

つまりリネットはそう同級生達から見られているのだが――

「どうせ、上手《うま》く使えなければ、また逃《に》げるんでしょ」

最初の一言以来、ずっと黙っていたルーシャが眼を細めて言った。

「ルーシャ、あの、私……」

「名前で呼ばないでくださる？　ガランド侯爵家令嬢《れいじょう》さん？」

おずおずと伸《の》ばされた手を冷たく振り払《はら》うかの様な――口調。

やはりルーシャはある日突然《とつぜん》、居なくなったリネットを『逃げた』と感じているのだろう。

それまで比較的《ひかくてき》仲が良かっただけに、何も言わずに行方《ゆくえ》知れずになったリネットを、あるいは彼女は心配していたのかもしれない。

だがそんなリネットが姓《せい》を変えて復学してきた。

それを——ルーシャはどう受け止めたか。

(ルーシャも……)

リネットの様に『全く魔術が使えない』訳ではないのだが、ルーシャもかなり魔術の才能が乏《とぼ》しい。幼年部の頃《ころ》は魔術関連の成績はリネットと二人して常に最下位を争っていた。

だからこそ、彼女は『無能』と呼ばれて蔑《さげす》まれていたリネットに手を差し伸べてきたのだ。

魔術が当たり前の様に使える子達には、私達の苦しみや悔《くや》しさが分からない。だから自分達はきっと分かり合える。お互《たが》い、魔術は不得意だけど、一緒《いっしょ》に頑張《がんば》ろう——と。

(でも彼女は——)

今現在、ルーシャは落第するでもなく、堂々とウェブリン女学院に通っている。魔術の授業も何ら恥《は》じ入る事無く淡々《たんたん》とこなしている。

リネットの様に魔術が全く使えない者を『零《ゼロ》』とすると、ルーシャは『壱《いち》』だったその力を、努力で『弐《に》』に『参』に、あるいは『十』に『百』にと押《お》し上げてきたのだろう。

生半可な気持ちで出来る事ではない。それこそ学院長の孫として恥ずかしくないようにと、血の滲《にじ》む様な努力を重ねてきた筈だ。

そんな彼女からしてみれば、リネットはやはり『諦《あきら》めて努力を放棄して逃げ出した卑怯者』に見えてしまうのだろう。

リネットが元々、ホーグ家の養女で――その養親に見限られ、奴隷《どれい》として売られたという事実をルーシャは知らない。リネットからその事実を話す訳にもいかない。それこそジン・ガランドの『裏の顔』にまで言及《げんきゅう》する事になりかねないからである。

それに――

（……『もうこれで頑張らなくて良いんだ』って……思っちゃった）

ふとそんな事を思い出すリネット。

義理とはいえ、親にすら『無能』『無価値』の烙印《らくいん》を押され、こんな『出来損ない』はホーグ子爵《ししゃく》家の娘《むすめ》ではないのだと売り払われた際……むしろ安堵《あんど》する気持ちがリネットの中には在った。

もう自分は無駄《むだ》な足掻《あが》きをしなくていいのだと。

それが『逃げ』なのだと言われればリネットには返す言葉も無い。

「『出来損《できそこ》ない』が本当、どうやってジン先生に――ガランド侯爵に取り入ったのかしらね。こんなの身内に抱《かか》えていたら、恥晒《はじさら》しもいいところでしょうに」

とルーシャの隣《となり》の生徒が忌々《いまいま》しげに言って、架台に掛けられたままの〈霞斬〉を革靴《かわぐつ》の爪先で蹴《け》った――その瞬間《しゅんかん》。

『リネット。お前は今日を限りに「出来損ない」を、「無能」を、辞《や》める。だから二度と自分を表現するのにその言葉を使うな』

ジンに抱《だ》き締《し》められながら囁《ささや》かれたそんな言葉が脳裏に蘇《よみがえ》る。

ふっと――自分の中で何かが滾《たぎ》るのをリネットは感じた。

「わ……私は！」

思わず椅子《いす》から腰《こし》を浮《う》かしながら声を上げるリネット。

がたん、と椅子が音を立てて――

「……！」

お陰《かげ》で自分の足下《あしもと》で弾《はじ》けた小さな火花の音を、リネットは誤魔化《ごまか》す事が出来た。強い心の動きで生じる魔力の暴走と事象転換。それは悲しみだけでなく――怒《いか》りでも生じる様だった。

「…………」

慌《あわ》ててリネットは架台に掛けられてた〈霞斬〉を握《にぎ》る。これは勿論、魔力の暴走が破壊的《はかいてき》な事象に成長するのを止める為――つまりはルーシャやその取り巻きの女生徒達《たち》を守る為の行為《こうい》であった訳だが、火花に気がついていなかった彼女等は、少し勘違《かんちが》いをしたらしい。

「何？　怒《おこ》ったの？」

「杖剣とか握って何する気？」

「生意気。『無能』のくせに」

と取り巻きの女生徒達は口々に言う。

「…………私は」

深呼吸を一つして、リネットは改めて言葉を選びながら言った。

「『出来損ない』じゃない。『無能』じゃない」

「…………」

女生徒達が口をつぐむ。

以前の――昨日までのリネットであれば、同じ言葉を投げかけられても、ただ黙って俯《うつむ》くだけだった筈だ。肯定《こうてい》はせずとも反論など出来なかった筈なのだ。

そんなリネットが初めて口にした反駁《はんばく》の言葉。

それに何を感じたのか――女生徒達は一瞬、気圧《けお》された様だった。

「な、何を、偉《えら》そうに……！」

だが次の瞬間には、臆《おく》した自分達を恥じるかの様に、女生徒達は顔を真っ赤にして更なる罵声《ばせい》を浴びせ始める。殊更《ことさら》に『出来損ない』と繰《く》り返してリネットを追い詰《つ》めようとする様だが――実のところ、もうリネットは彼女等の吼《ほ》え声《ごえ》など聞いてはいなかった。

「……ルーシャ」

リネットは〈霞斬〉を握りしめたまま、かつての友人を見つめる。

「今日の……模擬戦、私、絶対に、逃げないから……！」

低く、しかし、叫《さけ》ぶ様に力を込めてリネットはそう言った。

自分は『出来損ない』ではない。

だから自分が『出来損ない』である事を理由にして――言い訳に使って逃げてはいけない。そうでなければジンやユリシアの厚意《こうい》が無意味になってしまう。ジンが与《あた》えてくれた希望を手放してしまう。

（私が馬鹿にされるのは別にいい……）

本当に今更《いまさら》だ。馬鹿にされるだけの理由も在る。

だが自分のせいでジンを馬鹿にされるのだけは――我《が》慢《まん》ならない。

「なに？　どうしたの？」

「なにあれ……？」

さすがにこれだけ強い口調でやりとりをしていれば、周囲の生徒達も気がつく。一瞬の静寂《せいじゃく》の後――ちらちらと呆れた様な視線が注がれて、女生徒達は居心地《いごこち》が悪そうに身じろぎをする。

「…………そう」

リネットの言葉をどう受け止めたのか、ルーシャは無表情に頷いて。

「それは、楽しみね」

怒るでも笑うでもない、そのどちらでもなくて、どちらでもある様な、むしろ自分に何かを言い聞かせているかの様な、そんな口調と声音《こわね》で彼女はそう言う。

「本当に、楽しみ……ね」

ルーシャの綺麗《きれい》な顔に——挑《いど》み掛かる様な強い笑《え》みが浮かんだ。

●

「んー…………？」

教務課から渡された本日の授業予定表と生徒名一覧を見直しながら、新任の高等部担当の校医ヴァネッサ・ザウアは小さく唸《うな》った。

長い銀髪《ぎんぱつ》と翡翠《ひすい》色の瞳《ひとみ》をした若い女性である。

切れ長のその双眸《そうぼう》と、少し厚めの唇が、そして何処か気怠《けだる》げな物腰《ものごし》が、奇妙に扇情的《せんじょうてき》というか、何処か退廃的《たいはいてき》な雰囲気《ふんいき》を醸《かも》しだしている。十代の生徒達から見ればそれが『成熟した大人の雰囲気』に思えるかもしれない――そんな女性だった。

「模擬戦ねぇ……」

ヴァネッサは書類の一枚を伸ばした爪の先で摘《つ》まんで振《ふ》りながら、ふと遠い目をする。

「御嬢様《おじょうさま》学校の子達まで戦争の訓練をしちゃう訳だ。まあ二年前までスカラザルンと戦争してた訳だし……ね」

実際に魔導機杖を用いて、殺傷力を大幅《おおはば》に下げられた訓練用の魔術式《まじゅつしき》に限定しつつ、生徒同士が戦う授業。

訓練用、大幅に殺傷力減、といっても、殺し合いの真似事《まねごと》なので、当然、勢い余って怪《け》我人《がにん》が出る事はある。何かの拍子に接近戦になったりすると、殴《なぐ》り合ったりする事も有り得るので、校医であるヴァネッサは、怪我人が担《かつ》ぎ込まれればいつでも対応出来る様に準備しておいてくれと言われている――のだが。

「結構、薬剤《やくざい》の欠品が多いのよね」

執務机《しつむづくえ》から離《はな》れて立ち上がると、薬棚《くすりだな》を開いて中を確認し、首を傾《かし》げるヴァネッサ。

前任の校医は、予定外の妊娠《にんしん》で急遽《きゅうきょ》、職を辞した訳だが……その結果、引き継《つ》ぎ作業がかなり適当だった。薬品や包帯、絆創膏《ばんそうこう》、といった消耗品《しょうもうひん》の補充《ほじゅう》が滞っており、棚の中でも空っぽの部分が目立つ。

怪我の止血だのの何だのは魔術でも可能だが、魔術は基本的に『瞬間的』な効果しか発揮しない──つまりは継続的《けいぞくてき》な効果を発揮する事は出来ないので、鎮痛《ちんつう》だの、眠気醒《ねむけ》ましだのといった処置が必要なら、薬に頼《たよ》らざるを得ない。

「中等部か幼年部の医務室に分けて貰《もら》っておいた方が良いかも？」

そんな事を呟《つぶや》きながらヴァネッサが医務室を出た──その直後。

「──っ⁉」

廊下《ろうか》を三歩も行かない内に、彼女は、いきなり物陰《ものかげ》から伸びてきた手に右手を掴《つか》まれ、その手の主が潜《ひそ》んでいるであろう暗がりに、引きずり込まれていた。

一瞬の早業《はやわざ》──ヴァネッサは悲鳴を上げる事すら出来ない。

「──何の積もりだ」

そう囁く様に尋ねてくる──奇妙に物憂《ものう》い男の声。

それに──ヴァネッサは聞き覚えが在った。

「あら。お久しぶり」

背後から腕《うで》を捻《ひね》られて組み敷《し》かれながらも、ヴァネッサは笑った。

「二か月かそこらを『久しぶり』とは言わん」

「細かいわね。もてないでしょ」

「余計な御世話《おせわ》だ」

「そういえば黒ずくめじゃないのね。そっちの方が似合ってるわよ」

「益々、余計なお世話だ。それより――」

「とりあえずヴァネッサ・ザウアよ。そう呼んで？　ガランド先生？」

そう言って艶然《えんぜん》と笑うヴァネッサ。

勿論《もちろん》、自分の少し前に杖剣術《バヨネットアーツ》の教師として着任したというジン・ガランドの名前は教職者の一覧を見て覚えているし、姿も今朝の教職員を集めた朝会で確認済みだ。勿論それは相手も同じなのだろうが。

「……何が目的だ」

ヴァネッサの首に腕を巻き付けながらジンは言う。

首を絞《し》める――などと悠長《ゆうちょう》なことをせずとも、この体勢からならヴァネッサの首を強引《ごういん》に捻って頸椎《けいつい》をねじ折る事も可能だろう。

「誤解よ。私は元々本業が医者で、暗殺者は小遣《こづか》い稼《かせ》ぎだから」

さして怯《おび》える風も無くヴァネッサはそう言う。

彼女は、モーガン・パウザ邸でジン達と鉢合《はちあ》わせた女暗殺者だ。

朝会でジンを見た時には驚《おどろ》いたが、それは彼《かれ》も同じだろう。暗殺者が二人……素知らぬ顔で学院に教職員として潜《もぐ》り込んでいるのだから。

「小遣い稼ぎの仕事の為《ため》に、こんな特注品の——特殊《とくしゅ》な魔導機杖を造って持ち歩く奴がいてたまるか」

そう言ってジンがヴァネッサの服の襟元《えりもと》から、するりとその左手の指先を滑《すべ》り込ませる。まるで捕《つか》まえた女に情欲をぶつけているかの様な行為にも見えるが——鎖骨《さこつ》の上を通り過ぎた彼の指が触《ふ》れたのは、まろやかな乳房《ちぶさ》ではなく、肩《かた》を経由して両腕《りょううで》に覆《おお》い被《かぶ》さってい る硬《かた》い何かだった。

可変式魔導機杖。

携帯《けいたい》している事を知られぬ様に、ヴァネッサの身体に沿って——彼女の身体に、下着の様な形で巻き付いている魔導機杖である。相手の油断を誘《さそ》う為の暗器……つまりは暗殺用の『隠《かく》し武器』ならぬ『隠し杖』であった。

「言いたくないなら仕方ない。不安要素は早めに排除《はいじょ》して——」

「分かった、分かったから、言うから」

とヴァネッサはジンの腕に力がこもるのを意識して言った。

「目的は？」

「……正直に言えば殺さない？」

「考慮《こうりょ》しよう」

「リネット・ガランドの暗殺——ちょっ、待っ」

改めて首をひねろうとしてくる感触に慌てるヴァネッサ。

「正直に言ったでしょ⁉」

「俺も考慮すると言っただけだ」

お互い暗殺者、死人に口なし、言った言わないの口約束なんぞ、そもそもあてにならないのが彼等の世界である訳だが——

「……依頼主《いらいぬし》は、リネットの親か」

ジンはしかしヴァネッサの首を折る事無くそう問うた。

「……そうね」

現リネット・ガランド——元リネット・ホーグ。

彼女の親であるところのホーグ子爵が、今回の彼女の依頼主だった。

奴隷商人に売り払って『厄介払《やっかいばら》い』した筈《はず》の娘が、かつて在籍《ざいせき》していたウェブリン女学院に戻《もど》ってきた——しかもどういう経緯《けいい》が在ったのか、ガランド侯爵家《こうしゃくけ》の『身内』という建前でだ。

彼女の振る舞《ま》いによっては、自分達が娘を非合法の奴隷商人に売った、という事実が明るみに出る。また、再び彼女の魔術を使えない無能っぷりがウェブリン女学院の教育制度の中で浮き彫《ぼ》りになり、家名に泥《どろ》を塗《ぬ》る事にもなる。そうなる前に、自分達の身勝手な行為の生き証人を消してしまいたい――と彼等は考えたらしかった。

「さすがに、アレの親は私達だ、などと今更の様に名乗り出てはこないだろうと思っていたが――わざわざ暗殺者まで雇《やと》うか」

「貴族の面子《メンツ》っていうのは、命より重いみたいよ、ガランド侯？」

「御教授《ごきょうじゅ》に感謝しよう、ヴァネッサ・ザウア」

「というか、なんで貴方《あなた》があの子の養親になってんの？」

「俺の――じゃない。建前としては遠縁《とおえん》の親戚《しんせき》を、俺の父親名義で養女にした事になる。俺の父親は故人だが、諸々《もろもろ》あって死亡告知は出していないんでな、俺は正確には、ガランド侯爵家当主代行扱いだ」

要するに表向きリネットはジンの義妹《ぎまい》という形になっているらしい。

「貴族様は色々面倒《めんどう》ねぇ」

「何にせよお前には関係の無い話だ」

「何よ。一緒に彼女の魔力の暴走で殺されかけた仲でしょぉ」

と言ってヴァネッサは唇を尖《とが》らせる。

「というかあんな危険な子、こんな所に通わせて良いの？」

「その点については対策済みだ。二重三重にな」

「そうなんだ？　でも……随分《ずいぶん》と手を掛《か》けてるわね？　単に仕事先で拾った奴隷娘《どれいむすめ》でしょ？

ホーグ子爵家でも子供が居ないからって引き取っただけの孤児《こじ》みたいだし」

「………………」

ジンは――黙ったまま答えない。

ヴァネッサは束《つか》の間《ま》、首を傾げていたが。

「ああ。ひょっとして貴方、ああいう子が好みなんだ？」

「………………」

背後のジンが言葉に詰まる気配を感じて、ヴァネッサは勝ち誇《ほこ》る様な笑みを浮かべた。

「どこが琴線《きんせん》に触れたのかしらね？　幸薄《さちうす》そうなところ？」

「……違《ちが》う。全く違う」

「いいよいいよ。隠さなくても。そっか。なるほどね、でも困ったな。そういう趣味《しゅみ》なら、色仕《いろじ》掛《か》けで見逃《みのが》して貰うってのも難しい？」

「そういう趣味であろうと無かろうと暗殺者を抱く様な危ない真似《まね》をする気は無い」

「中に毒針とか仕込《しこ》む様な真似はしてないわよ」

女の暗殺者の中には、自分の口腔《こうくう》や性器内に毒針を仕込む者も居るという。卑《いや》しい征服《せいふく》感《かん》を覚える瞬間――つまりは女を犯《おか》す瞬間は、どんな男も警戒心《けいかいしん》が緩《ゆる》むからである。

さすがにヴァネッサは今のところ、その手のやり方で仕事をこなした経験《けいけん》は無いが、そもそも非武装と見せかけておいて不意を突く――可変型魔導機杖を身体《からだ》にまとわせて相手の油断を誘うという意味で、彼女の手法も根本的なところでは大差が無い。

「何にしてもお前を抱く気は一切《いっさい》無い」

「それはそれですごく侮辱《ぶじょく》された気分」

そんな会話をしていると――

「――ガランド先生？」

ふと声が掛かる。

ヴァネッサが顔を上げると、そこにはウェブリン女学院の学院長を務める初老の女性が立っていた。

「学院長――」

「生徒との不用意な関係はお控《ひか》えくださいと言いましたが――」

学院長は物陰で折り重なっているジンとヴァネッサを見下ろしながら、大きく溜息をついた。

「それは『同じ教職員なら何をしても大丈夫《だいじょうぶ》』という訳ではありませんからね？　風紀の乱れというものが」

恐《おそ》らく学院長の位置からはヴァネッサが腕をねじり上げられているのは見えない。故に彼女は『新任のジン・ガランド先生』が、同じく『新任の校医であるヴァネッサ・ザウア先生』を、物陰に引っ張り込んで組み敷いている様にも見える――いや、そういう風にしか見えないだろう。

まさか新任の教職員が揃《そろ》いも揃って暗殺者で、とある現場で鉢合わせになった事もある関係――などとは思ってもいない筈だ。

しかも先程《さきほど》、ジンがヴァネッサの魔導機杖を確かめる為に胸元《むなもと》から手を入れているので、その襟《えり》は乱れて大きく開いている。

物陰。伏《ふ》せて密着し絡《から》み合う男女。乱れた服……こうなると喧嘩《けんか》だの何だのよりも、先に連想してしまうものが当然にある訳で。

「いや、これは……」

「誤解です、学院長」

ヴァネッサは、ジンの言葉に被せる様にして声を上げた。

「私達、結婚《けっこん》を前提にしたおつきあいをしているんです！」

「…………そうなの？」

と学院長が尋ねるのはヴァネッサではなくて、ジンである。

彼は束の間、言葉に窮《きゅう》していた様だが……

「あー…………まあ、そうであるようなそうでないような」

「でも、彼は貴族、私は平民、身分の差をとやかく言う人達も多くて、勢い、忍《しの》ぶ恋《こい》に
――」

とヴァネッサは哀《かな》しげな表情を取り繕《つくろ》ってそう訴《うった》える。

勿論、即席《そくせき》の出鱈目《でたらめ》もいいところなのだが――人が好《よ》いのか、あるいは単にそういう機《き》微《び》に疎《うと》いのか、学院長はもう一度、長々と溜息をついて言った。

「それならば、『仲良くする』事を咎《とが》め立てする筋合いはありませんが、やはり風紀の問題がありますので、そういう事は学院の外でしていただければと思います。何分、高等部の生徒達は思春期で、そういう物事に敏感《びんかん》ですから」

「はい、すみませんでした！」

とやはりジンが何かを言う前にヴァネッサが答える。

さすがに呆れたのか、ジンの手の力が緩んだので、彼女は彼の腕を振り払って立ち上が

り、学院長に一礼した。

「本当、今時の若い人達は……神聖な学舎でなんて……」

学院長は完全に納得《なっとく》した訳ではないのか、何かぶつぶつと呟きながらも、二人の前を通り過ぎて去って行く。

その後ろ姿をしばし見送ってから――

「じゃあ学校の外に行ってしよっか！」

「何をだ」

学院長の介入《かいにゅう》で殺意こそ削《そ》がれたものの……さすがにジン・ガランドはその場の勢いで誤魔化されてはくれない様だった。

●

戦闘《せんとう》技術とは総合技術だ。

単に腕力《わんりょく》があるだけの力自慢《ちからじまん》が精強な兵士になれる訳ではないし、千変万化《せんぺんばんか》する戦場において、敵を倒《たお》し、そして生き残る為には、何か一つの技術を習得していれば事足りる、という訳でもない。

兵士に求められる技術は幅広《はばひろ》く……スカラザルン帝国との戦争が頻繁《ひんぱん》に、長期間にわたって発生する事を想定し、ヴァルデマル皇国における学校組織では、生徒に『総合技能としての戦闘技術』を教えている場合が少なくない。

ジンが教えている杖剣術もその一環《いっかん》であり――そして幾《いく》つもの技術教育の成果を、総合的に活《い》かせているかどうかを確認《かくにん》する為に『模擬戦』が定期的に行われる。

「結構、やるよね、お嬢《じょう》さん達」

ジンと並んで長椅子《ベンチ》に座《すわ》り、校庭で――『演習場』で行われる模擬戦を観戦していたヴァネッサが感心した様に言った。

「演習用に安全術式がカマしてあるっていっても、実際には軍で使ってる攻撃魔術《こうげきまじゅつ》の術式と同じものだろうし。さすがに体力は覚束《おぼつか》ない子が多いっぽいけど、魔術を撃《う》ち合うだけなら明日からでも戦場に出られるんじゃない？」

「――確かにな」

と演習場で魔術を撃ち合う少女達を眺《なが》めながらジンは頷《うなず》いた。

ちなみに……ヴァネッサがこの場にいるのは、表向き『校医として万一に備えて』という理由からだが、実際にはジンが保健室から引っ張り出して、隣に座らせている状態だ。

他人の目が沢山《たくさん》ある学校内で、いきなりリネットに攻撃魔術を撃ち込む様な頭の悪い真似はさすがにしないだろうが、物陰からこっそり、何かの事故に見せかけて――というのは充分《じゅうぶん》に可能である。

だから『余計な事をするな』という威嚇《いかく》の意味も込めて、ジンは己《おのれ》の右隣《みぎどなり》に彼女を座らせている。何か余計な事をしようものなら、彼は懐《ふところ》や袖口《そでぐち》に忍ばせている投擲短剣《とうてきたんけん》を抜《ぬ》いて、一瞬《いっしゅん》でその喉《のど》を掻《か》き斬《き》れるからだった――が。

「……ジン先生」

ふと呼ばれて目を傍《かたわ》らに――左に向けると、二本の『剣』を腰の左右に提《さ》げたリネットが駆《か》け寄って来るところだった。

リネットはいつもの制服ではなく、白を基調にした、何処か優雅さすら漂う衣装《ドレス》を着用していた。

いわゆる無粋《ぶすい》な『体操服』の類ではない。勿論、動きやすさはあるが、それだけではない仕立てでだ。なんでもウェブリン女学院の伝統として、演習はこうした『姫騎士』の衣装で行うようになっているらしい。

かつてヴァルデマル皇国の近衛騎士団にいた女性騎士の、式典警護の際の衣装にあやかったものだとか。

「どうした？」

ジンが尋ねると、リネットはしばし、目を伏せて、何やらもじもじと身体を捩《よじ》っていた——が。

「ど……どうですか？」

そう問うて、その場でくるりと一回転。

「…………」

束の間だが、ジンは言葉に詰まった。

この演習用の、白い姫騎士装束——魔導機杖と同様、学院の用意した『ありもの』を着る生徒もいるし、別注《オーダーメイド》を着る生徒もいる。

リネットの場合、〈霞斬〉と〈紅蓮嵐〉と共にユリシアが用意したもので……実のところ、ジンは屋敷で一度、この衣装を見てはいるのだ。

ただ実際にリネットが着用しているのを見るのは、初めてである。

「……似合ってる」

しばらく悩んだ後、ジンはそう告げた。

「ほ、本当ですか⁉」

とリネットは表情を輝かせて。

「が、がんばります……！」

そう決意を示す為か、両の拳《こぶし》を握りしめて言った。

「短い間とはいえ、お前は俺《おれ》の教えた事を真面目に練習してきた」

ジンはふと思い出したかの様な口調で言った。

「夜もこっそり復習してただろう、寝室《しんしつ》を抜け出して」

「――！　ジン先生、気付いて……」

と右手を驚きのあまり緩んだ口元に当ててリネットは言う。

「隣で寝《ね》てるのに、気づかない筈が――」

「え？　なに、貴方たち、一緒に寝てるの!?」

耳聡《みみざと》く聞きつけて身を乗り出してくるヴァネッサを睨《にら》んで黙らせると、ジンはため息を一つついて言った。

「ユリシアもな。この数日、風呂《ふろ》が薬湯になっていただろう」

技術の習得というのは――特に最初は『勢い』が大事だ。

だからジンとユリシアは自主的に練習を繰り返しているリネット本人には何も言わずに好きにさせ、体調管理の面で陰からの支援《しえん》を手厚くしてきたのである。いつもの様に食事の用意はリネットがしていたが……滋養強壮《じようきようそう》に効くという食材や、疲労《ひろう》回復効果が在るという茶葉を重点的に用意していたのはジンとユリシアだ。

「ご、ごめんなさい……気付いてませんでした！」

とリネットは慌てた様子で言う。

「あ、あの、私、ユリシアさんにも御礼《おれい》を――」

「待て。落ち着け。何処《どこ》に行くつもりだ」

ジンはため息を一つついて、走りだそうとするリネットを止めた。

「ともあれ、お前が修練を重ねたのはこの時の為だ。今頑張らないでどうする。頑張って、実力を十二分に発揮して『魔術が使えないから無能』とか言う奴等《やつら》に『使えますけど何か？』と突きつけてやれ」

「ジン先生――」

「お前は突きつけてもいい」

ジンはわずかながらも感慨《かんがい》を込めてそう言った。

散々『無能』と詰《なじ》られたから、その意趣《いしゅ》返しに――ではなく。

暗殺者のジンと違って、リネットは自分の手の内を皆《みな》に見せてもいい。自分が頑張って身に付けた技術、それを堂々と誇ってもいい。

そうすることで真っ当な、光の当たる道を歩いて行けるなら、それに越《こ》した事は無いのだ。

「はいっ、あの、あ、ありがとうございますっ……！」

「礼を言うのは勝ってからにすべきだな」

「そ、そうですね！」

と笑顔《えがお》で言ってから、ふと——

「と……ところで……あの……」

リネットは一転して何処か不安げにヴァネッサの方を見る。

「ジン先生は、ザウア先生と、その、お知り合いなんです……か？」

「お知り合いも何も——」

そこで彼は気がついた。

モーガン・パウザの屋敷《やしき》で出会った際には、リネットからは逆光気味でヴァネッサの顔がよく見えていなかったらしい。まして今のヴァネッサは、髪型《かみがた》も衣装《いしょう》も変えている。だからあの時の暗殺者と、目の前の校医が同一人物だと——リネットは気がついていないのだ。

その辺の事は一瞬でヴァネッサも悟《さと》ったのだろう。

「ええ。結婚を前提としたおつきあいをしています」

などと根も葉もない嘘《うそ》を口にする。

「未《ま》だその戯言《たわごと》を続けるのか」

とうんざりした様子でジンは言うものの——それが耳に入らなかったのか、リネットは驚きの表情で固まっていた。

「——リネット？」

「あ、あの、こ、恋人《こいびと》、なんですか？」

ジンに呼ばれて夢から醒《さ》めたかの様にぶるぶると頭を振ると、リネットはわずかに身を乗り出してジンに——ヴァネッサではなく——そう問うてきた。

「ええ。愛し合っているの」

とヴァネッサがうっとりした表情を浮かべて言う。彼女《かのじょ》はそのまま自分の腹部を撫《な》でさすりながら、こう付け加えた。

「私のお腹《なか》には彼の子が居るのよ」

「——！」

見えない鉄槌《てっつい》か何かでぶん殴られたかの様に、ぐらりと傾《かたむ》くリネットを見ながら——

「とりあえず黙《だま》ろうか、ザウア先生」

ジンは袖口に覗《のぞ》かせた刃物《はもの》の切っ先をヴァネッサの下顎《したあご》に触れさせながら言った。掌《てのひら》で隠してやれば、傍目《はため》には殆《ほとん》ど刃物は見えない。あるいはジンが『恋人』の顔に触れているだけの様に見えるだろう。

なのでとりあえずジンは声を抑《おさ》えてリネットに囁いた。

「よく見ろ。こいつは例の屋敷で出会った暗殺者だ」

「……え？」

「モーガンの暗殺には失敗したし、色々あって、暗殺者には向かないと思ったんだろうな。ここの校医に転職したらしい」

などとジンは咄嗟《とっさ》に適当に話をでっち上げる。

さすがに親の依頼《いらい》でお前を殺しに来たらしい、とは言えなかった。

「そ……そうなん、だ……」

と明らかに安堵の表情を浮かべるリネット。

むしろ校医が実は暗殺者だったなどと言われる方が、不安に思うべきだろうが——そもそも暗殺貴族の身内という建前で、色々教わりながら一緒に暮らしているのだから、今更の話である。

やがて——

「——次、リネット・ガランド！　定位置へ！」

と模擬《もぎ》戦を監督《かんとく》している教師からの指名の声が響《ひび》く。

「はいっ！」

咄嗟にそう応じてから、リネットはジン達の方を見てぺこりと一礼。

左右の腰に吊《つ》った二本の『剣』を手で押さえながら、小走りに演習場の『開始位置』へと向かう彼女の後ろ姿を見送りながら——

「後はあいつの本番での度胸がどれくらいかだが」

「杖剣術の奥義《おうぎ》でも教えたの？　魔術無しじゃ幾らなんでも……」

「……相手も、そう思ってくれると、楽勝かもしれんな」

ジンは短く溜息《ためいき》をついて言う。

「あれは、俺が当初思っていた以上の、逸材《いつざい》かもしれない」

「やっぱり随分と入れ込《こ》んでるわね」

横からジンの顔を覗き込みながらヴァネッサが言う。

「……まあ色々あってな」

元々……ジンがリネットを学費を払《はら》い、幾つか下準備の手間を掛けてまでウェブリン女学院に通わせるのは、彼女の存在を『餌《えさ》』にして姉の失踪《しっそう》の事情について知る者を釣《つ》り上げる為だ。

だがこの一か月程《ほど》、一緒《いっしょ》に暮らし、自分の持てる技術を——ほんの『さわり』とはいえ教《おし》え込んできた結果、彼女に絆《ほだ》されている部分も確かにジンには在った。

リネットに普通《ふつう》の少女としての生活を送らせてやりたいと思う気持ちも嘘ではないのだ。

「やっぱりああいう子が好みとか？」

「……少なくともスカラザルン出身の暗殺者よりはな」

と告げると――ヴァネッサはわずかながらもその笑顔を引き攣《つ》らせた。ジンは目を演習場に向けたまま、視界の端《はし》でそれを確認し――

「お前の喋《しゃべ》り方《かた》にはスカラザルン独特の抑揚《よくよう》がちらちら見える。魔導機杖の造りにもあっちの技術の特徴《とくちょう》が見える」

「……母親がスカラザルン兵なのよね」

ヴァネッサは……ふとその顔から笑みを消して言った。

「……戦争奴隷《どれい》か」

スカラザルン軍の捕虜《ほりょ》を――敵国の兵士を、何らかの反抗抑止《はんこうよくし》の処置を施《ほどこ》した上で、奴隷として流通させるのはヴァルデマル皇国の法においては合法だ。

「だから暗殺者、か」

奴隷の子もまた奴隷。

主人の支配から何らかの形で逃《のが》れたとしても、何の後《うし》ろ盾《だて》も無い状態では、真っ当な立場と職を手に入れるのは――不可能とまでは言わないが、極《きわ》めて困難である。

「でもねえ――どっかの貴族様と懇意《こんい》になれれば、そんな仕事ともさよならできるのよね。この際、正妻でも愛人でもいいけど」

とヴァネッサは首を傾げてにやりと笑う。

「普通に校医になっているだろう」

繰り返される冗談《じょうだん》には付き合わず、ジンはそう言った。

「のらりくらりとリネットを暗殺せずに校医を演じてれば、割と既成《きせい》事実化してそのまま校医として生きていけるのではないか？

依頼を遂行《すいこう》しないからといって、ホーグ子爵《ししゃく》家の方から『実はあいつは校医ではなく暗殺者だ』と言ってくる訳にもいかないだろう。

「……あ。そっか。それもそうね」

と――きょとんとした表情で頷くヴァネッサ。

どうやら思ってもみなかった事であるらしい。先程まで何かと大人の余裕《よゆう》や、挑発的《ちょうはつてき》な笑みを見せていた彼女が……ふと、ジンの眼にはリネット達と大差無い程に幼く見えた。

（苦労人は老《ふ》けがちというか、年齢《ねんれい》以上に大人びてしまう事も多いが……）

そもそもジンはこの女暗殺者の年齢を知らない。まさか実は十代という事はあるまいが、リネットと五つ程しか変わらないという事は充分に有り得る。

「ジン先生に見つかっちゃった時点で、お仕事失敗って事だろうし、二回連続となると評判がねえ……そっか。辞《や》めちゃってもいいのか」

などとヴァネッサは一人で納得して何度も頷いている。

その表情に――何処か安堵《あんど》するかの様な、暗殺者らしくない穏《おだ》やかな色がある事に、ジンは気がついた。

●

模擬戦は校庭に設けられた『演習場』にて行われる。

完全に実際の戦場を再現する事は不可能だが、ある程度までは実戦を模して――という事で木箱や衝立《ついたて》等、形も大きさも様々な障害物が置かれている上、砂地や泥濘《ぬかるみ》を模して、敢《あ》えて歩きにくくした地板《パネル》が各所に敷かれている。

そんな中で、二対二、あるいは三対三、五対五、十対十……といった形で隊を組み戦うのが模擬戦の基本である。元々は軍事行動の力量を養うものなので、集団での協調性や連《れん》携《けい》も審査《しんさ》の対象なのだ。

ただし今回は新年度最初の模擬戦という事もあり、まず個人の基本的な能力を測るという意味で、全て一対一という形式になっている。

つまり――

「ルーシャ……」

「……………」

演習場の端と端、距離《きょり》を隔《へだ》てて向かい合う少女達《たち》。

『初陣《ういじん》』の覚悟《かくご》はしていたリネットも、まさか相手がいきなりルーシャになるとは思ってもみなかったのだろう。はっきりとリネットの顔には動揺《どうよう》の表情が浮《う》かんでいる。

対するルーシャは――硬い無表情。

(良くも悪くもリネットには思う所が多々あるが、それを意志の力で抑え込んで冷静を装っている――といったところか)

少女達の様子を見ながらそんな事をジンは考える。

少し気になって彼が改めて調べたところによれば……このルーシャという少女は、教師達の評判も良く、学院長の孫だからと、殊更《ことさら》に優遇《ゆうぐう》されている訳ではないらしい。むしろ下手に気を使われると本人が嫌《いや》がる事さえ在るという。

要するに生真面目《きまじめ》なのだ。

自分に厳しく他人にも厳しい――そういう性格だからこそリネットが居なくなった事を

『逃《に》げた』と評し『卑怯者《ひきょうもの》』と詰《なじ》る。

（リネットとの対戦は偶然《ぐうぜん》か？　それとも節を曲げてルーシャが手を回した？　リネットを『正々堂々と』叩《たた》きのめしてみせる為に？）

模擬戦の対戦相手は基本的に無作為《むさくい》の組み合わせになる筈だが、表に書《か》き込むのは教師達だ。

仮に……ルーシャが『お願い』すれば、教師が少し対戦表に手を加える事も可能だろう。偶然でも成立する組み合わせであるし、あまりにも実力に開きがある場合には、調整として組み合わせを変える事も有り得ると明言されているので、不正という程のものでもない。教師の側でも抵抗感《ていこうかん》は少ない筈だった。

「…………」

リネットは怯えにも似た表情を浮かべている。

（やはり躊躇《ちゆうちよ》が在るか……）

同級生を『攻撃《こうげき》』する。

それがまずリネットには難しいだろう。ましてそれがかつて友達だと思っていた相手であった場合、その難易度は更《さら》に跳《は》ね上がる。

「一つ教えておいてあげる」

だがリネットの躊躇を知ってか知らずにか、ルーシャは魔導機杖を手にしてそう言った。

ちなみに、彼女が握《にぎ》っているのは学院が生徒に貸し出しているものと同型で、特に珍《めずら》しくない大量生産品である。自分に合わせて多少の改造《カスタマイズ》を施してはいる様だが、特別扱《あつか》いを好まないルーシャの性格を如実《にょじつ》に顕《あらわ》したものだとも言える。

「単純な魔術《まじゅつ》の授業では私は決して優等生ではないけれど……中等部の二年以来、私は模擬戦では負け知らずよ。個人戦でも団体戦でも」

「――え？」

さすがに驚きの声を漏《も》らすリネット。

ジンは――勿論、ルーシャに関して調べた際にそれを知った。

幼年部ではリネットと共に魔術関連の成績は最下位を争っていたルーシャだが、中等部に上がって以来、相当な努力を重ねたらしく、魔術は格段の進歩を遂《と》げ……更にそれでも足りない部分は、頭を使って補ってきたらしい。

戦闘は総合技術だ。

模擬戦においても理屈《りくつ》の上では、別に魔術で勝敗を決しなければいけないという事は無い。極論すれば攻撃魔術を一発も使わずとも、手の届く距離にまで近づいてぶん殴って勝つ、という戦法も理屈の上では有り得るのである。

「ジン先生に取り入って、どれだけ便宜《べんぎ》をはかって貰ったのか知らないけど、模擬戦ではそんな小細工は効《き》かないから。そんな卑怯《ひきょう》な人達に、私は絶対に負けないから」

そう言うルーシャの顔には――今、はっきりとリネットに対する『怒り《いか》』が滲《にじ》んでいた。

やはりリネットは色々と不正をして学院に戻ってきたのだと思っているのだろう。

「――ルーシャ！」

リネットが初めて叫《さけ》び返した。

その表情は未だ困惑《こんわく》の色が残っているが、その一方で顔ははっきりと紅潮しており、怒りとも焦《あせ》りともつかない強い感情が垣間見《かいまみ》える。

「違う、違うの！　私は、何を言われても仕方ないけど、ガランド先生は――ジン先生は、違う！　卑怯な事なんて何もしてない！　ジン先生は本当に！」

「………………」

ルーシャが眼を細める。

彼女は胡散臭《うさんくさ》いものを見る様な表情でリネットを見つめていた。

どうせそれも嘘なんでしょう？　とでも言うかの様に。

多分、ここでどれだけ言葉を重ねてもルーシャはリネットを信じはしないだろう。行動から生まれた誤解は行動で真実を示さねば、拭《ぬぐ》い去る事は難しい。

（だから、むしろこれを好機と考えろ――リネット）

とジンは思う。

ここで実力でルーシャを降《くだ》す事が出来れば……それで諸々の解決の糸口が見えてくる筈だ。その意味ではただの一戦で済むというのは幸運だったとも言える。

「それを、今から、証明するから！」

リネットが叫んだ瞬間《しゅんかん》――重なる様にして模擬戦開始の鐘《かね》が鳴った。

●

リネットは腰《こし》から〈霞斬〉と〈紅蓮嵐〉を抜いて走った。

彼女に策を練ったりルーシャの出方を見たりする様な余裕は勿論《もちろん》――無い。

ただ真《ま》っ直《す》ぐ、遮蔽物《しゃへいぶつ》を避《よ》けながらも、ルーシャに向けて最短距離で突撃《とつげき》するだけだ。

「――っ!?」

対するルーシャの表情には、わずかながらも驚きが滲んでいた。

いきなり真っ直ぐに突《つ》っ込んで来たリネットに驚いたのだろう。

だが彼女はすぐに気を取り直した様子で、横に跳《と》んで遮蔽物の陰《かげ》に入る。陰で呪文《じゅもん》を詠《えい》

唱《しょう》して攻撃魔術を組み立て、そこから飛び出しながらリネットを撃つ積もりなのだ。

基本に忠実な戦法――ジンが言うところの『教科書通り』の動き。

ルーシャがどんな魔術を使う積もりなのかはリネットには分からない。だが学生の使う攻撃魔術にあまり複雑なものは無い筈だ。恐らくルーシャはリネットが遮蔽物を回り込んだ瞬間に、魔術を放って迎撃《げいげき》する積もりなのだろう。

(ジン先生の言っていた『迎《むか》え撃ち』……！)

魔術の弱点を突く為、相手が接近戦に持ち込もうとした場合――魔術を使う側は敢えてぎりぎりまで引き付けて魔術を放つ、そういう対処法である。相手は自ら目の前に来てくれる為、細かく照準を合わせる必要が無く、外す可能性も低い。その分だけ呪文詠唱の一部を省略して、魔術発動の短縮が可能になる。

(でも、それはこちらも同じ！)

「――打て、〈雷閃《らいせん》〉」

ルーシャの呪文詠唱が終わる。

雷撃系《らいげきけい》の魔術は、光の速さで相手に殺到《さっとう》する為《ため》、発動後に回避《かいひ》するのは不可能。更には稲妻《いなずま》の様に金属物に向けて自ら飛んでいく為、細かな照準を省略した『迎え撃ち』では最適な攻撃魔術といえる。

「――っ！」

リネットは切っ先を下にして左手の〈霞斬〉を掲《かか》げる。

迸《ほとばし》る雷撃の閃光《せんこう》、それは〈霞斬〉に絡み付いて――そして。

「――え⁉」

消滅《しょうめつ》する自らの攻撃魔術《こうげきまじゅつ》を見てルーシャが驚《おどろ》きの声を上げた。

「魔術が……⁉」

ルーシャの〈雷閃〉は〈霞斬〉に文字通り斬られて霧散《むさん》していた。

ジンやその先祖の身体の一部を――魔術を触《ふ》れた途端《とたん》に分解してしまう特性を備えた肉体の一部を組《く》み込んで造られた破魔《はま》の剣。これに触れれば魔力は現実事象に転換《てんかん》する因《よすが》を失って仮想的な力に戻るしかない。

「――くっ‼」

だがルーシャは、しかし驚きに固まる事も無く、身を投げ出して地面を転がり、リネットとの距離を取っていた。

判断が早い。魔術とは関係の無いルーシャの強みである。

「どういう事なの……」

呟《つぶや》きながらもルーシャは跳ねる様にして起き上がると、走って再び距離をとりながら、呪文詠唱。

さすがに彼女も、一度見たくらいでリネットがどうやって魔術を無効化したのかまでは理解していないだろう。良くも悪くも〈雷閃〉は一瞬の攻撃魔術であるが故《ゆえ》に『その効果をじっくり観察する』のには向いていない。〈霞斬〉の剣身に稲妻が絡み付いた事すらあるいは視認《しにん》出来ていないかもしれなかった。

だが――今のリネットはあくまで『攻撃を防いだ』だけだ。

先日の魔力量測定でも彼女はまともに魔術を使えていなかった。だからリネットの側から魔術攻撃を放ってくる可能性は無い。離《はな》れた位置に居るルーシャを撃つ手段がリネットには無い。

そう――ルーシャは考えたのだろう。

(一瞬でそこまで考えたの……？)

改めてルーシャを追いながらリネットは――戦慄《せんりつ》していた。

彼女が模擬戦で負け無しを続けている理由が分かった。

ルーシャには慢心《まんしん》が無い。

魔術の成績が低いからこそ彼女は一切油断しない。常に彼女は自分に何が出来て何が出来ないか、相手に何が出来て何が出来ないかを考え続けているのだ。

（……ジン先生と……同じだ……！）

『いいかリネット。魔術を斬る事の出来る俺やお前の戦い方は、相手に先に魔術を撃たせて、それを無効化して、その隙《すき》に──という「後の先」戦法が、一見、正しい様に思えるが』

『戦いは、その積もりになった瞬間から始まってる。相手が攻撃してくるのを無為《むい》に待つな。むしろこっちから突っ込んでやれ。主導権を握るんだ。相手は自信満々で魔術を撃ってくるだろうが、だからこそ、それが無効化されれば動揺する。そこで固まっていればその時点でお前の勝ちだ。近づいて剣を突きつけてやればいい』

『もし相手が判断力のある、切り替《か》えの早い奴《やつ》なら……改めて距離をとって慎重《しんちょう》に攻撃しようと考える』

『だが、だからこそ、それが狙《ねら》い目《め》だ。その瞬間を用意する為に、俺達《おれたち》は相手に先んじて動く。狙い通りの状況《じょうきょう》を作る為に、相手の反応を、行動を、誘導《ゆうどう》する』

全ては相手を倒《たお》すその一瞬の為に。

それが暗殺者のやり方だとジンはリネットに教えた。

『力押《ちからお》しは、より大きな力を持っている奴と戦ったらその瞬間に負ける。いいか。戦いは力ではない。力の大きい小さいは、勝敗を決める要素の一つでしかない。別に〈爆轟《ばくごう》〉の魔術ではなくても、そっと押し出す針の一本でも相手を殺せる。要はいつ、どう、使うか――だ』


「――飛べ、〈雷矢《らいし》〉、変化の弐《に》〈豪雨《ごうう》〉っ！」

ルーシャの詠唱が終了《しゅうりょう》すると同時に、迸る稲妻の群れ。

それらは空中で何度も折れ曲がりながら、しかし全体として大きな放物線を描《えが》き、リネットに向かって雨の様に降り注ぐ。

「――ッ！」

だが今度こそ余裕を持ってリネットはこれに対処していた。

高々と〈霞斬〉を掲げながら右足を軸《じく》に踊《おど》るかの如《ごと》く一回転。降り注ぐ幾筋《いくすじ》もの雷撃は、白銀の剣に搦《から》め取られて――消滅した。

「叩け――」

稲妻の雨を〈霞斬〉で搦め取る動き――その勢いをそのままに、リネットは更に左足で地を蹴《け》ってその場で一回転。

ジンに教わった通りに地を踏《ふ》んで。

自分の身体の骨の、肉の、血の、動きを脳裏《のうり》に思《おも》い描きながら。

自分の身体全体を使って——呼吸、鼓動《こどう》、それらすら意識して、全体で綺麗《きれい》な円を、いや、螺旋《らせん》を描く積もりで。

絞《しぼ》りに絞った自分の身体から——一気に解き放つ積もりで。

全身で呪文を、術式を、表現する。

「——〈爆槌《ばくつい》〉ッ!!」

「——!?」

有り得ない程の短い呪文詠唱。

本来それでは魔導機杖を使ったところで魔術《まじゅつ》など生み出せる筈《はず》は無く——しかしそんな『常識』を焼き払《はら》うかの様に、リネットの魔導機杖、いや魔剣《まけん》〈紅蓮嵐〉は炎《ほのお》の塊《かたまり》を撃ち出していた。

「う、嘘っ!?」

魔術が使えない筈のリネットが放った攻撃《こうげき》魔術。

さすがのルーシャもこれには驚いて——回避が一瞬、遅《おく》れた。

そんな彼女の足下《あしもと》に命中する炎の塊。

次の瞬間、それはただ燃えるのみならず、大きく爆《は》ぜて弾《はじ》けて――強烈《きょうれつ》な火炎《かえん》と爆風《ばくふう》を噴《ふ》き上げた。

「きゃあっ⁉」

悲鳴を上げてルーシャは地面に転がった。

「くっ――？」

彼女はしかしそのまま転がりながら、また距離をとり、身を起こす。模擬戦開始の前に、威力減衰《いりよくげんすい》の術式符《じゅつしきふ》が〈紅蓮嵐〉にも噛《か》ませてある為、リネットの〈爆槌〉も見た目程の殺傷力は出ない。ルーシャにも目に見える様な怪我《けが》は無い様だが――

「な……なに？　何なの⁉」

その綺麗な顔から持ち前の冷静さは消し飛んでいた。

それでもその場に立ち尽《つ》くす事無く、改めて物陰《ものかげ》に走り込んで呪文詠唱を開始したのは見事なものである。激しく動揺しつつも、積み上げてきた努力を――基本を押さえた行動を身体が覚えているのだ。

しかし――

『一撃で決められなかった時は、そのまま連撃に繋《つな》げろ。いいか。一撃必殺は理想だが、「そうでなくてはならない」「それだけしか許されない」訳じゃない』

『失敗を恐《おそ》れるな。失敗をいかに素早《すばや》く「補える」かが問題だ。転ばない奴が強いのではない。転んでもすぐに起き上がる奴が強い』


リネットはジンの言葉を思い出しながら走る。

走りながら――意識する。

自分の身体の中で魔力を練り上げる事を。

本来、呪文詠唱と魔導機杖の組み合わせで行う過程を、身体の動きで――走り、腕《うで》を振り、呼吸する、自分の身体運用で全て代用する。

繰《く》り返し繰り返し覚えたそれで、魔力を見る事無く、魔術に繋げる。

目を瞑《つぶ》ったまま、絵を、字を、書く様に。

魔力を見る事無く、魔力を、形にする。

旧《ふる》い旧い――未だ魔導機杖が無かった時代の魔術師の様に。

（身体の動きに『意味』を乗せる――）

ジンに教えられた歌を脳裏に流しながらリネットは呼吸を整え、それに合わせて全身を動かしていく。

二か月掛《か》けて、リネットが覚えられたのはこの〈爆槌〉の動きだけだ。それだけ精密な身体運用が求められるのである。ほんのわずかな体幹のぶれや、動きの遅延《ちえん》でも魔術は発動しない。

だが――それでも。

生まれて初めて魔術が使えたその感動を、リネットは忘れなかった。

初めて〈爆槌〉の魔術が発動したその後は、リネットは一度も失敗する事無くこれを再現する事が出来たのだ。

「――叩け、〈爆槌〉っ！」

「打――きゃあっ⁉」

爆音《ばくおん》の中にルーシャの悲鳴が響く。

〈爆轟〉の魔術は、相手が障害物の――遮蔽物の陰に隠《かく》れていても、近くに命中させさせれば何らかの攻撃力《こうげきりょく》を相手に送《おく》り込める。衝撃《しょうげき》。熱波。そして何より威嚇的《いかくてき》な――音。間近に炸裂《さくれつ》する攻撃魔術を感じれば誰《だれ》しも、反射的に身を竦《すく》めざるを得ない。

それは脅威《きょうい》そのものだ。

お前を狙っているぞ。お前を殺してやるぞ。

そんな殺意の具現――

「――叩け、〈爆槌〉っ！」

大きくその場で一回転しながら、リネットは三撃目を送り込む。

『身体の動き』で術式の一部を代用しているので、通常の魔術に比べてリネットの連撃は速い。相手が一度魔術を使う間にリネットは三度魔術を放てる。つまるところリネットは、身体の鼓動や呼吸にすら術式の代用となる動きを乗せる事で――『途切《とぎ》れる事無く常に呪文詠唱をし続けている』状態なのだ。

「叩け、〈爆槌〉――三連っ！」

宣言通りの三連撃。

ルーシャが遮蔽物にしている木箱が、間髪容《かんはつい》れずに送り込まれる威力《いりょく》に耐《た》えきれず弾《はじ》け飛び、その陰からルーシャが転がり出る。

「叩け――」

リネットは彼女に向かって更に踏み込んで、夢中で――

「――ま、待ちなさいっ！　模擬戦中止！　中止!!」

慌《あわ》てた教師の声――それに一瞬遅《いっしゅんおく》れて、鐘が鳴った。

「リネット・ガランド、今の威力は――いや、その前にその魔術の使い方は……!?」

教師はリネットに駆《か》け寄りながらそう尋《たず》ねる。

それを耳にして――彼女は我に返った。

「え？　あ、ル……ルーシャ？」

青ざめるリネット。

〈爆槌〉の三撃目辺りから彼女はもうルーシャを攻撃するという意識すらもが消し飛んでいた。一流の踊り手は舞《まい》が佳境《かきょう》に入ると没我《ぼつが》の状態で踊り続けるというが、リネットに生じた現象もそれに近い。

集中するあまり、彼女は半ば無意識の内に魔術を使っていたのだ。

その結果がどうなるかについては――完全に意識の外だった。

「…………う」

ルーシャは、倒《たお》れてはいたが、怪我をしている様子は無い。

勿論、打ち身くらいはしているだろうが――

「ルーシャ！　だ、大丈夫《だいじょうぶ》!?」

既《すで》に勝敗などそっちのけでリネットはルーシャに駆け寄る。

土にまみれた彼女の身体を抱《だ》き起こそうとして――

「……!?」

喉元《のどもと》に突きつけられる異物感にリネットは凍《こお》り付いた。

「……確かに」

ルーシャは顔をしかめながら囁《ささや》く様に言う。

いつの間に外したのか、彼女は杖に装着していた杖剣《バヨネット》を手にして、リネットの喉に突きつけていた。

「杖剣術も……棄《す》てたものでは、ない、わね……」

「えっ……あ、うん」

思わず頷《うなず》くリネット。

「まさかこんなにあっさり……」

ルーシャは杖剣を下ろすと溜息をついた。

その表情が、何処《どこ》か緩《ゆる》んでいると——先程《さきほど》に比べて、怒りや嫌悪《けんお》の色が薄《うす》らいでいると感じたのは、リネットの勝手な思い込みか。

「……要するに貴女《あなた》は」

ルーシャは差し伸《の》べられたままのリネットの手を押しのけると、首を振《ふ》って立ち上がり、言った。

「この三年間……学院を辞めて、秘密の特訓でもしていた訳ね？」

「え？　あ、えっと」

「逃げた訳ではなかった――と」

「それは――」

さすがに真実を――細かい事情を告げてよいものかどうかわからず、リネットが口ごもっていると、ルーシャはルーシャで何やら勝手に得心してくれた様だった。

学院長の孫娘《まごむすめ》は一度目を閉じて深呼吸をすると、改めてリネットにまっすぐ目を向けながらこう言った。

「ごめんなさい。貴女への数々の暴言は謝罪します。貴女は卑怯者ではないわ。そして無能でも出来損《できそこ》ないでもない」

「ルーシャ……」

感極《かんきわ》まって震《ふる》えるリネット。

そんな彼女の顔を――

「だけどね、リネット」

自身は顔をしかめながらルーシャは覗き込み、若干《じゃっかん》、口調を砕《くだ》けたものに変えてこう続けた。

「黙って居なくなるとか、一人だけ特訓するとか、酷《ひど》いわよ？　残された私がどんな想《おも》いで——いえ、いいわ、もう」

そう言ってルーシャは長い溜息をついた。

「……ルーシャ……」

魔術の成績が極端《きょくたん》に悪い子供達。

互《たが》いの存在が互いに慰《なぐさ》めになっていた彼女等《かのじょら》は、一緒に強くなろう、魔術が扱えるようになろうと誓《ちか》い合った。二人で一緒に、並んで、どちらも相手を見捨てる事無く。

『一緒に頑張《がんば》ろう、リネット！』

だが誓いは破られた。一方的に。

何の前触《まえぶ》れも無くリネットはルーシャの前から居なくなった。

だからルーシャは一人で——

「そうだよね……その……私は」

「……ああもう、だからもう、いいわ」

と言ってルーシャは改めて——差《さ》し伸べられる途中《とちゅう》で止まっていた、リネットの手をとって。

「おかえり、リネット」

三年ぶりの笑顔《えがお》を、彼女《かのじょ》に見せた。

「——何あれ⁉」

ヴァネッサの声は悲鳴に等しかった。

リネットとルーシャの模擬戦の結果を見ての反応である。校医になりすました女暗殺者はジンの肩《かた》を掴《つか》んで揺《ゆ》さぶりながら更に言った。

「あんな魔術の使い方、見た事ないんだけど⁉」

「掴むな」

ジンはヴァネッサの手首を掴んで肩から引き剥《は》がす。

「普通じゃないでしょ⁉　あれ、貴方《あなた》が教えたの？　まさか貴方もあんな魔術の使い方が出来るの？」

「商売上の秘密だ」

とジンの返事は素っ気ない。今後、場合によっては敵対する可能性もあるヴァネッサに、自分の——自分達の手の内を明かしてやる義理はないだろう。

「それにあの杖剣——あれは？　魔術式そのものを斬ってるように見えたんですけど？」

「さあな。お前の目が曇《くも》っているだけではないか？」

と――軽く挑発《ちょうはつ》めいた事を言うジンだが、さすがにヴァネッサもこれには乗ってこなかった。

「とにかく魔術《まじゅつ》を消したのは間違《まちが》いないのよ。あんな事が出来るなら、究極の対魔術防御《ぼうぎょ》じゃない。普通なら避《よ》けるか、さもなきゃ魔術の威力を通さない様な、分厚い盾《たて》だの防壁《ぼうへき》だのを用意するしかないのに……」

「何はともあれ、模擬《もぎ》戦でリネットはこの学院の生徒に勝った。本人の言葉が本当なら、ずっと負け知らずだった優等生に――な」

つまり相手がルーシャでなかった場合、リネットはもっと早くに――初撃か、精々二撃目で勝てていた可能性が高い。少なくとも監督役《かんとくやく》の教師陣《きょうしじん》や、判断力の優《すぐ》れた生徒達はそう察している筈だ。

（これでリネットは最早《もはや》『無能』とは呼ばれまい）

使えない筈の魔術を決め手に使ってリネットは模擬戦に勝った。

この一戦だけで一足飛びに彼女の評価が覆《くつがえ》るかどうかはジンにも分からない。だが魔術が出来ない事を理由に、彼女を公然と侮《あなど》っていた者は口をつぐまざるを得まい。

そして――

（リネットの『成長』はヴァネッサと同様、多くの者を仰天《ぎょうてん》させるだろう。噂《うわさ》は迅速《じんそく》に広まる筈だ。学院内は勿論——その外までも）

ならばリネットに何らかの『処置』を施した連中、ジンの姉の行方《ゆくえ》を知っているかもしれない連中の耳にも遠からずその噂は入る。

その時、連中がどう動くのか——

「……ん？」

——ふと、ジンは目を細めて演習場から校舎の方へと向ける。

視界の端《はし》に、妙《みょう》なものを見た様な気がしたのである。

校舎裏に向かって動く人影《ひとかげ》。

この時間——模擬戦の為に演習場へ出ている生徒や教職員を除けば、残りの者は皆《みな》、校舎内に居る筈なのだ。まして校舎裏に用がある者など居ないだろう。

「ヴァネッサ——」

とジンが声を掛けたその瞬間、校医に偽装《ぎそう》した暗殺者の娘《むすめ》は、立ち上がって彼《かれ》の隣《となり》から離れていた。ジンが校舎裏に向かう人影に気付いて注意が逸《そ》れたのを、逃げる好機と感じたのかもしれない。

「——おい」

ジンは座《すわ》ったまま目を細めてヴァネッサを見上げる。

だが彼女は特に臆《おく》する様子も無く、むしろ友人にでも向けるかの様な気安《きやす》い笑《え》みを浮かべながら、肩を竦めてみせた。

「あの子が魔術を使えるっていうのなら、ホーグ子爵も暗殺依頼《いらい》取り消すでしょ。彼女を狙うのは一旦《いったん》中止するから、見逃《みのが》して?」

と——数歩後ずさると、悪びれた風も無く勝手な提案をしてくるヴァネッサをジンはしばらく睨《にら》んでいた——が。

「親にね、見捨てられた子の気持ちは、分からないではないから」

ふと、ヴァネッサは遠くを見る様な眼をして言った。

「——暗殺依頼を受けておいて何を言うかな」

「それはそれ。これはこれ。仕事に私情は挟《はさ》まない主義なだけ。でもあの子が『出来損ない』でなくなったっていうなら、それは本当に良いことだと私は思ってるんだけど?」

「…………」

ジンは短く溜息《ためいき》をつくと、埃《ほこり》を払う様に右手を振る。

「分かった、行け。行って依頼主《いらいぬし》に報告してこい。それと——あの娘を評するのに『出来損ない』だの『無能』だのという言葉を使うな」

ジンの口調は至極《しごく》静かなもので――だがヴァネッサは一瞬《いっしゅん》、気圧《けお》されたかの様に身を竦めていた。生死の境を綱渡《つなわた》りする様な経験《けいけん》をした者だけが知る事の出来る何かを――殺気にも似た怒りの気配を、彼女は感じたのかもしれない。

「……うわ。本当に入れ込《こ》んでるし」

とヴァネッサは、一瞬、怯《おび》えた自分を恥《は》じるかの様に、軽い口調を取り繕《つくろ》ってジンをからかってくる。

「……分かった。ありがとう」

最後にそう言ってヴァネッサは微笑《ほほえ》むと、踵《きびす》を返し、すたすたと校舎の方に向かって歩いて行く。

しばらくジンはその後ろ姿を目で追っていたが……

「先生！　ジン先生！　勝ちました!!」

ヴァネッサと入れ替わる様にしてリネットが駆け寄ってくる。

「当たり前だ。驚く様な事じゃない」

ジンは長椅子に座ったまま、リネットを――彼女の笑顔を見上げた。

「ましてやはしゃぐ様な事でもない。勝てる様に俺《おれ》はお前を仕込《しこ》んだ。相手は俺の想定を上回る事は無かった。ただそれだけだ」

「あっ……はい」

とリネットは慌ててかくかくと頷く。

「最初の一勝に過ぎないぞ」

弟子《でし》の碧《あお》い眼を覗《のぞ》き込む様にしてジンは言う。

「何度も言っただろう？　一度魔術が使えて終わりじゃないんだ。お前の勝ちを偶然だとか、詐術《さじゅつ》だとか言って認めない奴だって出てくるだろう。特にお前の様な者の存在を、自身への『慰め』に利用していた様な連中は――な」

知力が、容姿が、体力が、優れていなくても。

それでも自分はまだマシだ、魔術が使えるのだから『無能』ではない、魔術が使えない奴よりも自分は優れているのだ――そう自分に言い聞かせて心の平穏《へいおん》を得ている者は居るだろう。

「だから――お前はこれからずっと『出来る』事を周囲に示し続けていかねばならない」

ジンはリネットを指さして言った。

「そもそもお前の戦い方は前例が無い。言ってみれば魔術士ではなく『魔剣士』という新たな兵種の存在を周囲に提示した様なものだ」

破魔剣《はまけん》〈霞斬〉の事が無かったとしても、通常の魔術よりも素早く連打が効き、奇襲《きしゅう》にも適したリネットの戦い方は、広く知られれば多方面から注目を浴びるだろう。

あるいはヴァネッサが言った通り……『新しい戦法』の出現は今後の軍の編成にも――

ひいてはスカラザルン帝国《ていこく》やその他、国家間の関係性にも影響《えいきょう》を与《あた》えかねない。

だからこそ……そうした大きな変革を嫌《きら》う者は必ず出てくる。

彼等はリネットの戦い方、魔剣士の存在を、ペテンだとしてまず否定して掛かるに違《ちが》いない。魔導機杖の製造技術が確立され、これが軍でも採用され始めた際、戦場の主役だった騎士《きし》や戦士達が『呪《まじな》いで戦争など出来る筈が無い』と嘲笑《ちょうしょう》し、その必要性を否定した様に。

「常に、当たり前の様に、誰もが見る事の出来る陽《ひ》の光の下で、魔術を行使し続けてお前は主張せねばならない。〈魔剣士リネット・ガランド〉ここに在りとな。覚悟《かくご》はいいか？」

「は、はい！」

リネットは一瞬、怯《ひる》んだ様な表情を見せたが――すぐに笑顔を取り戻《もど》すと、大きく頷いた。

その様子をジンはしばらく無表情に見上げていたが。

「――リネット」

ふと立ち上がるとジンはその掌《てのひら》をリネットの頭の上に乗せた。

「ジ、ジン先生……？」

今の今まで『浮《う》かれるな』と言わんばかりに、厳しい事を言われていたのに、何事かと目を白黒させているリネットだが——

「だが、よくやった。今勝った事が、じゃない。お前は俺の修練にきちんとついてきて成果を出したんだ。諦《あきら》める事も、逃《に》げる事も無く、やり遂げた。それは——誇《ほこ》っていいし、賞賛を受けるべきだ」

言ってジンは彼女の頭を、少し乱暴にだが、撫《な》でてやる。

元々模擬戦で少し乱れがちだった彼女の金髪《きんぱつ》は、それで益々《ますます》、くしゃくしゃにかき乱されてゆく。

「あっ……あっ……えっと……あっ……」

束《つか》の間《ま》、彼女はくすぐったそうに眼を細めて——まるで猫《ねこ》の子の様にジンの掌の感触《かんしょく》を味わっていた様だが。

「ジン……先生……」

頬《ほお》を赤らめると、両手を挙げて——『ずっとそうしていてほしい』と言わんばかりに、ジンの掌に自分の左右の掌を重ねてきた。

ヴァネッサ・ザウアは『鼻が利く』方である。

別の言い方をすれば『勘《かん》が良い』『予感がよく当たる』という事になる。それも――概《おおむ》ね悪い方ばかりが的中する。

結果として、幸か不幸か彼女は暗殺者として生き延びてきた。

突出《とっしゅつ》した実力は無いものの、本当に危険な状況は素早く察知して避ける事が出来た。仕事の成功率はそこそこ――決して『凄腕《すごうで》』と評される程《ほど》ではないが、失敗はそのまま死に直結しかねない稼業《かぎょう》で、十年も生き残っているのは、ある意味で驚異《きょうい》と言える。

「…………」

校舎に入ってから、ヴァネッサはそのまま真っ直ぐに突っ切って――幾《いく》つかある裏口の一つからそのまま校舎裏に抜《ぬ》けた。保健室には行かない。戻る前に確かめておきたい事があったからだ。

(ジン・ガランドも気がついていた様だけれど……)

模擬戦の最中に、校舎裏に向かう人影を見た。

背格好からしてこのウェブリン女学院に出入りの業者の様にも見えたが――ヴァネッサ

の眼には、何か、その歩き方が引っかかった。

人間の立ち姿や歩き方には、その者の人生が滲《にじ》み出るものだ。

(あれはヴァルデマル皇国の人間の歩き方じゃない……)

見覚えのある歩き方だった。

(……まあ取り越《こ》し苦労《ぐろう》であって欲《ほ》しいのだけど)

そんな事を考えながら物陰から物陰へと伝う様にして校舎裏を歩く。

「――!」

ヴァネッサは校舎を支える外柱の陰に身を潜《ひそ》めた。

(――居た、あの男だ)

学院の裏、通用門の一つを開けている。

近くに備品倉庫があるので、大型馬車等で荷物を搬入《はんにゅう》する際に使う門だった。出入り業者がそれを開くのは別に、不自然ではない。

ただ、そうした搬入は普通《ふつう》は、生徒の数が少ない始業前か放課後に行われるもので、この時間に業者がわざわざ――それも一人で門を開くというのは、不自然である。何かの都合でどうしても、という場合でも教職員が何人か立ち会うものだろう。

(……って何、あの馬車!?)

四頭立ての大型の馬車が、しかも三台。

次々と入って来て、並んで停《と》まる。馬車の御者台《ぎょしゃだい》からはそれぞれ二人ずつ、やはり業者らしい姿の者達《たち》が下りてくるのだが――

（……………うわ）

ヴァネッサは呻《うめ》き声《ごえ》を呑《の》み込むと、極力、侵入《しんにゅう》してきた連中に見つからない様に、注意深く足音を殺し、気配を殺し、校舎の中に戻った。

（まずい。もの凄《すご》くまずい……）

馬車から下りてきた連中は、全員が同じ歩き方だった。

単にスカラザルンの人間というだけではない。あれは――あの気味悪いくらいに揃《そろ》った歩幅《ほはば》と単調な足運びは、間違いなく兵士のそれだ。

それも、筋金入りの。

スカラザルンの軍人が、出入り業者の顔をして、大型馬車を三台も使って……一体、何を運《はこ》び込んで、何をする積もりなのか。

（……潜入《せんにゅう》工作……暗兵か）

相手の国の内部に送り込まれ、世情の混乱を目的に活動する特殊《とくしゅ》兵士達。スカラザルン帝国はそうした兵士を集めた特務部隊を数多く抱《かか》えており、終戦後も一定数が潜伏《せんぷく》を続けているという。

(出入り業者と入れ替わったわね……)

歴史の古いウェブリン女学院は、出入り業者とも繋がりが深い。昨日今日に出来た店と取引などしない。出入り業者は永い歳月《さいげつ》をかけて信用を築き上げた老舗《しにせ》が殆《ほとん》どだ。

ヴァネッサにしても貴族の――依頼者《いらいしゃ》であるホーグ子爵《ししゃく》の推薦《すいせん》がなければ、校医として採用はされなかっただろう。教職員の顔ぶれはよく変わると言われているが、だからといって安易に誰でも彼でも採用している訳ではないのだ。

つまり――あれは出入りの業者に成り代わっている連中だ。顔を変えて、恐らくは本物を、殺して除《の》けて。

(……どうする?)

爪《つめ》を噛んで廊下《ろうか》を歩きながらヴァネッサは自問自答する。

(いえ、考える程の事も無い。巻き込まれる前に逃げるべき――ね)

今までヴァネッサが生き延びてこられたのは、危ないと感じたら、その場からすぐに逃げ出していたからだ。彼女には護《まも》らねばならないものは何も無い。だからいつでもすぐに逃げ出せる。そうやってヴァネッサは孤立無援《こりつむえん》ながらも今まで生きてきたのだ。

「…………」

ヴァネッサは――ふと演習場の方を振り返る。

ジン・ガランドにもリネット・ホーグにも……いや、リネット・ガランドにも、義理はない。このまま一人で逃げても問題は無い。そして恐らくジン・ガランドもそれを責めたりはしないだろう。

「ザウア先生」

ふと掛けられた声に振り返れば――学院長が歩いてくるところだった。

「模擬戦は終わりましたか?」

学院長はにこやかに笑ってそう問うてきた。

「あ、はい、午前の部は――」

一年生だけとはいえ、生徒全員が一対一で模擬戦をするとなると午前中だけでは時間が足りない。昼食と昼休みを挟んで、午後からも模擬戦は続く予定になっていた。

「わざわざ、ありがとうございます。校医の先生が傍《そば》にいてくだされば、生徒達も全力で頑張れると思うのです」

そう言って穏《おだ》やかに笑う学院長。

貴族で、なおかつこの学院の最高権力者である筈なのに、かさに着たところがまるで無い。生まれついての貴族であるからこそ、『貴族様だぞ』と殊更《ことさら》に主張して回る必要が無いのだろう。

（こんな所で世間話している場合じゃないのに――）

そんな風に内心で焦《あせ》りつつもヴァネッサは校医としての仮面を被《かぶ》って笑顔で応じるしかない。

「はあ、そ、そう、ですね。私なんか未《ま》だ未だ新人ですけど」

「ご謙遜《けんそん》なさらず。ところで、前の校医の先生が産休をとられたのが急だったものですから、ザウア先生とは、きちんと未だお話も出来ておりませんし、よろしかったらお昼を一緒《いっしょ》に如何《いかが》ですか？　遅《おそ》めの、小規模ですけれど親睦会《しんぼくかい》という事で」

「え？　あ――ええと」

「何かご予定が？　ああ、ひょっとしてお昼はガランド先生とご一緒されるのですか？」

「……いえ、そういう訳でも、ないのですが」

「では一緒に食堂に参りましょう」

そう言ってヴァネッサの横を通り過ぎて、すたすたと食堂の方に歩いて行く学院長。その背中を束の間、呆然《ぼうぜん》と見送って――

（貴族と食事なんて真っ平御免《ごめん》だってーの！）

ヴァネッサは胸の内でそう毒づいた。

（一人で勝手に昼飯食って、スカラザルンの兵の企《たくら》みに巻き込まれればいい。それでこの婆《ばあ》さんが怪我をしようが殺されようが知った事じゃないんだ。全く知った事じゃない！　生徒の御嬢様達《おじょうさまたち》についても同じ）

まるで――自分に言い聞かせる様に。

口には出さず、しかし何度も何度も曖昧《あいまい》な気持ちを言葉にして自分の中で繰り返す。祈《いの》る様に。呪《のろ》う様に。

（本当に――どうでもいい！）

どうでもいい、筈なのに。

次の瞬間《しゅんかん》――思わずヴァネッサは彼女を引き留めていた。

「あ、あの、学院長！」

（うわ、私ってば何やってんの!?）

そう思っても今更《いまさら》、黙《だま》り込む訳にもいかない。

ヴァネッサは半ば自暴自棄《じぼうじき》になりながらも口早にこう告げていた。

「先程――何かの業者らしき人達が、大型馬車を何台も、裏門から乗り入れていたみたいですが、何か搬入の予定でも？」

「――え？　そんな事が？」

と学院長は眉《まゆ》を顰《ひそ》めて立ち止まる。

「ええ。単なる連絡《れんらく》の不行き届きや、行き違いなら良いのですが。もし――彼等が、敢《あ》えて、全校あげての『模擬戦』の最中を『選んで』いたのだとしたら、業者を装《よそお》った無法者の可能性が」

「…………！」

学院長は息を呑む。

だが彼女が驚《おどろ》きに固まっていたのは束の間だった。すぐに学院長は腰《こし》に提《さ》げていた携帯《けいたい》用の小型魔導機杖《ハンドガンド》を手にすると、呪文詠唱《じゅもんえいしょう》。

呪文から察するに恐らく風系の――というより音波操作系の魔術《まじゅつ》だろう。彼女は魔導機杖の宝珠《ほうしゅ》が虹色《にじいろ》に光って励起《れいき》しているのを確認《かくにん》すると、眼を閉じて言った。

「――学院長より警備室。裏門に不審者《ふしんしゃ》の侵入の可能性あり、急行して検分を」

素っ気ない言葉と早口なのは、魔術には継続性《けいぞくせい》が無いからだ。

音波を操作して指向性を与え、特定の場所に届ける、という〈遠話〉の魔術も、その名に反して『会話』が出来る訳ではない。

極力、短い文面にして一方的に投げる事しか出来ないが――命令を下すにはそれで充分《じゅうぶん》だ。

「ザウア先生。私も裏門の方に向かいます」

と学院長はヴァネッサの方を改めて見ながら言った。

「え？　学院長が、ですか？」

「私はこの学院の責任者ですから。子供達の安全を確保する責務があります。それと……すみませんがザウア先生も一緒に来ていただけますか？　ザウア先生が御覧《ごらん》になった不審者の風体《ふうてい》なども警備の者に伝えていただければと」

「…………」

嫌《いや》だ。どうして私がそんな危ない事を。

と――喉まで拒否《きょひ》の言葉が出かかったヴァネッサであったが。

「分かりました。急ぎましょう」

口から出たのはそれと正反対の言葉だった。

（ああもう……あのジン・ガランドとリネットって娘に出会ってから、色々調子が狂《くる》いっぱなし！）

ヴァネッサは胸の奥《おく》で悲鳴を上げた。

リネットに檄《げき》を飛ばした——その後。

ジンは席を立ってヴァネッサの後を追う様に校舎へと向かっていた。

（どうにも引っかかる……）

あの——校舎の方に向かって歩いて行った、業者らしき制服の男。

事実上、学校全体の眼は演習場の模擬戦に向いている。

それだけ模擬戦はウェブリン女学院において重要な催事《さいじ》なのだ。だから一部の職員を除いて、生徒も教員も全て演習場かその周囲に意識を向けている。本日の模擬戦には参加しない上級生達も、教室から後輩達《こうはいたち》の奮闘《ふんとう》を見学している状態だ。戦いを俯瞰《ふかん》して見る事も戦術や戦略を学ぶ上で重要と考えられているからである。

この状況《じょうきょう》で業者が何を搬入する？

学生食堂だの何だのの食材を運び込むとしても、昼休みを間近に控《ひか》えた今、という事は無いだろうし、今の時点での搬入は遅すぎる——それ以前に、そもそも一人だけ校舎の中に向かうのは何故《なぜ》なのか。

学院内の注意が模擬戦に集中する最中、校舎の出入り口の大半は施錠《せじょう》される。特に裏門や、裏門に程近《ほどちか》い校舎の裏口は、まず使う事が無いので閉じられたままだ。

そして元々貴族の旧い屋敷《やしき》を再利用して作られたこの校舎は……外見こそ厳《いか》つさは微塵《みじん》も無いが、有事の際に貴族が一族郎党《ろうとう》立てこもれる様にと、城塞的《じょうさいてき》な構造を備えている。

特に出入り口の扉《とびら》やその周辺は頑強《がんきょう》に造られている筈《はず》だ。

それこそ……高威力の魔術でも用いなければ、突破《とっぱ》出来ない程に。

つまり、あの業者らしき制服の男は、『開いている』入り口から怪《あや》しまれない様に校舎内に入って、裏口を中から開きに行ったのではないか——とも考えられる。

（こういうのは、暗殺者の癖《くせ》みたいなものだからな……）

要するに——ジンやヴァネッサの様な暗殺者は、ついつい癖というか職業的な習慣として、建物を見ればまず『どうやって潜入するか』『どうやって脱出《だっしゅつ》するか』を考えてしまう。

だからこの学院の教職に就《つ》いた時から、ジンは常に『自分が、あるいは自分と同種の者が侵入するとしたら』という想定で頭の中で色々な侵入《しんにゅう》経路を考えていた。

件《くだん》の業者らしき制服の男に気がついたのは、彼が考えていた侵入案の一つそのままだったからだ。

「——！」

鐘《かね》の音が鳴り響《ひび》く。

午前中の授業——今日は『演習』か——が終わった事を告げる音。

当然、演習場に出ていた生徒達も、一旦、校舎内に戻ってくる。

弁当持参の者は何処かで弁当を食べる為《ため》に。食堂の利用者は食堂に。

演習で着ていた姫騎士装束から、着替《きが》えるかどうかはそれぞれだが——午前中に自分の出番が終わったリネットやルーシャは、既に着替えるべく更衣室《こういしつ》に行っているかもしれない。

(ヴァネッサが動いた際に俺も動いておくべきだったか……)

もしあの侵入者が校内で何かをする事を企んでいた場合。

まさか、業者に偽装までしておいて、行き当たりばったりに侵入する時間を選んだとは考えにくい。侵入者は生徒達が午前中の演習を終えて、校舎内に帰ってくる瞬間を狙《ねら》っていた可能性が高い。

(——人質《ひとじち》?)

この学院に通っている女生徒の大半が、貴族かそれに準じた立場の家の子女である。誘《ゆう》拐《かい》して身代金《みのしろきん》を取るにせよ、何かそれ以外を要求するにせよ、この学院は狙い目《め》だ。

勿論《もちろん》、その辺の事は学院側も理解しているので、一応、校舎内とは別の離《はな》れに警備室が置かれ、戦闘用《せんとう》の術式符《じゅつしきふ》を挿入《そうにゅう》した魔導機杖を携帯する警備員が、五人ばかり常駐《じょうちゅう》している。

一人や二人の不審者なら問題無く彼等が対処するだろう。

だが――もし入って来た奴《やつ》が単独ではなく。

軍用魔導機杖かそれに類する重武装をしていた場合は――

（いや。間違いなく複数で、重武装している筈だ）

そもそも『演習』で模擬《もぎ》戦闘をする様な学院である。

（通っている生徒も、実戦を知らない半人前とはいえ、一定以上の戦闘力を持っている。

それを制圧し人質にとるというのなら、それを企む者達は人数を揃えて重武装していて当然だ）

ジンがそんな事を考えながら、校舎内を、裏口の方に向かって歩き出した――その時。

「ジン先生！」

リネットの声に振り返るジン。

見れば――リネットが、何やら籐編籠《バスケット》を手に駆《か》け寄ってくるところだった。

ジンが想像した通り、既に彼女は演習の時の姫騎士装束から、普段の制服に着替えている。

「お昼、一緒に、いかがですか？　ジン先生のお好きなもの、いっぱい作ってきたんです」

頬を赤らめ、恥ずかし気《げ》に身を捩《よじ》りながらそんな事を言うリネット。

その姿はジンの眼から見ても、ひどく健気《けなげ》でいじらしいものだったが――正直、今のジンには彼女の求めに応じている余裕《よゆう》は無かった。

「――リネット」

ジンは彼女の手を掴んで、素早《すばや》く近くに在った空き部屋に滑《すべ》り込む。

元々は授業の為の準備室らしく、本棚《ほんだな》と机が在るが、数人も入れば満杯《まんぱい》になって息苦しさを感じてしまいそうな、そんな部屋だった。

「え、じ、ジン先生？」

「……いいか、よく聞け」

ジンは部屋に引きずり込んだリネットを、入り口脇《わき》の壁《かべ》に押《お》しつけると、その脇に手をついて顔を寄せた。

「細かく話している暇《ひま》は無いが――」

「あ、あの、あの、わ、私、心の……準備が……」

「そんな事をしている暇も無い」

何か勘違《かんちが》いして顔を赤らめるリネットに、ジンは言った。

「十中八九、軍用装備に準じた武装で、無法者か何かが、複数、学院内に入り込んでる。恐《おそ》らくは誘拐目的だ。初動で遅《おく》れをとった。だから連中が事を起こすのを止めるのは間に合わない。今この瞬間にも何か始まってもおかしくない。だから俺達《おれたち》は――」

と早口でジンが告げている――その最中。

『ウェブリン女学院の生徒及《およ》び教職員の諸君』

唐突《とうとつ》に何者かの声が鳴り響いた。

女の声――しかも比《ひ》較的《かくてき》、若い。

全校に聞こえる程の音量である。勿論、人間が普通に出せる声量ではない。恐らくは風系の――音波系の魔術で拡声しているのだろう。

『本学院は我々が占拠《せんきょ》した。警備員は全員、死んだ。教職員も三名ばかり死んだ。我々の邪魔《じゃま》をしたのでな』

「……え⁉」

とリネットは驚きの声を上げるが――その直後、ジンは彼女の口元を押さえて首を振《ふ》った。何処《どこ》に侵入者達《しんにゅうしゃたち》がいるのか分からないが、見つからないに越した事はない。

あの様に宣言してきた以上、出入り口は全て封鎖《ふうさ》されているだろうが、さすがに校内の全てを、部屋ごとに封鎖できる程の人数は居ない筈だ。

となれば――

(俺達は発見されるまでは校内を動き回れる筈だ)

『抵抗《ていこう》は無駄《むだ》だが、してみたければ、止めない』

嬲《なぶ》るかの様な響きを伴《ともな》った声がそう告げてきた。

『むしろ抵抗出来るならしてみるがいい。お前達の幼稚《ようち》な力で出来るものならばな』

「……ジン先生？」

「………」

不安げにジンの顔を見上げてくるリネット。

だが詳《くわ》しく状況を説明してやろうにも……彼にも侵入者達が何を考えているのかが分からない。単に人質に使う積もりなら、『大人しくしろ』と言って余計な事をさせないのが正しい筈なのだが。

（……若干《じゃっかん》、ヴァネッサと同じ、スカラザルンなまりがあるか）

違うのは、ヴァネッサが個人なのに対して侵入者は集団――組織だという事。それも恐らくはスカラザルン帝国の支援《しえん》を受けた。

スカラザルンから送《おく》り込まれた暗兵――非公式の破壊《はかい》工作を行う特殊潜入《とくしゅせんにゅう》兵士、といったところか。軍の中でも比較的、ジン達の様な暗殺者に近い兵種である。

（表向きは休戦中だから、無法者の破壊活動《テロ》に偽装しての嫌がらせ――国力を削《そ》ぐ作戦か？　抵抗を煽《あお》るのは、兵士個人の復讐心《ふくしゅうしん》か何かか？）

情報が少なすぎる。

ジンが如何《いか》に強力な暗殺者だったとしても、相手の情報を揃えて潜入したモーガン・パウザ邸《てい》とは状況が違う。敵の事を何も知らないままに戦えば、予想外の要素に足をすくわれかねない。

ここは何とかしてリネットと共に脱出すべきか。

「あの、ジン先生」

ふとリネットの声が変わった様な気がして――ジンは改めて彼女《かのじょ》に目を向ける。ジンの一番弟子である魔剣《まけん》士の少女は、初めて見る様な決然とした表情で、その碧い眼に強い意志の光を灯《とも》して、言った。

「私、がんばります！　がんばって皆を助けます！」

「お前――」

一瞬、言葉に詰《つ》まるジン。

だが彼はすぐに思い直して――

「いや。そうだな。まったくその通りだ。お前がいたな」

リネットが最早、『出来損《できそこ》ない』でも『無能』でもない様に。

あるいはジン・ガランドも今や――少なくとも今は『暗殺者〈影斬《かげきり》〉』ではなくウェブリン女学院の『ジン先生』なのだろう。

自分は一人で何もかもを片付ける必要は無い。

未熟なれど成長著《いちじる》しい一番弟子が傍に居る。

ならば――一人では出来ない事も出来るのではないか？

（弟子に教えられるか……）

「未熟者が何をって思われるかもしれませんけど、私、今度こそ逃げたくないっていうか――」

「……リネット」

リネットの言葉に覆《おお》い被せる様にして低い声でジンは言った。

「手加減せずに魔術を叩《たた》き込める相手が向こうから来てくれたぞ」

「て、手加減？　え？」

「しかもおあつらえ向きに、建物の中、多人数の人質を抱え込んでる。恐らくまとまって抵抗されないように、いくつかの部屋に分散して、人質を閉《と》じ込めてる」

数で劣《おと》るであろう連中にとって一番、警戒《けいかい》すべきは、学院関係者全員が一致《いっち》団結しての力押しだ。

物量は純然たる威力《いりょく》である。

だからこそ一致団結する間を許さぬ奇襲を仕掛《しか》け、制圧後は、幾つもの部屋に分散させ、意思疎通《そつう》出来ない状態にして、管理する。

つまり――

「各個撃破《げきは》させてくれるって事だ」

「――あっ……」

「忘れてるかもしれないが、俺は――」

暗殺者――と言いかけてジンは思いとどまった。リネットを魔剣士として世に出すというのならば、その師たる自分もまた暗殺者を名乗るべきではないだろう。

「――俺達は魔剣士だ」

魔術全盛《ぜんせい》の時代に産声《うぶごえ》を上げる――魔術士殺し。

魔術と暗殺技術が融合《ゆうごう》した新兵種。

ならば――この状況は『お披露目《ひろめ》』の好機と考えられないか。

「戦争は……大抵《たいてい》の場合、単純に数が多い方が勝つ。俺達がどれだけ魔剣士としての技を錬磨《れんま》しても、正面から魔術士百人とぶつかり合えば瞬殺《しゅんさつ》されて終わりだ」

数に押さえ込まれるのはジン達の側も同じである。

見晴らしの良い場所での正面衝突《しょうとつ》ならば、相手はこちらに向けて大威力の魔術を連続して叩き込めば良いだけだ。

だが逆に、見通しが悪く、大威力の魔術を使いづらい屋内で、しかも相手が各所に分散している——この状況、ならば。

「もう少し色々魔術を覚えてからの方が好ましかったが」

贅沢《ぜいたく》を言っている場合でもないだろう。

「ルーシャと、仲直り出来たんだろう？」

「……え？　あ、は、はい」

「だったらルーシャも、それ以外も、お前の学友を、お前が助け出すんだ。先にも言った通り、魔剣士としてのお前を、皆《みんな》に証明し続けろ。これがその第一歩——いや第二歩か」

「…………！」

息を呑むリネット。

「正確には俺とお前だが——俺は世間の評価などどうでもいい。なので、裏方だ。主役はお前だ——リネット・ガランド」

そう言ってジンは〈影斬〉の柄《つか》に手を添《そ》える。

リネットも〈霞斬〉と〈紅蓮嵐〉に触《ふ》れて——頷《うなず》いた。

「では行くか——『始まりの魔剣士』、その、お披露目に」

「はいっ！」

第5章　魔獣兵器

校舎裏には血臭《けつしゅう》が漂《ただよ》っていた。

「…………」

ジンは悲鳴を上げそうになっているリネットの口を押さえながら、近くに転がっている死体を見つめる。

五人の警備員。

女学院という事で、警備員も女性で統一されていたが、いずれもが軍務経験者《けいけんしゃ》、もしくは警士経験者で、軍用に準じた魔導機杖《ガンド》と、攻撃《こうげき》・防御《ぼうぎょ》の術式符を装備していた筈である。

にもかかわらず全員が殺されている。

しかもこの傷は刃物《はもの》によるものでも魔術によるものでもない。

(噛《か》み跡《あと》だ。魔獣《まじゅう》を使ったか……)

そして周囲の地面には、明らかに獣《けもの》のものと覚しき足跡が残っていた。

「ジン……先生……」

口を押《お》さえていた手を緩《ゆる》めてやると、恐る恐るといった様子でリネットが小声で名を呼んできた。

「魔獣――スカラザルンの生物兵器について聞いた事は？」

「……名前を……聞いた事は、あります、けど……」

「魔術で『生き物としての在り方』を改造された生き物をそう呼ぶ。正式には『魔術改造生物』だったか。軍用の生物兵器に限らず、スカラザルンじゃその手の技術は農作物や牧《ぼく》畜《ちく》にも応用されてる……スカラザルン以外じゃ禁忌扱《きんきあつか》いだから、あまり発達してないが」

「……禁忌……ですか？」

「元々は〈魔王〉発の技術だからな」

大量の犠牲者《ぎせいしゃ》を出しつつも、人倫《じんりん》にもとる様な内容の魔術実験に明け暮れ、挙句、ヴァルデマル皇国を含《ふく》む周辺諸国と戦争まで始めて〈魔王〉の名を冠《かん》されるまでになった、スカラザルン帝国の『大賢者《けんじゃ》』。

そもそも……

スカラザルン帝国は、ヴァルデマル皇国では『僭称帝国《せんしょうていこく》』などと呼ばれている事からも分かる様に、少々特殊な成り立ちの国である。

かつてヴァルデマルにおいて権力争いに敗れた皇族、皇帝の双子《ふたご》の兄が、国外に逃《のが》れ北方民族と結びつき、『皇帝』を名乗って興《おこ》した国――それがスカラザルンだと言われており、そうした経緯《けいい》から、もう何百年もヴァルデマルとは敵対関係を続けている。

スカラザルン帝国からすれば、今のヴァルデマル皇国は『初代スカラザルン帝のものになる筈だった自国の領土の一部』であり、『卑劣《ひれつ》な手段を用いて初代スカラザルン帝から簒奪《さんだつ》された国土』という認識《にんしき》なのだ。

故《ゆえ》に何度となくスカラザルンはヴァルデマルに対して国土の全面明《あ》け渡《わた》しと現政治体制の完全解体を『当然の権利』として要求しては、『正気の沙汰《さた》ではない』と突《つ》っぱねられ続けている。

結果として『ヴァルデマル皇国憎し』の念は国是《こくぜ》としてかの国に染《し》みついており……当初はどこの国家にも所属していなかったかの魔導師《まどうし》は、ヴァルデマル皇国に多大な損害を与《あた》えた『英雄《えいゆう》』として、国賓待遇《こくひんたいぐう》で迎《むか》え入れられたらしい。

ジンの先祖である〈異界の勇者〉とその仲間達に討《う》たれた後も、〈魔王〉の遺《のこ》した技術はスカラザルン帝国の『財産』としてかの国の国力増強に役立てられてきた。故にスカラザルン帝国では〈魔王〉とは呼ばず『大賢者』と呼ぶのが通例なのだとか。

「生物兵器としての魔獣だが……魔獣、などと呼ばれているが、別に魔術を使ってくる訳じゃない。魔術は人間にしか使えない」

だから彼我《ひが》に一定の距離《きょり》があれば、人間は魔術で魔獣を一方的に攻撃できる。魔獣が戦場の主力にならない理由だ。基本的に魔獣は奇襲《きしゅう》戦法専用の戦力である。

「つまり魔術が使えれば恐れる様な相手ではないが――逆に魔術が無ければ人間にはとても勝てない。魔術で普通の獣よりも遥《はる》かに獰猛《どうもう》で強靭《きょうじん》に作《つく》り替《か》えられているからな。生きながら喰《く》われる事になる」

「………」

その様子を想像したのか生唾《なまつば》を呑み込《こ》むリネット。

「しかし解《げ》せないな」

「解せない、ですか？」

「ああ。屋内で、というのなら未だ分かるが……」

裏門と裏口の間――校舎裏。

物陰《ものかげ》が皆無《かいむ》という訳でもないが、入り込んで早々に奇襲の仕込《しこ》みは出来まい。なのに警備員はどうやら一方的に魔獣に狩《か》られた様に見える――五人とも誰一人《だれひとり》として魔術を使わないままに。

「何か高度な偽装《ぎそう》手段を持っているのか……？」

魔術で光を曲げて『姿を見えなくする』事は出来る。

ただし魔術の発動そのものは隠《かく》せないので、警備員達は近くで誰かが魔術を使っているという事についてはすぐに気がついた筈だ。そうなれば彼等《かれら》は音響《おんきょう》探査の魔術で『敵』を探そうとするだろう。

「それとも──」

ジンが眉をひそめて考えを巡《めぐ》らせていた、その時──

「──！」

廊下の奥から鋭《するど》い悲鳴が聞こえてきた。

「……ルーシャ？」

「なに？」

さすがにジンには他の生徒の声と区別がつかなかったが、今の悲鳴でリネットは学院長の孫の声を聞き分けたらしい。

「ルーシャ！」

リネットは咄嗟《とっさ》に声の聞こえてきた方へと駆け出していた。

一瞬《いっしゅん》、ジンは彼女を制止しようとして──しかし次の瞬間には自身も彼女の後を追って廊下を走り出す。リネットがルーシャの悲鳴に驚いてただ飛び出しただけではないと……

その足運びから魔力を練り上げ術式の形に編み上げているのが、分かったからだ。

リネットは戦う積もりだ。友人を守る為に――そして魔剣士たる己《おのれ》の存在を天下に示す為に、ジンに授《さず》けられた技術を用いて。

ならば師としてはこれを引き留める訳にもいくまい。

「……急ぐぞ」

むしろそう言ってジンとリネットは並んで廊下を走る。

そして――角を曲がった途端《とたん》。

「ひっ!?」

「…………」

ぬっと顔を出した青い獣と、二人は至近距離で対面する事になった。

●

スカラザルン帝国の――青い毛並みの軍用魔獣。

リネットの知識と経験の中からその姿を示すのに最も適切な言葉は『虎《とら》』であったろう。

大きさも形も以前、リネットが王立動物園で檻越《おりご》しに見た虎に概《おおむ》ね近い。ただし特徴的《とくちょうてき》な縞模様《しまもよう》は黄色と黒ではなく、青の濃淡《のうたん》で描《えが》かれ、その頭部には一本の黒い角が生えているところが違《ちが》いであった。

勿論――遭遇《そうぐう》したその瞬間に、リネットはそこまで細かく魔獣の特徴を見て取った訳ではない。そんな余裕は彼女には全く無かった。

リネットはただ咄嗟に〈紅蓮嵐《クリムゾンボルテックス》〉を掲《かか》げながら自分に可能な唯一《ゆいいつ》の攻撃魔術《こうげきまじゅつ》――〈爆槌《ばくつい》〉を相手に叩き込もうとした――のだが。

「――待て」

静かなジンの声がリネットを止めた。

「余計な真似《まね》はするな」

そう言ってジンは左手でもリネットを制しながら、自身は二歩ばかり前に出た。右手はいつでも武器を抜《ぬ》ける様にと脱力《だつりょく》しているのが見て取れるが、ただそれだけで、〈影斬〉も袖口《そでぐち》に仕込んである縄鏢《ワイヤードダガー》も手にしてはいない。

「――やはりそうか」

と――手を伸《の》ばせば魔獣に触れるか触れないかといった距離でジンは立ち止まって呟《つぶや》いた。

「あ、あの、ジン先生……？」

リネットは――いつ魔獣がジンに向かって飛び掛《か》かるかと、気が気ではなかった。こんな至近距離で襲《おそ》われれば、いかにジンでも逃《に》げようが無いだろう。

「無作為《むさくい》に人間を襲う様では兵器として使えない。人質をとる場合に、魔獣が人質を片《かた》っ端《ぱし》から食い散らしたら困るだろう。ましてスカラザルンの人間とそれ以外を区別出来ないなら、自分達《たち》の身も危《あや》うい」

「…………あ」

リネットはジンの言う意味を理解して驚きの声を漏《も》らした。

魔獣は——曲技団の猛獣《もうじゅう》と同様に『調教』されているのだ。無意味に人間を襲わない様に——敵と判断出来る人間だけを襲う様に。

では……その判断基準は何なのか？

「——！」

不意に——魔獣の背後に位置していた扉の一つが開いた。

中から姿を現したのは、出入り業者の制服を着た二人の男達だが——

「ふん？　未だ『漏れ』があったか」

「さすがにこれ以上の人数を押さえておくのは無理がないか？」

二人の男は、ジン達の方を見てそう言った。しかも男達は大型の、杖剣《バヨネット》付き魔導機杖を、吊帯《スリング》で斜《なな》めに背負っている。

出入り業者などでは断じてない。スカラザルン帝国の特務兵だ。

「二人減らすも四人減らすも同じだろう」

「どうせ最後には全部片付けるんだしな」

二人はジンやリネットなどまるで見えていないかの様に、平然とした様子でそう言った。

舐《な》めている。侮《あなど》っている。自分達の脅威《きょうい》たり得ないのだと二人の事を判断しているのだ。

(二人減らすもって……それって、まさか、さっきのルーシャの悲鳴……)

リネットの背筋に冷たいものが走る。

(ルーシャ……！)

三年ぶりに再会して。一度は嫌《きら》われ憎《にく》まれていたのに、ようやく仲直りが出来て。これから、失った三年間を取り戻《もど》して行ければ嬉《うれ》しい……そう思ったばかりで。

「――ルーシャっ！」

リネットの口から声が迸《ほとばし》る。

同時に彼女の周囲でぱちぱちと幾《いく》つもの火花が咲《さ》いては散り始めた。

魔力の暴走である。以前のリネットならこのまま辺り一面を無差別に焼き払《はら》う爆炎《ばくえん》が勝手に生じるのを、止める術《すべ》は無かったが――

(――魔力を、魔術にして放てば！)

リネットは〈紅蓮嵐〉を掲げながら前に出る。

〈爆槌〉を屋内で使うのは危険だと――威力が自分に跳《は》ね返ってくる事も在るとジンに教えられていたが、リネットは無《む》茶《ちゃ》を承知で魔獣ごと目の前の二人を吹《ふ》き飛ばす積もりだった。

――ごあっ！

短く魔獣が吼《ほ》える。

次の瞬間、その巨体《きょたい》がリネットの視界いっぱいに広がっていた。彼女が剣《けん》を抜いた事で、排除《はいじょ》すべき『敵』だと思われたのか。

襲われる。避《よ》けられない。瞬間的《しゅんかんてき》にそれだけを悟《さと》って――

「――っ！」

リネットは怒《いか》りにまかせて〈爆槌〉の魔術を解き放つ。

閃光《せんこう》と共に火炎《かえん》が魔獣の鼻先に弾《はじ》け――

「――え？」

――たと見えた瞬間、それらはまるで夢か幻《まぼろし》であったかの様にあっさりと消え失《う》せていた。代わりに朱《あか》い霧《きり》の様なものがあたりに漂っているのが見えたが——これは一体、何なのか？

「な、なんで⁉」

と動揺《どうよう》のあまりにそう叫《さけ》ぶリネット。

魔術がかき消された。無効化された。

これではまるで——

「——上出来だ」

そんな言葉をリネットに掛けながら、彼女の横を風の様に通り抜ける暗殺貴族ジン・ガランド。

「——ッ！」

鋭い呼気と共にジンの愛剣〈影斬〉が鞘《さや》から迸る。

「なんだと？」

スカラザルンの兵と覚しき男二人が驚きの声を上げたその時——ごしゃり、と重く湿《しめ》った音を立てて、魔獣の頭部が胴体《どうたい》から離れて床《ゆか》に転がっていた。

一瞬遅《おく》れてから、思い出したかの様に残された胴体が血を噴《ふ》いて……それから横倒《よこだお》しになる。

「す……凄《すご》い……」

驚きに呟くリネット。

同時に——

「こいつっ⁉」

「——ゲル・ベル・サ・ケイ！　ゲル・ベル・サ・カン！　我は唱え顕《あらわ》したり、〈抉《えぐ》り獲《と》るもの〉っ！」

スカラザルン兵は、驚きつつも後ずさり、背中に背負っていた魔導機杖を掴《つか》んで——肩《かた》越《ご》しにこれをジンに向ける。元々、彼我の距離は十数歩分在ったが、念《ねん》の為にと距離をとって魔術《まじゅつ》で攻撃しようというのだろう。

ジンはすかさずスカラザルン兵を追おうとして——しかし、足下《あしもと》に転がる魔獣の胴体が邪魔で一瞬、その動きが遅れた。

スカラザルン兵達は好機と思った事だろう。

「死ねっ！」

魔術が発動、見えない何かがジンに向かって飛んで——

「…………」

ジンが無造作に〈影斬〉を一閃《いっせん》させた瞬間《しゅんかん》、ぱん！　と虚空《こくう》に何かが弾ける音がした。

魔術の存在しない『異界』から来た〈勇者〉、その血筋のみが可能にする――魔術の瞬時解体。魔術式が消失したせいで、魔力は行き場を失い、仮想の力に戻りきれなかった分が、破裂音《はれつおん》になったのだろう。

「まさか――こいつ⁉ 〈コロモス〉の――」

「コル・ダス・ティルン！ コル・ダス・ティエン！ 我は唱え顕したり、〈弾け砕《くだ》くもの〉！」

「――リネット、伏《ふ》せろ！」

ジンが警告を発したその瞬間。

放たれた魔術はジンではなく、彼の少し手前の床と壁に炸裂《さくれつ》――壁と床を大きく壊《こわ》して、馬車でも通れそうな穴を開けていた。

いや。それどころか――

「ジン先生⁉」

ここは二階である。崩壊《ほうかい》はジンの足下にまで瞬間的に達し、彼の姿はもうもうと立ちこめる塵煙《じんえん》の中に消えていた。

恐らく瓦礫《がれき》と一緒《いっしょ》に一階に落ちてしまったのだろう。

ジンがそれで死んだり怪我《けが》を負ったりする様な事は無い――とはリネットも思う。そういう意味で彼の安否を心配する必要は無い。むしろ今、彼女が必死に考えるべき事は別に在った。

（あの人達……一瞬で、ジン先生の『魔術殺し』を見抜《みぬ》いた？）

ジンが魔術を無効化出来る事に気がついて、彼を直接狙うのではなく、その周囲を狙って、建物の崩壊に巻き込む手段を採ったのだ。

だが如何に熟練の兵士といえど――咄嗟にそんな判断が可能か？

（それに何だか……ジン先生の事を知ってた？〈コロモス〉って？）

それはひょっとしてあの青い魔獣の名か。

そしてリネットの魔術が消えたのは――もしかして。

「――っ！」

動揺して動きの止まったリネットを、脅威とは見做《みな》さなかったのか――スカラザルン兵二人は階下に落下したジンを追って、床に穿《うが》たれた穴に飛び込んでいった。

「――リネット！」

入れ替わる様に、塵煙の中からジンの声が飛んでくる。

「こいつらは俺《おれ》が片付ける、お前はルーシャの所に行け！」

「――！　はい！」

リネットは咄嗟にそう叫ぶと、床に空いた穴を避《よ》け、先の悲鳴が聞こえた場所へと向けて駆け出した。

●

スカラザルン帝国第四特務遊撃《ゆうげき》部隊隊長――グレーテル・ドラモンド特佐。彼女は薄笑《うすわら》いを浮《う》かべて目の前の女教師を眺《なが》めていた。

「――グン・ゼル・サーギュ・レ・オンゼ」

椅子《いす》に悠然《ゆうぜん》と腰《こし》掛《か》けたまま立ち上がろうともしないグレーテルに向けて、攻撃魔術を放とうというのだろう。ウェブリン女学院の女性教師は小型の携帯《けいたい》用魔導機杖をグレーテルに向けて呪文詠唱《じゅもんえいしょう》中だ。

「何処にでも愚《おろ》か者《もの》というのは居るものだ」

「切り裂《さ》け、〈風刃《ふうじん》〉！」

敵と交《か》わす言葉など無い――とばかりにグレーテルの言葉を無視して女性教師が魔術を放つ。

――ごあっ！

その瞬間、グレーテルの脇で待機していた新型軍用魔獣〈コロモス〉が身を震《ふる》わせながら短く吼えた。ずらりと牙《きば》の並んだその口が大きく開き、喉《のど》の奥《おく》に仕込まれた第二の『口』から朱い霧が噴き出して――

「――え？」

驚《おどろ》きの声を上げる女性教師。

自身が確かに放った筈《はず》の魔術が空中で消滅《しょうめつ》したからだ。

「どうして――」

「私は最初に言ったぞ？　無駄な事はせぬ方が生き延びる確率は上がるとな。それを信じず行動を起こして――この様《ザマ》だ」

グレーテルは楽しげにそう言った。

「魔術は使えない。魔術は無効化される……親切にも私は二度も説明してやった。二度もだ。言葉で告げられても理解出来ないのなら、その身で思い知るしかなかろうな――まるで家畜《かちく》の躾《しつけ》の様に、痛い目に遭《あ》わねば学ぶ事も出来ない訳だ」

魔獣がのっそりと起き上がる。

「劣等《れっとう》民族ならばそれも致《いた》し方《かた》ない。責めはせんよ。ただ惜《お》しむらくは学んだとてその経験を活《い》かす機会は来ない事だ。永遠に」

「ひ……ひぅっ⁉」

だん、と床を蹴《け》って襲い掛かった〈コロモス〉が女性教師を押し倒《たお》し、その喉に牙を立てる。倒された際に手から離《はな》れた小型の魔導機杖がグレーテルの足下に滑ってきて、止まった。

「や、やめ、助け――」

「駄目《だめ》だ。死ね。喰われて逝《い》け。人の話をろくに聞かず、暴力で物事を解決しようとする様な愚物《ぐぶつ》には、そういう死に方が相応《ふさわ》しい」

「………………っ！」

女教師は悲鳴を上げようとして――しかしその前にごっそりと〈コロモス〉に喉を喰いちぎられていた。剥《む》き出しになった気管からひゅうひゅうと血交じりの音が漏れるばかりで、女教師は息こそまだあったが、既《すで》に声すらまともに発する事が出来ない。

代わりに――という訳でもないのだろうが。

「～～～～……」

壁際《かべぎわ》に固められている他の教師や生徒達は、誰からともなく嗚咽《おえつ》の様な声を漏らし始めた。どうやら目の前の惨劇《さんげき》に耐《た》えきれず、吐《は》いたり失禁したりしている者も居る様だ。

「さすがに理解してくれた事と思う」

とグレーテルは自分の隣《となり》に戻ってきた魔獣を一瞥《いちべつ》する。

「〈コロモス〉は……我《わ》がスカラザルン帝国の誇《ほこ》る生体改造魔術が生み出した新型軍用魔獣は、攻撃と防御、軍用と民生用、その種類を問わず、ヴァルデマル皇国式の魔術の術式を感知すると、〈破魔《はま》の吐息《といき》〉を吹き付けてこれを無効化する様に調教されている」

グレーテルは〈コロモス〉の頭を撫《な》でながら言った。

「この魔獣の吐く朱い吐息は魔術の術式を迅速《じんそく》に解体する。分かるか？〈コロモス〉の前では、如何なる魔術士も『無能』に成り下がるのだ。繰《く》り返すが、お前達の魔術は全く使えない。迂闊《うかつ》に使おうとすれば〈コロモス〉に喰われる。それを分かった上で抵抗したいというのなら、止めはすまい。むしろこちらは大歓迎《だいかんげい》だ」

〈コロモス〉は未《いま》だ実戦投入された事の無い新兵器だ。

開発段階から、戦場に投入するには幾つかの問題が指摘《してき》されていて、完成の為《ため》には実戦さながらの運用試験を経る必要が在った。

だからこそグレーテル達に――ヴァルデマル皇国に潜入《せんにゅう》している特務遊撃部隊に、運用試験をするようにとの命令が来た。

今回、第四特務遊撃部隊に貸与《たいよ》された〈コロモス〉は全部で十頭。

まさか〈コロモス〉を連れて軍の駐屯所《ちゅうとんしょ》に突撃《とつげき》する訳にもいかず、元々グレーテルらが計画していた破壊活動計画に、〈コロモス〉の運用試験を兼《か》ねさせた形だ。

今のところ〈コロモス〉の運用に問題は出ていない。

実に迅速に魔術士を制圧し殺傷してくれる。

「よしよし。可愛《かわい》い奴《やつ》だ。ヴァルデマル人の肉は美味《うま》いか？」

グレーテルが頭を撫でながらそう声を掛けると――人語を子細に解する知能は無い筈だが、〈コロモス〉は低く唸《うな》って応じてきた。

「さて。そろそろ皇国の議会宛《あて》に声明文が届く頃《ころ》だ。楽しみだな」

「――隊長」

不意に――扉《とびら》を開く音とともに声が掛かる。

グレーテルが目を向けると、部下の一人が何やら深刻そうな表情で部屋に入ってくるところだった。

「……ザムスとベイレンが殺《や》られました」

部下はグレーテルに歩み寄ると声を潜《ひそ》めて耳打ちしてくる。

「〈コロモス〉を連れていてか？」

「……はい。８番の〈コロモス〉も殺されています。首を落とされて」

「ひょっとして、魔術を使わずに〈コロモス〉を殺したという事か？」

「申し訳ありません、そこまで検分している余裕《よゆう》は無く」

「……ふむ」

魔術による殺傷か、刃物や鈍器《どんき》による殺傷か、さもなくば毒物による殺傷か……厳密に判断するには、専用の魔術か、器具を使用せねばならないが、さすがに今ここで調査している余裕は無い。

「興味深いが――検分は後回しだな。第四班、第五班、第六班を統合。第五班と第六班で、第四班担当の『木偶《でく》』を分割《ぶんかつ》管理――第四班は索敵《さくてき》に回せ。この〈コロモス〉も連れて行け。人数的に無理が在るなら『木偶』は適当に減らしていい――了解《りょうかい》したか?」

「了解であります」

「よし、行け」

グレーテルの言葉に部下は頷き、口頭で部屋の〈コロモス〉に指示を与えると――これを連れて、出て行った。〈コロモス〉には額に埋《う》め込まれた受令器を介《かい》して魔術で詳細《しょうさい》な指示を出せる他……犬程度の知能はあるので、簡単な命令は言葉でも下す事が出来る。

これでこの部屋の人質《ひとじち》を制圧する戦力はグレーテルだけになった。

「厄介《やっかい》な魔獣は居なくなったぞ? 反抗《はんこう》するなら好機だな?」

とグレーテルは笑いながらそう告げる。

「…………」

だが人質達《ひとじちたち》は、ただただ壁《かべ》を向いて震えているだけで——何も言い返してはこなかった。

●

視界の悪い中での乱戦は暗殺者の真骨頂である。

「——さて」

塵煙立ちこめる中で背後に忍《しの》び寄って心臓を一突《ひとつ》き。

それだけで、刃を交える事すら無く、追撃《ついげき》してきたスカラザルン兵二人を片付けたジンは、迅速にその場を離れていた。

(大きな音を立ててしまった以上……学院を占領《せんりょう》している連中に『何か厄介事が起きている』と気付かれたと考えるべきだ)

もっともスカラザルン兵達はジンとリネットが魔術を無効化出来るという事を知らないし、そもそも、その『厄介事』の原因が教師一人と生徒一人によるものだとは考えてもみないだろう。

未だ相手は油断している可能性が高い。

その点を迅速に突いてやれば状況《じょうきょう》を打開して事態をジン達の有利な形に変えていく事も可能である筈――なのだが。

（驚いてはいたが、立ち直りが妙《みょう》に早かったな）

ジンはそれが引っかかっていた。

彼が魔術を無効化した時のスカラザルン兵の反応である。彼等は――以前やりあったモーガン・パウザの私兵達と比べても対処が早かった。ジンの経験上、普通《ふつう》はもう少し驚いて動きが止まるものなのだが。

単にスカラザルン兵の練度が非常に高いだけか、それとも――

『まさか――こいつ⁉　〈コロモス〉の――』

〈コロモス〉というのが何を指す言葉なのかは未だ分からないが、ジンの魔術を無効化する特性について、何か類例を知っているかの様な口ぶりだったとも考えられる。

（リネットの〈爆槌〉が途中《とちゅう》で消えていたが……）

あの青い魔獣が吐いた朱い霧に触れた途端に。

（あの青い魔獣が〈コロモス〉で、アレは俺の様に、魔術を無効化する力を持っている？　だがあの額に刺《さ》さっていたのは魔獣を制御《せいぎょ》する為の受令器《アンテナ》である筈で――）

ジンの様に身体の何処《どこ》に触れても魔術が解体されるという特性をあの魔獣が持っている

のなら、そもそも、あの魔導機関《マジエンジン》を頭部に埋め込む意味が無い。

(そうか。あの朱い霧か)

恐《おそ》らく〈コロモス〉自体が魔術を無効化する特性を備えている訳ではないのだ。広範囲《こうはんい》に魔術を無効化する『場』を設定するという意味でも〈コロモス〉の吐く朱い霧は色々と使い分けが利《き》く。風で霧が吹き飛ばされる恐れのない屋内では、ほぼ最強の対魔術士兵器として運用出来るだろう。

(だとすれば対処が早かった事には説明がつくが……)

だがそれは、一体どういう技術なのか？

スカラザルン帝国。魔獣。魔術による生物改造。

「……まさか、とは思うが」

ジンははっきりと顔をしかめて呟く。

リネットには一度も――ユリシアにすら何度も見せた事の無い、それは強い嫌悪《けんお》と憎悪《ぞうお》の表情だった。

(リネットを先行させはしたものの……早まったか)

ジンは階段を駆《か》け上がりつつ考える。

彼女《かのじょ》一人で複数のスカラザルン兵と戦いこれを退けるのはさすがに無理だ。ジンの予想が確かなら、スカラザルン兵はあの〈コロモス〉という魔術士殺しの魔獣を何頭も引き連れている。あれの吐く朱い霧で周囲を覆《おお》われてしまえば、リネットなど、多少すばしっこいだけの小娘《こむすめ》でしかない――

「…………っ！」

ジンは階段を上り切ったところで――回転。階段のすぐ脇《わき》に在った準備室、そこから伸《の》びてきた手を〈影斬《かげきり》〉で切り落とそうとして――

「――ちょっ⁉」

低く抑えてはいるが、悲鳴じみた声。それを耳にしたジンは刃が相手の肉に食《く》い込む寸前で剣を止めた。

「……何をやってるんだお前は」

剣を下ろしながら半眼で相手を睨《にら》むジン。

「それはこっちの台詞《せりふ》」

と――臆《おく》する様子も無く答えてくるのは、ヴァネッサだった。

「というかとっくに逃げ出してるものかと思ったが」

「それもこっちの台詞でしょう」

とヴァネッサは呆《あき》れ気味《ぎみ》の表情で言う。

「なんで貴方《あなた》、スカラザルンの兵とやり合ってるの？」

「俺が、やり合っている訳ではない」

ジンは準備室に身体を滑《すべ》り込ませながら言った。

「俺の教え子がやり合っている。師匠《ししょう》が逃げる訳にもいくまい」

「リネット・ガランドの事？　幾ら何でも無茶でしょう⁉　魔術が使える様になったからって……実戦も知らない小娘一人よ？」

「それはそのとお――おい？」

ジンは準備室の床に一人の人物が寝《ね》かされているのに気が付いた。

学院長である。

どうやら怪我をしている様で、上着を脱《ぬ》がされ、肩《かた》の辺りに上着を裂いて作った包帯を巻かれている。結び目に棒が編《あ》み込まれているところを見ると、止血しつつ、腕《うで》の壊死《えし》を防ぐ為に、一定間隔《かんかく》で絞《し》めたり緩めたり出来る様にと配慮《はいりょ》されているのが分かった。

適切な処置だ。それでも学院長は出血量が多かったのか、青ざめて気を失っている様だが――

「お前がやったのか？」

「他に誰がするっての」

「本当に、お前こそ何をやっているんだ、暗殺者ヴァネッサ・ザウア？」

この女暗殺者に、学院長を助けねばならない義理などない筈だ。

それとも学院長に恩を売って、本気で学院の校医として永久就職する積もりなのか。

「知らないわよ！」

とヴァネッサは不愉快《ふゆかい》そうに顔をしかめて言った。

「目の前で魔術で撃《う》たれたから、つい……そ、それよりも、スカラザルン兵、やばいのを連れてるよ」

誤魔化《ごまか》したい話題だったか、ヴァネッサは少し慌《あわ》て気味に話の内容を切り替えてきた。

「魔獣《まじゆう》の事か？」

「知ってたの？」

「さっき、一頭殺した」

「――へ？」

と一瞬、目を丸くするヴァネッサ。

「どうやって――あ、そうか。貴方は魔術を使わない……から？」

「そうだな」

「魔術で対抗《たいこう》しようとして、警備員は全員、殺されたわよ」

ヴァネッサは学院長と共に現場に駆けつけた際、その様子を見たらしい。咄嗟にヴァネッサは亡《な》き母から教わったスカラザルン式の魔術を――小規模ながら閃光と衝撃波《しょうげきは》を発する魔術を使って逃げたが、その際に後ろから魔術で撃たれて学院長が負傷した、との事だった。

「咄嗟にスカラザルンの術式使っちゃったけど、多分、それが正解」

あの魔獣はやはり、呪文詠唱の言葉を聞いているのか、あるいは魔力の流れそのものを見ているのか――とにかく、魔術式で敵味方を区別しているのだろう。勿論《もちろん》、魔術としての原理は同じだが、スカラザルンの術式は、ヴァルデマル皇国の標準的な術式と基礎《きそ》構造が違う。

「情報感謝だ。だが、俺は急ぐ」

とジンは告げて準備室を出ようとした――が。

「分かってる、私も行く」

とヴァネッサが言ってくる。

「お前が？」

「学院長は――傷は深いけど、傷口は小さいし、とりあえず止血出来たみたいだから、今ここで私が出来る事はもうあんまりない。それより早く連中をどうにかして、本職の医者を呼ばないと。学院長以外にも大怪我《おおけが》をしているのは生徒にも教員にも居るでしょう？」

そう言うヴァネッサの表情は……真剣《しんけん》なものにジンには見えた。

勿論、暗殺者の表情など、いくらでも都合に合わせて取り替えの利く仮面でしかない。優《やさ》しく笑いながら相手の喉を掻《か》き切り、愛を相手の耳に囁《ささや》きながら、抱《だ》き締《し》めた腕に握《にぎ》った刃物《はもの》で背中から心臓を突《つ》くのが、暗殺者という生き物である。

それが分からないジンでは——勿論、なかったが。

「……分かった。助かる」

ジンは学院長の方を一瞥してからそう言うと——ヴァネッサと共に準備室を出た。

●

リネットが教室の一つに飛び込んだ時——そこには二十人余りの女生徒と、魔導機杖を手にした男の姿が在った。

女生徒達はいずれも魔導機杖を取り上げられ、下着姿で床へ直《じか》に俯《うつぶ》せになっていた。

魔導機杖を手にした男はウェブリン女学院に出入りする清掃《せいそう》業者の制服を着てはいたが……腰《こし》に大《おお》振りの杖剣を提《さ》げている事からも、スカラザルン兵である事はほぼ間違《まちが》いない。

（ジン先生の言ってた通りだ……！）

咄嗟《とっさ》にリネットはそんな事を思う。

生徒達が――人質がうつ伏《ぶ》せになっているのは、『立たせておいたり、座《すわ》らせておいたりするよりも、視界が狭《せば》まるので相手の隙《すき》を見つけにくい上に、咄嗟に立ち上がって反撃《はんげき》出来ないから』で。

半裸《はんら》なのは『羞恥心《しゅうちしん》を煽《あお》っての逃亡防止策《とうぼうぼうしさく》』なのだろう。彼女等の制服は大きく切り裂かれた上で、魔導機杖と共に、無造作に――ゴミの様に教室の隅《すみ》に積み上げられていた。

「貴様!?」

その男――スカラザルン兵は、魔導機杖を掲げて声を上げる。

兵の位置は教室の一番奥、リネットは入り口。途中に机や椅子、そしてうつ伏せの生徒達が居る以上、彼女は一瞬で剣が届く間合いに駆け寄って相手に斬《き》り付ける事は出来ない。

「――ロウ・グ・リ・デル、ロウ・グ・リ・ダー、我は唱え顕したり、〈叩《たた》き潰《つぶ》すもの〉!!」

スカラザルン兵がそう叫んだ――瞬間。

リネットは咄嗟に左手で〈霞斬〉を掲げていた。

『いちいち細かい事を考える前に身体が動く様にしておけ。さあ。繰り返しだ。後、この型を三百回』

『リネットの方が先に魔術の行使に入っていれば、先に魔術を放てるので、防御《ぼうぎょ》は必要は無い。しかし相手が先に詠唱《えいしょう》に入っていた場合は急いでも魔術の発動が同時になる場合が多い為、防御を優先する』

リネットがジンの言葉を脳裏《のうり》に思《おも》い浮かべたその瞬間に、相手の攻撃《こうげき》魔術が飛んで来た。

不可視の――衝撃波。

本来ならば盾《たて》でも壁でも完全に防ぎきるのは難しい攻撃である。

『だから相手は先に魔術を放った瞬間に「勝った」と思う筈だ』

ジンはそう教えてくれた。

「――っ！」

〈霞斬〉の刃に触《ふ》れた途端《とたん》、衝撃波はあっけなく霧散《むさん》。

「――なに!?　貴様それは」

相手が動揺の声を上げる。

それを聞きながら、リネットは教室に辿《たど》り着くまでの間、走る動作の中で散々に練り上げて御《ぎょ》してきた己《おのれ》の中の魔力《まりょく》を意識しつつ——その場で踊《おど》るかの様に一回転。

その動作でリネットの魔術は完成した。

「叩け、〈爆槌〉！」

攻撃魔術がスカラザルン兵に向けて炸裂する。

「——ぐあっ⁉」

轟音《ごうおん》と共にスカラザルン兵の目の前に——正確には頭上から額にかけての辺りに火炎が炸裂する。瞬間的にスカラザルン兵の頭髪《とうはつ》が燃え上がり、本来は『おまけ』の効果ともいうべき衝撃《しょうげき》が、壁際に居たその身体を、そこにめり込《こ》む程《ほど》の勢いで叩いていた。

『最初に言ったたな。恐らく人質は床に這《は》わせられている。そして大抵《たいてい》の爆発《ばくはつ》の威力《いりょく》というものは、下よりも上に向かいやすい。天井《てんじょう》近くを狙《ねら》って〈爆槌〉を仕掛《しか》ければ、床に伏せている人質を巻き添《ぞ》えで殺してしまう事は、恐らく無い』

「ぐあ……あっ……！」

スカラザルン兵は床に倒れつつ、自分の顔を包む様にして燃え上がる火を消そうと転げ回る。魔導機杖を手から離さないのはさすがによく訓練された兵士ならではだが……呪文詠唱をする様な余裕は、とても無いだろう。

その時——

「——っ！」

床から跳ねる様に跳《と》び上がった生徒の一人が、近くに在った椅子を掴んで振《ふ》り上げ、スカラザルン兵に向けて振り下ろした。

「ぐえっ⁉」

無防備な状態だったスカラザルン兵は、もろに椅子で上半身を強打され、白目《しろめ》を剥いて悶絶《もんぜつ》する。皮肉にも殴《なぐ》られた衝撃で彼《かれ》の頭髪の火は消えていたが、それを喜ぶ余裕もやはり無い様だ。

「ルーシャ……⁉」

「本当、驚いた」

と——椅子を投げ捨てながらリネットを振り返って言うのは、ルーシャであった。

「隙を見て一発殴ってやろう、くらいに思っていたのに。リネット、貴女《あなた》が先に魔術を打ち込んじゃうなんて」

「無事だったのね？　ルーシャ⁉」

「え？　あ、ちょっ――」

駆け寄ったリネットに抱き付かれて動揺の表情を見せるルーシャ。

とりあえずの脅威は去ったと分かったのか、生徒達《たち》もおずおずと身を起こしてリネット達の様子を見つめている。さすがに即座《そくざ》に服や魔導機杖を取り戻しに走る程の、切り替《か》えの良さを発揮できる生徒はいない様だったが……だからこそ、咄嗟に椅子で殴り付けたルーシャの判断の早さは、ある意味で驚異的《きょういてき》と言えた。

「ひょっとしてあの厄介な魔獣と、暴漢二人が出て行って帰ってこないのも、貴女が何かした？　なんだか大きな音がしていたけど」

「あ、あれは――むしろスカラザルンの人が」

攻撃魔術が直接効かないジンを攻撃する為に、二階の廊下《ろうか》に穴を開けた音だろう。

「一体、何なのあの魔獣。魔術を無効化するみたいだけど」

「それは――」

「リネット。貴女のその剣と同じよ。あれは朱い煙《けむり》というか霧みたいなのを吐いて、それが触れれば……って感じだったけど」

ルーシャはそれで反撃しようとした教職員が魔術を無効化され、挙げ句に魔獣の牙に掛《か》かるのを見たと言った。その後、教職員がどうなったか……教室に押《お》し込まれたルーシャ達が見ていなかったのは、不幸中の幸いと言えたかもしれないが。

『この手の人質をとる場合、敢《あ》えて、見せしめに一人か二人、殊更《ことさら》に惨《むご》たらしいやり方で殺す場合がある。その方が相手が大人しくなってくれるから、管理がし易《やす》い……勿論、長引けば脅《おど》しの効果も薄《うす》れていくから、人質が一定数確保されている場合は、定期的に殺される。だからこの手の戦いは時間勝負だ』

ジンはそう言ったが――相手は未だ小娘とスカラザルン兵が侮《あなど》ってくれていたのかもしれない。

それでもスカラザルン兵は、一定時間毎《ごと》に生徒達を脅すのは忘れていなかったらしく、攻撃魔術を床に伏せた生徒達の傍《そば》に撃ち込んで、悲鳴を上げさせていたらしい。

先にリネットが聞いたのはそれだった。

「とりあえず魔獣は――ジン先生が倒《たお》したよ」

とリネットが告げた途端、未だ恐怖《きょうふ》を拭《ぬぐ》いきれずにぼんやりしていた生徒達の間に、精気が戻《もど》ってきた。ルーシャもリネットから一旦《いったん》その身を引き剥《は》がし、改めて両肩《りょうかた》を掴みながら問うてきた。

「ジン先生もご無事――っていうかあれを倒した⁉　どうやって⁉」

「あ……剣《けん》で……首を……刎《は》ねて」

ルーシャのみならず皆《みんな》に詰《つ》め寄られて、リネットは若干《じゃっかん》、気圧《けお》されながらもそう答える。

女生徒達は驚きの表情で顔を見合わせた。

「え？　まさか一撃で⁉」

「凄い……杖剣術《バヨネットアーツ》凄《すご》い」

「というかこの場合、凄いのってジン先生なんじゃ？」

恐怖と絶望の反動からか、女生徒達は不自然な程の盛り上がりを見せている。その様子を一瞥してから、ルーシャはリネットから離れ、壁際に積み上げられていた魔導機杖へと歩み寄った。

「悔《くや》しいけど、魔術無しにあの魔獣を倒せる程の力は私達には無い」

ルーシャは自分の魔導機杖の状態を確認《かくにん》しながら言う。

「でも、ジン先生と合流出来れば、ジン先生のお手伝いくらいは出来るわよね⁉」

「それは――」

一瞬《いっしゅん》、驚いて言葉に詰まったリネットだったが。

「……うん。そうだね。私達だって、戦えるんだ」

出来ないと思い込むのは『呪《のろ》い』だ。

本当は出来るのに出来なくなってしまう。

だから――

「出来るよ！　戦える！」

リネットはルーシャではなく他の女生徒達に向けてそう言った。

「ガランドさん……」

生徒達は呆然《ぼうぜん》とリネットの名を呼んでくる。

魔術が使えなかった筈の少女が、模擬戦《もぎせん》でルーシャを降《くだ》し。

魔術が使えなかった筈の少女が、スカラザルン兵を倒した。

彼女等は二度も間近で見ている――不可能が可能に覆《くつがえ》される様子を。それは自らに掛けた『呪い』を解くに充分《じゅうぶん》な『奇跡《きせき》』だった。

「皆――聞いて」

とルーシャが駄目押《だめお》しをするかの様に他の生徒達を見回して言う。

「あの魔獣は厄介だけど、倒せない訳じゃないのは今聞いた通り。スコーダ先生の事は気の毒だけど、彼女が襲《おそ》われた時の事を見ていた感じでは、魔獣は魔術を使わない限り、襲ってこない――多分そういう風に調教されてる」

「…………！」

生徒達が驚きに目を丸くする。

ルーシャは……この状況下で、なお、希望を棄《す》てずに反撃の機会を窺《うかが》い、自分に何が出来るかを考え続けていたのだ。だからこそリネットが飛び込んできた時も、迅速に反応出来たのだろう。

「そして魔獣が襲えるのは一度に一人だけよ。つまり、全員で同時に魔術攻撃《まじゅつこうげき》を仕掛ければ、誰《だれ》かが一人襲われるけれど、魔獣は殺せる」

「そ、それってでも、ミニエンさん――」

生徒の一人がおずおずと手を上げて言う。

「毎回、一人は死ぬって事じゃ……？」

「そうね。その一人が為《な》す術《すべ》も無く魔獣の牙にかかればね？」

「――え？」

「魔獣は多分、襲い掛かるのには一番近い場所に居る相手を選ぶでしょ。魔術の術式を見比べて発動までの時間を判断するなんて知能はさすがに無いでしょうし。それなら、誰を襲うかをこちらで誘導《ゆうどう》して、その『餌《えさ》』役の子は魔獣が襲い掛かってきた場合に、全力で、逃《に》げる――もしくは、杖剣術で身を守る、それで時間を稼《かせ》ぐ」

「…………」

「それは、私がやる。だから皆は私を巻き込まないように、正確に魔獣を狙って。背中から下半身がいいでしょうね」

「ルーシャ⁉　あ、危ないよ⁉」

とんでもない事を申し出たルーシャに、リネットが慌てて声を掛けるが――彼女は小首を傾《かし》げて苦笑《くしょう》した。

「じゃありネット、貴女が代わってくれる？」

「ルーシャを危険な目に遭《あ》わせるくらいなら私がするから！」

そうリネットは叫《さけ》ぶ。

「…………リネット」

ルーシャは束《つか》の間《ま》、驚いた様に目を瞬《しばた》かせていたが。

「いえ。駄目よ。リネットはむしろ私の護衛を」

ルーシャは首を振ってそう言った。

「杖剣術は貴女の方がよく学んでいるでしょう？　別に魔獣を切り殺せなんて言わないわ。剣で牽制《けんせい》してくれるだけでいい」

「…………それは」

唖然《あぜん》とするリネット。

「ルーシャ……凄《すご》い……そんな、どうしてそこまで」

「凄い？　あ……ああ」

ルーシャは苦笑を浮かべ肩を竦《すく》めた。

「私は魔術の才能が乏《とぼ》しいから……普通に魔術だけ学んでもどうにもならない。一人でね、やれる事はなんでもやれるようにならないと」

「……それって……私が居なくなった……から？」

「……かもね」

少し意地の悪い笑《え》みを浮かべるルーシャ。

だが彼女は次の瞬間《しゅんかん》――リネットの頬《ほお》に右手を添《そ》えて言った。

「悪いと思ってるなら、一つお願い聞いてくれる？」

「……え？　あ、うん」

「貴女のその、変わった魔術の使い方――このゴタゴタが終わったら私にも教えて？　もしくはジン先生に教わったっていうなら、私にも教えてもらえる様に、口を利いて？」

そう言ってルーシャはリネットの持っている魔剣《まけん》〈紅蓮嵐〉と破魔剣《はまけん》〈霞斬《フォグヒッター》〉を指した。

壁際に集められた人質の背中を眺《なが》めながら——グレーテルは考える。

〈本国の上官達が言うには……魔獣〈コロモス〉は我がスカラザルン帝国《ていこく》とヴァルデマル皇国との、永年の争いに決着をつける新兵器である——我等の悲願を叶《かな》える夢の獣《けもの》、なのだそうだが〉

〈コロモス〉はヴァルデマル皇国の魔術士を無力化出来る。

グレーテル達が〈破魔の吐息〉と呼ぶ朱《あか》い霧《きり》は、実を言えば、一定の密度でなければ効果が薄い。なので現状では屋内での運用でなければ満足な効果は得られない訳だが……量産体制が整えば、数千、数万の〈コロモス〉を前線に並べて、戦場を〈破魔の吐息〉で覆い尽《つ》くし、スカラザルン兵はその『朱い魔術無効化領域』の外側から、〈コロモス〉に殲《せん》滅《めつ》の命令を下して突撃させれば、あるいは物質投射系の攻撃魔術を打ち込めば、一方的に勝てる。

〈とはいえ……〈コロモス〉の量産には未だ解決すべき問題点が幾《いく》つもあると聞く〉

そもそも最初に軍用魔獣〈コロモス〉計画を発案し、その基礎を『設計』した賢者《けんじゃ》が今——スカラザルン帝国には居ない。

帝国七賢人の一人に数えられる偉大《いだい》なる魔導技術師、バルトルト・ゴルバーン。〈魔王《まおう》〉いや『大賢者』の後継者《こうけいしゃ》と目される一人。

彼はある方向から入手した貴重な素材を用いて〈コロモス〉を造り上げたが……その後、何を思ったか、帝国から皇国に亡命するという暴挙に出た。

暗殺者を警戒《けいかい》してか、亡命後のゴルバーンの行方《ゆくえ》は杳《よう》として知れず、〈コロモス〉をはじめとした彼の発案によるいくつかの生体兵器は、開発が大幅《おおはば》に遅《おく》れたり頓挫《とんざ》したりしている。〈コロモス〉も本来ならば終戦前に実戦投入される筈《はず》だったのだ。

（……我が師よ……）

グレーテルはバルトルトの厳《いか》めしい顔を脳裏に思い浮《う》かべた。

彼にグレーテルは師事していた事がある。

兵士であると同時にグレーテルは魔導技術師でもある。だからこそ〈コロモス〉の試験運用は彼女が隊長を務める第四特務遊撃《ゆうげき》部隊に任される事になった訳であるし――実を言えばグレーテルは個人的に裏切り者バルトルト・ゴルバーンの行方を調べ、彼を捕縛《ほばく》、もしくは粛清《しゅくせい》する任も帯びている。幼い頃からバルトルトに十年近く師事していた彼女なら、彼の者の行動を予測しやすいのではないかと考えられたからだ。

（しかしながら――未だに師の行方は杳として知れない）

手を尽くしてはいるが手掛《てが》かりがほぼ無い。

（そもそも……師は、以前から〈魔王殺し〉に固執《こしつ》しておられた）

原理不明の魔術破り。

一説には『異世界から来たが故《ゆえ》に、存在そのものが魔術を壊《こわ》す』という特異体質の〈勇者〉……その存在にとてもバルトルト・ゴルバーンは興味を持っていた。

〈コロモス〉もその〈魔王殺し〉を自分達の手で作り出せないかと考えた結果、設計されたものだそうだが……）

「――隊長！」

唐突《とうとつ》に投げかけられた声がグレーテルの思考を中断させる。見れば部下の一人が〈コロモス〉を連れて部屋に入ってくるところだった。

「なんだ？」

「次々と……隊員と〈コロモス〉が各個撃破《げきは》されています……！」

そう言う部下の表情は、激しく歪《ゆが》んでいる。

まるで悪夢を見ているかの様だ――とでも言いたいのだろう。

「既《すで》に、〈コロモス〉五頭と、隊員七名が……」

グレーテル達は〈コロモス〉一頭につき隊員二名ないし三名を配置して一班としていた

訳だが――〈コロモス〉の消耗《しょうもう》の方が激しいのは、隊員は人質の管理にあたり、〈コロモス〉は単独で校内を巡回《じゅんかい》していたからか。

（つまり何者かが〈コロモス〉を狙って狩《か》っていて、その際に遭遇《そうぐう》した隊員も一緒《いっしょ》に駆逐《くちく》されているという事だ……我々の行動に気がついたヴァルデマル皇国の官憲――警士隊か、もしくは軍が動いた？）

いや。違《ちが》う。それならば派手な包囲戦が仕掛けられている筈だ。

（という事は、たまたま我々が捕《つか》まえ損ねた――見逃《みのが》していた連中がいて、その連中が我々の想定以上に『出来る』奴だった……か？）

以前――二か月前に調べた限りでは、この学院の教職員、生徒、いずれにも戦場経験者《けいけんしゃ》は居ないか、居ても何年も前に軍を引退した年寄りが一人か二人といった程度だった筈である。

この二か月の間に偶然《ぐうぜん》、何人かの実戦経験者でも採用したか。それとも……調査には顕《あらわ》れなかった特殊《とくしゅ》な戦闘《せんとう》技能の保持者が居たか。

いずれにせよ――

「残りの〈コロモス〉と隊員を最上階の屋上に集結させろ。実験は中止――いや終了《しゅうりょう》だ」

「それは……いえ、了解しました！」

スカラザルン帝国式の敬礼をして、部下は部屋を飛び出していく。

一応、『結果』は出た。

一定条件下では確かに〈コロモス〉は有用な魔獣である。だがやはり完全無欠な対魔術士用新兵器という訳ではない様だ。この『結果』を本国に送る為《ため》にも、これ以上の損失は望ましくない。

（破壊《はかい》工作と並行して運用試験を実行したのが――兵力を分散して人質を管理させていたのが、仇《あだ》となったか。私も未《ま》だ未だ甘《あま》いな）

グレーテルは、〈コロモス〉に一人が食い殺されてからはすっかり大人しく壁際《かべぎわ》でうつ伏せに並んでいる人質達の方を改めて一瞥《いちべつ》する。

「ここで解放して邪魔《じやま》をされても、それはそれで面倒《めんどう》だ」

グレーテルは自分の大型魔導機杖《ロングガンド》を手にすると――攻撃魔術の詠唱を開始した。

●

「――〈揺《ゆ》さぶり砕《くだ》くもの〉」

ヴァネッサの魔術が奔《はし》る。

「――――！」

出会《であ》い頭《がしら》にヴァネッサの放った振動波《しんどうは》の魔術を喰《く》らって、悲鳴を上げる間も無く昏倒《こんとう》するスカラザルンの兵士達。

見た目は地味だが、この振動波系の攻撃魔術は、対象者を強制的に脳震盪《のうしんとう》状態に落とし込む。それどころか最大威力で焦点《しょうてん》を絞《しぼ》って掛ければ、岩を砂状に分解する事すら可能となる。

頑強《がんきょう》な魔獣は何とか耐《た》えた様だったが、そもそもスカラザルン方式の魔術が使われた為か、攻撃を喰らっても魔獣の動きには躊躇《ちゅうちょ》するかの様な鈍《にぶ》さが生じていた。

それはジンにとっては充分な時間である。

接敵し、斬撃《ざんげき》し、死亡を確認するのに――――だ。

「…………ッ」

呼気を唇《くちびる》の間から吐《は》きつつ、全身の動きを己が握る刃《やいば》へと送《おく》り込む。

漫然《まんぜん》とただ剣を振り下ろすのではない。自分が思い描《えが》いた『結果』から逆算して見た『過程』を正確になぞりながら、骨格を、筋肉を、動かしていくのだ。

そうする事で無駄《むだ》なく使われた力は威力へと変換《へんかん》される。

ジンの『技』は綺麗《きれい》に決まっていた。

彼の〈影斬〉は魔獣の青い毛皮に潜《もぐ》り込み、その皮膚《ひふ》に達し、一瞬たりとも止まる事無く、その肉を、骨を、切り裂《さ》いて――抜《ぬ》ける。

ずるり、と……最初からそういう分離《ぶんり》構造をしていたかの様に、魔獣の首は胴体《どうたい》から滑り落ちた。

（必ずしも首を刎ねる必要は無いが……）

足下《あしもと》に転がる魔獣の首を見下ろしつつジンは思う。

（これが本当に見た目通りの生き物かどうかもわからないからな）

魔術で『創られた』――その『在り方』を弄《いじ》られて生まれてきた生物は、通常の獣と微《び》妙《みょう》に臓器の位置や骨の厚みが異なる場合がある。

要するに急所を突いて殺した、と思って油断すると手痛い反撃を食らうという事がありえるのだ。確実を期するなら首を刎ねておくのが最も良い。

「何度見てもえげつないわね」

「お前の〈着込《きこ》み杖《つえ》〉程じゃない」

とジンはヴァネッサの方を振り返りもせずにそう応じた。

彼女は一見、素手《すで》の様に見えるが――関節構造を幾つも持った可変式の魔導機杖を服の下に『着込んで』いる。

この為に、相手は一見するとヴァネッサを非武装と勘違《かんちが》いする。

そんな相手の隙をつくのが彼女の得意《とくい》技なのである。実際、今倒したスカラザルン兵も、ヴァネッサが素手だと誤認《ごにん》して、魔獣に襲う様、命令を下すのが遅れた。

この……〈着込み杖〉もしくは〈暗杖《あんじょう》〉と呼ばれる隠《かく》し魔導機杖と、それを用いた不意打ちは、実はスカラザルンの兵士達が昔、使っていた戦法である。非武装の一般《いっぱん》市民を装《よそお》ってヴァルデマル皇国の兵士に命乞《いのちご》いをし、相手が背を向けた瞬間に、魔術で攻撃を仕掛けるという戦法だ。呪文詠唱《じゅもんえいしょう》は命乞いの言葉に交ぜ込んで行うのだとか。スカラザルンの言葉はヴァルデマル皇国のそれとは違うので、聞き分けられる兵士が殆《ほとん》どいなかったのである。

当初は、これで前線の兵士に甚大《じんだい》な被害《ひがい》が出たと聞く。

あくまで使われ始めて半年かそこらの間だけであったが。

このやり方が、可変式の魔導機杖と共に廃《すた》れたのは、スカラザルンがこの『不意打ち』戦法を使いすぎて、ヴァルデマル皇国軍によく知られてしまったからである。そして今頃《いまごろ》になって当のスカラザルンの兵がこのやり方で攻撃を食らうとは皮肉な話であった。

「……ともあれ、これで八頭、十人か」

ジンは〈影斬〉を振って血糊《ちのり》を落としながら言う。

当初は魔獣〈コロモス〉を自由に徘徊《はいかい》させる方法をとっていた様だが、途中《とちゅう》からスカラザルン兵の動きが変わった。魔獣を前面に立てて、校舎内を巡回し、捕まえ漏《も》らした者を見つけ次第《しだい》制圧する――そういうやり方に変わってきているのだ。

（さすがに気付くか……）

ジン達の――想定外の『異物』の存在に気がついたのだろう。

しかし連中は未《ま》だ全てを把握《はあく》していないだろう。

魔術攻撃に頼《たよ》らない上に剣で魔獣の首を刎《は》ねるジン。

更《さら》にはスカラザルン方式の魔術を扱《あつか》えるヴァネッサ。

この二人が居た事そのものが想定外である筈だ。

当然、作戦の進行は大きく狂《くる》っていて修正を余儀《よぎ》なくされる。そして修正が間に合わなければ作戦は失敗せざるを得ないのだ。

「判断の早い指揮官なら、そろそろ撤収《てっしゅう》を決《き》め込んでくれる筈だが……」

「……というかそもそも人質《ひとじち》とってるんだから」

ジンと共に二階への階段を駆《か》け上りながらヴァネッサが言う。

「武器を棄てて投降しろ、とか言ってきそうなものだけど。拡声の魔術か何かで――」

「『敵』が何者か分かってれば……な」

二階に達する直前でジンは止まり、懐《ふところ》から取り出した小さな鏡を使って角の向こう側を窺《うかが》う。彼は気配を読む事も出来るが、人質とスカラザルン兵を区別出来る程ではない。こういう状況《じょうきょう》では人質の方も殺気立っているからだ。こうなると視認《しにん》した方が確実である。

「人質が有効なのは、人質が殺されて困る相手だけだろう」

「……ああ、なるほど?」

と頷《うなず》いて苦笑するヴァネッサ。

恐《おそ》らくスカラザルン兵側は――ジン達が、『異物』が何者なのかを未だ把握していない。それを知る手掛かりが今のところ無い。

おおよそ学院の教員だろうと見当をつけていたとしても……『生徒を殺すぞ』と脅されて、素直《すなお》に投降する様な人間かどうかがまず分からない。生徒が百人殺されようと知った事ではない、自分の命の方が大事――という人間だって居てもおかしくはない、というより本音ではそういう人間の方が多いだろう。

迂闊《うかつ》に『人質をとっているぞ』と拡声の魔術で告げようものなら、むしろ指揮官の位置を悟《さと》られる。

敵を『迎《むか》え撃つ』と言えば聞こえは良いが。

何処《どこ》から敵が来るか、何人の敵が来るか、いつ来るのか、どんな攻撃をしてくるのか、自分達の側だけが分からない状態で、待ち構えるのはひどく神経を消耗する――それを、ヴァルデマル皇国内で破壊工作に従事しているスカラザルンの兵は、充分に承知しているだろう。

「とにかく急いで――」

とジンが言った――その瞬間。

近くの教室から飛び出してきた人影《ひとかげ》が、彼に斬り掛かってきた。

ジンは〈影斬《かげきり》〉の剣身で――根元近くでこれを受ける。

甲高《かんだか》い音と共に鋼《はがね》が撃ち合い、火花が散った。

そして――

「斬り掛かる兆《タイミング》しは良いが踏《ふ》み込みが甘い」

ジンはそう言って身を沈《しず》め足払《あしばら》いを掛ける。それは呆《あき》れる程、綺麗に決まって――相手はその場にころんと転がっていた。

「あうっ……ってジン先生⁉」

「誰だか確認せずに斬り掛かってたのか、お前は」

リネットを見下ろしながら溜息《ためいき》交じりにそう言うジン。

「それに、ザウア先生⁉」

と――リネットと反対側からも声がした。

ジン達が振り返ると、そこに立っていたのはルーシャ以下、数名の女生徒達だった。

いずれも魔導機杖を手にしているところを見ると、リネットはジン達が到着《とうちゃく》するのを待つまでもなく、上手《うま》く立ち回って皆を解放できたらしい。

「無事で何よりだが――お前達がこんな所でうろうろしているという事は、この階にはもうスカラザルン兵や魔獣《まじゅう》は居ないのか？」

「はい。端《はし》から教室を一つ一つ検分していきましたが」

と答えるのはルーシャである。

「いつの間にか……だから階下に下りたのかと」

「……ふむ？」

ジンは自分達が上ってきた階段を振り返る。

二人が使ったのとは別の階段で、スカラザルン兵達は階下に下りたとも考えられるが
……

(先程《さきほど》、窓から見た限り……確か大型馬車は放置されたままだったな)

外からヴァルデマル皇国軍が学院を包囲した場合、即座に大型馬車は発見されるし――

場合によっては大型馬車の所にのこのこと撤収してきたスカラザルン兵向けに何か罠《わな》を仕

掛ける事だって有り得る。

（その程度の想像力が働かない程、スカラザルン兵達の指揮官は愚《おろ》かだろうか？　むしろ大型馬車は敢えて、これみよがしに放置されていたと考える事は出来ないか？）

「先生方が揃《そろ》って捕まっていたのも発見しました。全員、気を失って魔導機杖も破壊されていましたが」

とルーシャが報告してくる。

「……生きてはいた？」

「はい」

と笑顔《えがお》でリネットが頷く。

（……なるほど？　殺すのも気絶させるのも手間は一緒だろうにな）

良くも悪くもスカラザルンの兵達は本職《プロ》であったのかもしれない。必要とあれば一切躊躇《いっさいちゅうちょ》はしないが、必要も無いのに死体の数を増やす事はしない――私情やその場の勢いで殺しはしない、それが優秀《ゆうしゅう》な兵士というものだ。

（最初から、ヴァルデマル皇国の対応がどうであろうと、人質は皆殺《みなごろ》しにして世情不安を煽る、という積もりだったとも考えられるが――だとするとわざわざ『生かして』おいたのにも意味が在るか？）

大抵の場合、死体は事が終わるまでその場に放置される。

死体がそれ以上死ぬ事は無いのだから。

だが負傷者は——他の者の手を煩《わずら》わせる。むしろ皆殺しにするよりも負傷者を沢山《たくさん》あちらこちらにばらまいておいた方が、突入《とつにゅう》してきた皇国軍の兵士の動きを鈍らせる事が出来る筈だ。

「となると……逃げたか」

「でもどこに？」

とヴァネッサが周囲を見回しながら言う。廊下にも教室にも窓は幾つかあるが、それらが開け放されたり破られたりした様子は無い。

「……上か」

ジンは天井を見上げて呟《つぶや》いた。

「上って……確かにここの校舎には屋上があるけど」

ウェブリン女学院の本校舎には屋上が——人間が上がれる広い平屋根構造がある。生徒と職員の有志達が、学院長の許可を貰《もら》って花壇《かだん》を作っているとジンも聞いた事が在った。

「飛べるのでもない限りそんな所に登っても」

「飛べるのなら意味が在るだろう」

ジンは足早に屋上に通じる階段に向かって歩き出す。

「飛べるって——あ」

とヴァネッサも気がついたらしい。

「魔獣——」

「飛行型の魔獣、いや、この場合は魔禽《まきん》か。確か牛や馬を掠《さら》うって馬鹿げた大きさの奴《やつ》がいたはずだ」

大型の魔禽は、戦時中、何度も目撃《もくげき》されている。元々は前線に物資を運ぶ為のものらしく、戦闘に参加した例は無い筈だが——

「何処かにそれを待機させておいて、魔術の合図で急行させればいい」

ヴァネッサ、それにリネット達がジンの背中を追ってくるが——

「——ついてくるな」

ジンは肩越《かたご》しに振り返ってリネットらにそう告げた。

「さすがに足手まといだ」

「それは——」

とリネットが言葉に詰まって足を止める。

自分が魔剣士として半人前という自覚は在るのだろう。

「というか、ジン先生？」

代わりにルーシャが一歩前に出て言った。

「先生は何故《なぜ》、追撃《ついげき》を？　スカラザルン兵が逃げたのならば放っておけば良いのでは？」

「…………」

ジンは一瞬、言葉に詰まる。

ルーシャは正しい。ここはむしろ負傷者の救護や損害の確認に労力を割《さ》くべきだろう――『ウェブリン女学院の新任杖剣術教師ジン・ガランド先生』ならば。

（だが、ここから先は暗殺貴族ジン・ガランドの時間だ）

ある種の自嘲《じちょう》を覚えながらそんな風に胸の内で呟くジン。

「――後顧《こうこ》の憂《うれ》いを断《た》つ為にも、事情を知る指揮官を捕まえておく」

それは嘘《うそ》ではないが、理由の全てでもなかった。

新型魔獣の運用実験を兼《か》ねた破壊工作活動。

それはつまり――新型魔獣について指揮官か、指揮官に近い位置に居て新型魔獣の性能や諸元について知悉《ちしつ》している者が居る筈だ。でなければ正確な実験結果を報告出来ない。

（ガランド家の者と同様に魔術を無効化する魔獣……）

それは一体、どういう技術で造り出された？

〈異界の勇者〉の特性を解析《かいせき》し再現する試みは、もう遙《はる》か昔に『不可能』との結論が出て全て放棄《ほうき》されていた筈だ。少なくともヴァルデマル皇国においてはそうなって久しい。『異界』由来の特性をこの世界の中で全て理解する事そのものが無理なのだと。

「連中が戻ってこないとも限らないし、何人か未だ階下に潜《ひそ》んでいる可能性もある。君達《きみたち》は、気絶しているという先生方を守っておいてくれ。ただし魔獣が出てきたら魔術は使わず投降しろ」

ジンはリネット達にそう命じると——改めて独り、時《と》計塔《けいとう》に向かって駆け出した。

●

（我々は証拠《しょうこ》を残してはならない……）

ウェブリン女学院の屋上を歩きながらグレーテルは自らに確認するかの様に脳裏《のうり》でそう繰《く》り返していた。

（仕様書によれば〈コロモス〉には予《あらかじ》め強力な腐《ふ》敗菌《はいきん》が仕込《しこ》んである……〈コロモス〉が死ねばそれが活性化して、異常な速度でその肉体を分解して解剖《かいぼう》すら難しい状態にしてしまう……）

また調教・命令用の魔導器官――石角もある種の音波を浴びせてやれば自壊《じかい》する構造になっており、それについては処理済みだ。

（少なくとも残った腐肉や残骸《ざんがい》を証拠として『これはスカラザルンの持ち込《こ》んだ兵器である』と主張するには無理がある）

要するに最初からグレーテル達は〈コロモス〉全部を連れ帰る事が出来ない可能性を考《こう》慮《りょ》していたのだ。

（予定外の要素が入り込んだせいで、当初の予定からは変更《へんこう》を余儀なくされたが……）

「……隊長！」

部下の悲鳴じみた叫びにグレーテルは意識を現実に戻した。

ウェブリン女学院本校舎――屋上。

時計塔の階段を用いてそこに到達《とうたつ》したグレーテル達、六名と三頭の〈コロモス〉は、回収役の魔禽〈インファルス〉の到着を待っていた。

牛や馬さえ掴《つか》んで掠う事が出来る巨大《きょだい》な〈インファルス〉は、さすがに馬車の荷台に積んで連れ込む事が出来なかったが――十羽の〈インファルス〉は王都内に確保した廃倉庫《はいそうこ》の中に仮死状態で潜んでいる。魔術による『呼子の笛の音』で――超音波《ちょうおんぱ》の命令を飛ばしてやれば、仮死状態から蘇生《そせい》して、ここにやってくる手筈《てはず》になっていた。

程無《ほどな》くして彼女等《かのじょら》はこの場を去る。

そんな土壇場《どたんば》に——

「……貴様がそうか」

グレーテルは時計塔の方を振《ふ》り返って言う。

飄然《ひょうぜん》と——時計塔と、風に揺れる花壇の花々以外には、遮《さえぎ》るものも無い、広い屋上に、その男は立っていた。

右手に黒い片刃《かたば》の剣を携《たずさ》えて。

「我々の邪魔をした『予定外』」

「……まあそういう事だな」

意外な事に男は返事をしてきた。

「部下からの報告を聞く限り、貴様の戦い方は暗殺者のそれだが」

グレーテルは魔導機杖を構えようとする部下を片手で制しながら、一歩だけ前に出た。

そう。この男は暗殺者——真正面から威力《いりょく》をぶつけ合うのではなく、油断を誘《さそ》い、隙《すき》をこじ開け、背後から一刺《ひとさ》し。そういう戦法を採る人種だ。ならば堂々と敵の前に出てくる事それ自体が異常である。

（我々が『追い詰められて』屋上に上がったとでも思っているのか？　そしてその勘違い

のまま、得意げに、勝ち誇《ほこ》りでもする為に姿を現した？　いや――まさか。無意味だ）

一瞬にそこまで思考してグレーテルは言葉を繋《つな》ぐ。

「わざわざ我々の前に姿を現した事には何の意味が？」

「……一つ聞いておきたくてな」

と男は言った。

「そこの魔獣。魔術を無効化する様だが、どうやってだ？　どういう理屈《りくつ》で魔術は無効化されている？　その魔獣が吐く『朱い霧』はどうやって生み出されている？」

「……それを聞いてどうする？」

男の動きに注意しながらグレーテルは問い返した。

「そして聞かれて我々が答えると思うか？」

「まあそうだな。軍事機密だろうしな」

と男は頷いて――しかし次の瞬間、口《くち》の端《はし》に笑みを浮かべる。

「だから貴様を捕まえて、拷問《ごうもん》でもして聞き出す積もりだ。貴様が指揮官で……貴様ならあの魔獣の運用試験をやる以上、ある程度、魔獣についての知識もあるんだろう？」

「――〈弾け燃やすもの〉！」

その瞬間――グレーテルの背後で声を抑《おさ》えて呪文詠唱をしていた部下の一人が、一歩横に動きながら魔術を解き放った。

男に向けて飛ぶ四発の火の弾《たま》。

命中すればその全身にまとわりついて焼き尽くす必殺の――

「…………」

ふらりと男が身を揺らした様に見えた。

同時にまるで円を描く様にその黒い片刃《かたば》剣《けん》が振られて――

「なに⁉」

グレーテルの部下が驚《おどろ》きの声を上げる。

魔術の火弾は綺麗さっぱりと消滅《しょうめつ》していた。

まるで最初からそんなものは無かったかの様に。

「〈コロモス〉と同じ……⁉」

「貴様――まさか」

部下達の間に動揺《どうよう》が走る。

ただ一人グレーテルだけは、得心の表情を浮かべて頷いた。

「……ほう？　何処かで見た覚えのある顔だとは思っていたが――そうか。貴様、〈異界の勇者〉の末裔《まつえい》か？」

「…………」

　暗殺者の男がわずかに目を細めるのが見えた。

「その者は魔術が使えぬ代わりに、魔術を無効化する事が出来たそうだな。その者が触《ふ》れればいかなる魔術もかき消されるとか。それ故に無敵と思われた大賢者様を――〈魔王〉を討《う》つ事が出来たとか」

「随分《ずいぶん》と昔話に詳《くわ》しいみたいだな」

「一応、仕事で調べた事があってな。そしてその特性は――公にこそされていないが、子々孫々にも受け継《つ》がれているのだとか？」

「……つまり」

　まるで地鳴りを聞いたかの様だった。

　勿論《もちろん》、音は無い。聞こえるのはただ屋上に吹《ふ》きすさぶ風の音ばかりだが――男の身体から発せられる殺気じみた何かが、グレーテル達に幻聴《げんちょう》を強《し》いていた。

「魔獣〈コロモス〉のあの能力も〈魔王殺し〉の特性を何らかの方法で再現したという事か？　では重ねて聞くがそれはどうやって？　そして見た覚えのある顔だと言ったが、それはどういう意味だ？」

「…………」

グレーテルは曖昧《あいまい》に笑ってみせる。

同時に――

「〈放ち穿《うが》つもの〉!!」

部下達の魔術で加速され、音にも優《まさ》る速さで放たれた金属鋲《びょう》が、男に向けて殺到《さっとう》する。

加速は魔術によるものだが、鋲は魔術が生み出したものではない。

ならば魔術を無効化しても、それは石弩《いしゆみ》の矢の如《ごと》く男の身体に食《く》い込んで貫《つらぬ》く。そして魔術の使えぬ血統の者は、魔術による能動防御《ぼうぎょ》も出来ない筈だった。

〈コロモス〉を運用する以上、グレーテル達は当然、〈コロモス〉に対抗《たいこう》する戦術も考案済みだ。距離《きょり》をとって一方的に、それも魔術とは異なる威力を送り込む方法ならば、〈コロモス〉にも、そして〈異界の勇者〉の血族にも通用する筈だった。

〈さあ――〈魔王殺し〉の末裔よ、魔術を使えぬ『無能』〈勇者〉の血統よ、この攻撃《こうげき》、破れるものなら破ってみるが良い!〉

五方向からの同時の物体投射攻撃――それが男の身体を貫く様子を想像して、グレーテルは歯を剥《む》き嗤《わら》った。

「〈放ち穿つもの〉!!」

スカラザルン兵達が揃ってそう唱える。

魔術は物体を加速して投射するだけ――つまりジンが触れて魔術を無効化出来たとしても、投射された物体とそこに掛《か》けられた加速までは消す事が出来ない。

しかも同時に五方向から――微妙に狙《ねら》う位置を変えての投射。

つまりどの方向に避《さ》けても、スカラザルン兵の放った鉄鋲はジンの身体に食い込む事になり、遮蔽《しゃへい》物のないこの屋上、盾《たて》も持たぬ暗殺者一人では防ぎ様も無い。また〈魔王殺し〉の末裔、ガランド侯爵《こうしゃく》家の人間は魔術が使えないので、魔術による能動防御も出来ない。

そう連中は考えたのだろう――が。

(出来れば使いたくはなかったが――)

切り札を出し惜《お》しみするのは愚《ぐ》の骨頂だろう。

「――〈鉄血〉」

だん！　と屋上を踏みしめながらジンが前に出る。

次の瞬間《しゅんかん》、鉄鋲はジンの身体にいずれも命中した――が。

「――なに⁉」

驚くスカラザルン兵達。

当然の事ではあるだろう——必殺である筈の攻撃を幾つも受けておきながら、ジンが平然とそこに立っているからだ。

「魔術防御《まじゅつぼうぎょ》？　いや——」

〈魔王殺し〉の英雄《えいゆう》——その血統は魔術が使えない。魔力は備えているが、それを現実事象に転換《てんかん》する為の——『己《おのれ》の外に出す』為の術式を扱えない。

ましてやジンは呪文詠唱もしていない。魔導機杖も携えていない。だから魔術で防御した訳ではない——

「一つ講義をしてやろう」

ジンは部下達と共に驚きの表情を浮かべるグレーテルに、物憂《ものう》げな顔を向けてそう言った。

鉄鋲が命中しなかった訳ではないのだ。

その証拠に彼《かれ》の服は四か所が破れている。そして五つ目の鉄鋲が命中したらしい彼の額から、一筋、朱《あか》い雫《しずく》が滑《すべ》り落ちるのが見えた。

鉄鋲はジンに命中し、しかし、その皮膚にわずかに食い込んだだけでそれ以上彼の肉体を壊す事が出来なかったのである。

いや。それどころか――

「――血が⁉」

スカラザルン兵の叫《さけ》びと同時にジンの全身が紅《あか》く染まった。

流血で斑《まだら》に染まるのではない。まるで紅い紗《しゃ》をまとっているかの様に全身が均等に真紅《しんく》の領域で覆《おお》われているのだ。額から流れ出た一筋の血も――まるでそれ自体が意思あるものの様に、一瞬で広がり、まるで仮面の様にジンの顔を覆っていた。

膨《ふく》れ上がる真紅。

次の瞬間、ジンは――まるで紅く半透明《はんとうめい》の『鎧《よろい》』をまとっているかの様な姿に変化していた。

「ガランド侯爵家の人間は確かに魔術が使えない。他者からの魔術は触れた端から解体してしまう。お陰《かげ》で御先祖《ごせんぞ》代々、医療《いりよう》魔術の恩恵《おんけい》を受ける事も出来なくてな……俺《おれ》の父親も事故で亡《な》くなったが、駆けつけた魔術士の救命処置が全て不発で、手の施《ほどこ》しようが無かったそうだ」

紅い『領域』に覆われながらジンは溜息交じりにそう言った。

「だがガランド侯爵家の人間は魔力が無いんじゃない。単に『外に出せない』んだよ。代々うちに仕えてくれている魔術師の末裔が言うには、〈異界の勇者〉の末裔である俺は、因果として未だに『異界』との繋がりが切れていないから……未だに『異界』の一部であるとも言えるから、『異界』の法則に縛《しば》られている。自分という『場』の『外側』に魔力を出せない。魔術としてそれを外に顕す事が出来ない」

魔術が――『意志の力を、体外の現実事象に変換する技術』の存在が許されない『異界』から来た者とその子孫。

「逆に言えば『体外に出さない』なら、その魔力を扱う事は出来るんだよ。で――ここで問題だ。『身体の外』ってのはどこからだ?」

悠然《ゆうぜん》と前に出ながらジンは言った。

「例えば血は俺の身体の一部だ。それに異論を唱える者は居ないだろう。では俺が傷を負って体外に流れ出た血は、俺の一部か否《いな》か?」

「肉体……強化……!?」

鉄鋲がジンの肉体に食い込まなかった理由はこれだった。

皮膚の直下は既に『体内』である。

そしてジンは――リネットに教えた様に、魔導機杖を介《かい》さずとも、自らの動きとごく短い呪文詠唱で魔術を編む事が出来る。

足を上げて下ろすのは、歩いて前に進む為。

手を上げて伸《の》ばすのは、何かを掴む為。

意志を以《もっ》ての身体の行使はつまり、『生きて在る』事の延長だ。

つまり――そう認識《にんしき》して生きる事。

それそのものが魔術になり得る。

彼は……それを『体外に出せない』だけだ。

だがそれすら、血を媒介《ばいかい》として『拡張』出来るとすれば？

流れ出た血にすら強化の魔術を施し、自由自在に変形・硬化《こうか》させ、あるいは振動《しんどう》させ、対魔術防御とは別に、半流体の『血の領域』に帯びた波動によって、物的な攻撃《こうげき》、特に個体による打撃を無効化する。

今やジンは、魔術であろうとなかろうと、ありとあらゆる攻撃をその『血の鎧』で跳《は》ね返す無敵の存在と化している。

「そんな、そんな馬鹿な⁉」

「バケモノかっ⁉」

「まさか、貴様、魔術式を、肉体操作で……⁉」

口々にスカラザルン兵が叫ぶ驚愕《きょうがく》と恐怖《きょうふ》の言葉を――むしろジンは心地《ここち》良《よ》く感じていた。

それは彼を含《ふく》め『能無し』と呼ばれてきたガランド侯爵家の血統に属する者達への鎮魂歌《ちんこんか》

でもある。

「しかもその持続時間は……!?」

と——指揮官らしき女が目敏《めざと》くそこに気づいていた。

魔術は持続性が無い。

その効果はあくまで瞬間的《しゅんかんてき》で——継続的《けいぞくてき》にその効果が必要なら間を置かず頻繁《ひんぱん》に連続起動するしかない。肉体を強化する魔術も同様で……なのにジンの『血の鎧』は消える様子も無くそこに在る。在り続けている。

「正直、使いたくはないんだが」

とジンは呟く様に——何やら愚痴《ぐち》をこぼすかの様に言った。

「自分の技ながら、どうにも不本意というか……全身真っ赤なんて何の冗談《じょうだん》だ——暗殺者が悪目立ちしすぎだろう。暗殺者は黒に限る」

「…………」

「おまけにこれをやるとひどく消耗《しょうもう》するんで、後が大変なんだよ」

薄《うす》い霧《きり》状態とはいえ、全身を包むだけの量の血を体外に排出《はいしゅつ》しているのだから、貧血《ひんけつ》を起こして倒《たお》れてもおかしくはないだろう。

ともあれ——

「講釈《こうしゃく》は終わりだ。スカラザルンの兵士共――皆殺しの、時間だぞ？」

「〈コロモス〉！　あの男を殺せっ!!」

指揮官らしき女が魔導機杖を掲《かか》げて叫ぶ。

その言葉と同時に屋上の床《ゆか》を蹴《け》って突進《とつしん》してくる青い魔獣達《まじゆうたち》。

「――〈血刃《けつじん》〉」

ジンは改めて右手の〈影斬〉を構えながら言った。

その黒い剣身《けんしん》にも――その剣身に彫《ほ》られた文様にもジンの血が流《なが》れ込み、赤と黒の斑模様の異様な見た目に変化してゆく。

いや。それどころか……

「変化の一――〈微塵《みじん》〉」

横薙《よこな》ぎに振られたその瞬間、暗殺用の片刃小剣は、血の領域によってこちらも『拡張』され倍以上の長さと幅《はば》を獲得《かくとく》していた。しかも鉄鋲を粉砕《ふんさい》した力がそこに同じく込められているとすれば――

――ぎあっ⁉

ジンに向けて殺到していた魔獣達が揃って短い悲鳴を上げる。

ただの一撃《いちげき》が魔獣達の顔を同時にまとめて斬《き》っていたのだ。

魔獣達の顔を繋ぐ一線を見いだしてそれを〈影斬〉でなぞる……肉体強化の魔術によって、通常の人間の数倍の反射速度と動体視力を獲得したジンにとっては容易《たやす》い事だった。

しかも――

「――！」

魔獣の顔――その上半分が、消えた。

斬り飛ばされたのではない。文字通りに消滅したのだ。一瞬、その輪郭《りんかく》が緩《ゆる》んだかの様に崩《くず》れて、次の瞬間、粉微塵《こなみじん》となって、屋上を吹く風に散らされたのを……スカラザルン兵達が視認したかどうか。

文字通り必殺の魔剣。

斬れば――いや触れた端から、超高速《ちょうこうそく》の振動で相手を微塵に粉砕する。しかも〈異界の勇者〉の特性そのままであるそれは、魔術で防御する事も出来ない――

「ばっ……バケモノ！」

慌《あわ》てて魔導機杖を掲げる者、あるいは折り畳《たた》んであった杖剣を展開する者、反応はそれぞれであったが――いずれも、遅《おそ》い。

ジンは屋上の床を蹴って彼らに襲《おそ》い掛かっていた。

「――っ！」

一人目はジンの斬撃を首に喰《く》らって、仰《の》け反《ぞ》りながら血を噴《ふ》いた。

超振動《ちょうしんどう》で崩れていくその体を蹴り除《よ》けながらジンは二人目に向かう。

「このっ――」

斬り掛かってきた二人目を、杖剣ごと横薙ぎに切断。

「ぐえっ――」

胴体を輪切りにされて二つになって転がる二人目にもやはりそれ以上は構わず、ジンは三人目に向かう――

「――〈放ち穿つもの〉！」

二人目の陰で魔術を唱えていたそいつは、ジンに向かって投射の魔術を仕掛《しか》けてくるが――鉄鋲はやはりジンの血の鎧に阻《はば》まれて空中で文字通りに霧散《むさん》。次の瞬間、突《つ》き出されたジンの剣が三人目の首筋を貫き……その上半身が爆散した。

「うああああっ⁉」

四人目は杖剣を構えて左から攻撃《こうげき》。

ジンは上半身が消し飛んだ三人目の身体を四人目に向けて蹴り飛ばす。四人目の動きが乱れた瞬間にその腹に蹴りを、相手が突っ込んでくる勢いを利用して逆撃《カウンター》気味にぶち込んでいた――勿論、鉄鋲をも瞬時《しゅんじ》に分解する、血の鎧の超振動はそのままに。

「げはっ⁉」

蹴られた箇所《かしょ》に——腹に大穴を穿たれながら四人目が倒れる。

そして五人目——

（さすがに反応が早いか）

五人目は先の四人が倒されている間にジンと距離をとっていた。

「〈降り乱れ穿つもの〉！」

五人目は——懐から大量の鉄鋲を取り出すと、これを空中に放り投げていた。

先に見せた投射の魔術の変形である。

一発ではなく十発以上の同時攻撃。しかも横から狙うのではなく相手の頭上に礫《つぶて》を撒《ま》いて、落下の勢いを加速しつつ上からの『面』攻撃。より強力な真上からの攻撃でジンを『叩《たた》き潰《つぶ》す』積もりだ。

いかに強力な鎧でも、鉄槌《てつつい》で乱撃すれば潰れざるを得ない——そう考えたのだろうが。

「死ね、バケモ——」

「断る」

そう告げてジンは〈影斬〉を振った。

次の瞬間、彼の頭上に発生する——紅い霧。

それは元々剣身に伝わせていたジンの血である。

「なっ⁉　〈コロモス〉の——」

その紅い霧に触れた途端《とたん》、空中で魔術の力を加えられ射出寸前だった鉄鋲の群れは、ばらばらと雹《ひょう》の様に力なく落下してきた。

「〈破魔《はま》の吐息《といき》〉⁉」

「ああ、あの魔獣の吐《は》く奴か」

呟きながらジンは〈影斬〉を振り下ろす。

五人目は頭頂から股間《こかん》までを一気に切断され、自身も血と肉の濁《にご》った紅い霧を撒き散らしながら倒れた。

「——さて」

これで倒したスカラザルン兵は五人。

残るはあの女の指揮官一人である。

女だからと攻撃を躊躇《ためら》った訳では勿論ない。ジンが彼女を最後にしたのは、生かしておくのは、細かな事情を知っているであろう彼女だけで良いと判断したからである。

だが——それは間違《まちが》いであったらしい。

「——驚いた」

そんな一言と共に指揮官の女は空中に舞《ま》い上がっていた。

彼女の背後に、逆光の形で陽《ひ》を浴びて黒々と翼《つばさ》を広げる巨大な空飛ぶ怪物《かいぶつ》の姿が見える。

緩やかに上下する翼がかき乱した空気が、風となってジンに押《お》し寄せてきた。

（魔禽《まきん》……！）

片目を瞑《つぶ》り左手で顔を風から庇《かば》いながら、ジンは短く呻《うめ》いた。

ジンの予想通り〈コロモス〉とは別に、スカラザルン兵達は逃走《とうそう》用の魔禽を何処かに待機させていて――それを呼んだのだ。

ジンはまんまと相手の時間稼《かせ》ぎにのせられてしまったらしい。

「そんな真似《まね》まで出来るか。人の形をした〈コロモス〉、いやそれ以上の怪物だな、貴様は。悪いが私は逃《に》げさせて貰おう。今回の作戦について、貴様の事も含め、諸々《もろもろ》、報告の義務があるのでな」

巨大な魔禽の足爪《あしつめ》に胴体《どうたい》を掴まれながら、女指揮官はそう言った。

既《すで》に跳《と》ぼうが足掻《あが》こうがジンには手の届かない高みに達したという確信があるのだろう。

余裕《よゆう》がその態度には見て取れた――が。

「逃がすかっ！」

踏《ふ》み込んで、魔術を練り上げる。

一歩。二歩。三歩。全身を魔術へと収束させて——

「〈血斬糸《けつざんし》〉ッ！」

瞬間的に糸の様に細く——そしてあり得ない程《ほど》に長く変形・展開したジンの『紅い血の剣』は、魔禽に向かって襲い掛かる。

だが——

「〈弾け燃やすもの〉っ！」

女指揮官の放った爆轟系の魔術が発動。

無論、それはジンの攻撃を無効化は出来ない。だから女指揮官は攻撃にも防御にも魔術を使わなかった。

即《すなわ》ち——

「——！」

爆轟系の魔術で生じた衝撃《しょうげき》が、魔禽を弾く。

瞬間的に、跳ねる様にして魔禽は横移動——それでもジンの〈血斬糸《けつざんし》〉はその翼に届いたが、これを切り落とすまでには至らず、風切り羽根を数枚、空中に舞わせるにとどまっていた。

「……くそ」

屋上に着地しつつ飛び去っていく魔禽と女指揮官を睨《にら》み据《す》えるジン。

そんな彼の頭上に――

「また会おう、〈魔王《まおう》殺し〉の末裔よ。貴様に興味が湧《わ》いてきた」

女指揮官が置き土産《みやげ》とばかりに投げた声が降ってくる。

羽根を一部斬られたからか、わずかに体勢を傾《かたむ》けて横滑《よこすべ》りする様に飛びながらも――魔禽は女指揮官をぶら下げたまま、遙か彼方《かなた》に去って行った。

「…………逃がしたか」

両手を下ろして脱力《だつりょく》するジン。

血の鎧も次の瞬間、存在自体が夢か幻《まぼろし》であったかの様に消滅し、単なる血の粒子《りゅうし》に戻《もど》って屋上の床に落下――ジンの周りに、ぼんやりと紅い花を描《えが》き出した。

一瞬だがその体がよろめいたのは、貧血の為《ため》だ。

「だがようやく姉上の手掛《てが》かりが見えた――か」

ジンは剣を鞘《さや》に収めリネット達が待つ校舎内に戻る。

「だから使いたくなかったんだ……リネットに何か……焼き肝《レバー》か何か、血になる夕食を用意してもらわないとな」

貧血で少し青ざめた顔に、薄い苦笑《くしょう》を浮《う》かべてジンはそう呟いた。

ウェブリン女学院占拠《せんきょ》事件は——結局のところ有耶無耶《うやむや》に終わった。

スカラザルンの魔獣《まじゅう》兵器の存在は、何人もの職員や生徒が目撃していたし、〈コロモス〉の死骸《しがい》も十頭分、残っていた。

だが死んだ〈コロモス〉は異様な速さで腐敗《ふはい》して骨と腐肉だけとなり、それが単なる猛《もう》獣《じゅう》なのか、スカラザルンの造り上げた新型の魔獣兵器なのかについては、ヴァルデマル皇国の警士隊では判断がつかなかった。

スカラザルンの兵士達も、所属国家が分かる様なものは何も身に着けておらず、辛《かろ》うじて未《ま》だ息の在った者も、全員が体内に隠《かく》し持っていた毒薬で自決してしまった為、尋問《じんもん》も出来なかった——と事後にジン達は聞かされる事となった。

死者は警備員五名、教職員十名。生徒には——無し。

これはスカラザルン兵達が子供には手を掛けない良識者だった——訳では勿論なく、単に〈コロモス〉の実験を優先していた結果だろう。この死者数はつまり、かの魔獣に対して魔術で攻撃を仕掛けて返り討ちにあった人数という事になる。

当時、ウェブリン女学院にいた人数に比すれば壱《いち》割にも満たない数だが、王都の真ん中で起きた事件の死者としては、決して少なくない数である。

ウェブリン女学院は破壊《はかい》された一部の校舎区画を閉鎖《へいさ》、新規に教職員や警備員を募集《ぼしゅう》すると共に、学院内の警備体制その他を大幅《おおはば》に見直す事になった。

結果――


「――ガランド先生」

黒檀《こくたん》の机に両肘《りょうひじ》をついて、掌《てのひら》を組み合わせながら、学院長はジンの名を呼んできた。

事件から一週間後――学院長室での事である。

ジン、リネット、そしてヴァネッサが、呼び出され――今現在、ジンの左にはリネットが、右にはヴァネッサが立っている。

そして執務机《しつむづくえ》についた学院長の隣《となり》には、彼女の孫娘《まごむすめ》にして学院の生徒でもあるルーシャが立っていた。

「先日の事件では大活躍《だいかつやく》だったとお聞きしました」

「無我夢中《むがむちゅう》で杖剣を振り回していただけですよ」

ジンは肩《かた》を竦《すく》めてみせながらそう言った。

「対魔術士用に調整されたスカラザルンの新型魔獣と覚しき怪物を相手に、魔術も使わず、ご自身の剣だけでその殆《ほとん》どを倒されたとか？」

学院長は柔《やわ》らかな笑みを浮かべながら言うが――しかしその眼だけが全く笑っていない。

「……そのようで」

それでもジンはあくまでしらを切った。

恐《おそ》らく学院長には諸々ばれているだろう――が、この老女はそれ以上ジンには追及《ついきゅう》してこなかった。

「ザウア先生も。適切な処置をしてくださらなかったら、私は死んでいたでしょう。改めて感謝を」

「あー……はい」

と曖昧な笑みを浮かべて頬《ほお》を掻《か》くヴァネッサ。

「その上でガランド先生と共に生徒達を守って戦ってくださったとか」

「履歴書《りれきしょ》には書きませんでしたが、実は、その、ですね？　年齢《ねんれい》を誤魔化《ごまか》して、しばらく軍医として従軍していた経験《けいけん》がありまして……その時に覚えた戦闘用《せんとうよう》の魔術が役に立ちました」

とヴァネッサは言うが――言い訳としてはかなり苦しいだろう。

学院長は、しかしジンと同様、それ以上は突っ込んでこなかった。

「そして――リネット・ガランドさん」

学院長は次にその視線をリネットに向けた。

「貴女《あなた》は、私の孫のルーシャを助けてくれたそうですね」

「え？　あ――そ、そうなんでしょうか？」

と首を傾《かし》げるリネット。

「ルーシャから聞きましたが。貴女の魔術の使い方は、非常に変わっているとか？」

「それは――」

とリネットはジンの方に助けを求める様に視線を投げる。

迂闊《うかつ》な受け答えをすると、色々台無しになる――そう心配しての事だろう。ジンは短く溜息《ためいき》をついてリネットの代わりに口を開いた。

「リネットの魔術は私が教えました。この子は、魔術を使う上では少々問題を抱《かか》えていました。普通《ふつう》の方法では魔術を上手《うま》く扱《あつか》えない。故《ゆえ》に私が考案した方法で魔術を使えるよう訓練しました」

「ガランド先生が考案した方法、ですか？」

「ええ。実は私も魔術が非常に下手でしてね」

とジンは苦笑を取り繕《つくろ》って言う。

「邪道《じゃどう》というか、変則的すぎるやり方ですが、リネットには合っていた様です。他の者に教える機会も無かったですし、まあいわば彼女は私の初めての弟子《でし》ですね」

「――ジン先生、いえ、ガランド先生」

そう声を掛けてきたのは学院長ではなくルーシャだった。

「その『変則的なやり方』について私、興味があります」

「………………」

ジンは――さすがに言葉に詰《つ》まった。

普通のやり方で魔術が扱えるルーシャが、何故《なぜ》、わざわざ邪道とも言うべき方法に興味を持つのか。そう思ったが……

「私も魔術があまり得意ではありません。単純に魔術だけ、という意味では落第すれすれの成績です」

自分の恥《はじ》とも言うべき事を、しかしルーシャは堂々と言った。

「ですがリネットの魔術の使い方……魔剣術《まけんじゅつ》とでも言うのでしょうか？　それならば私も人並み以上に魔術が使えるかもしれません」

「それは、しかし……大変ですよ？」

と――ジンはあくまでも『ガランド先生』の顔を取り繕って言った。リネットの時の様に『きつい覚悟《かくご》しろ』とルーシャに、それも学院長の前で言う訳にもいくまい。

「普通の杖剣術の授業もありますし――」

「――ですから」

とルーシャは笑顔で言った。

「御祖母様《おばあさま》に――学院長に、私からお願いしました。〈魔剣術〉という教科を新設しましょうと」

「…………魔剣術……」

「本当なら学科を新設したいところですけれど、さすがにいきなりそれは無理でしょうし、何より、通常の教科の先生も充分《じゅうぶん》に揃《そろ》っていません。ですから、希望者を募《つの》って、特別教科として、杖剣術と並行してガランド先生には教えていただきたいかと」

「それは――」

「孫以外の生徒達《たち》からも、要望が出ているのです」

躊躇《ちゅうちょ》を示すジンへ、駄目押《だめお》しの如《ごと》く学院長が口添《くちぞ》えする。

「もっとジン・ガランド先生に色々教わりたいと。皆《みんな》を救ったからでしょう。もの凄《すご》い人気ですね」

「…………」

言葉に詰まるジン。

（……しくじった……リネットに口止めした上で、俺は完全に陰に潜《ひそ》んで立ち回るべきだった……）

暗殺者にとって注目される事など、百害あって一利もない。

「ジン・ガランド先生にお受けいただけない場合は、リネット・ガランド、貴女を一時的に魔剣術のみ、教職員として採用し、他の生徒に魔剣術を教えてもらうという形になるでしょう」

「――え？」

きょとんとした表情で目を瞬《しばたた》かせるリネット。

「え？　え？　わ、私――が？　え？　先生？」

「よろしくね、リネット先生？」

とルーシャがからかう様に言う。

「終わったら、私にも教えてって言ったわよね？」

「それは、確かに、そう、聞いたけど!?」

狼狽《ろうばい》してリネットはただただジンの顔色を窺《うかが》う。

対してジンは――長い溜息をついて首を振《ふ》った。

「無茶《むちゃ》ですよ。リネットは未だ攻撃魔術《こうげきまじゅつ》を一つ覚えたばかりで、他人に教えられる様な状態ではありません。むしろ暴走の危険すら――」

「ではお引き受けいただけますね？　ジン・ガランド先生？」

と学院長は――やはり微塵も揺《ゆ》らがぬ笑顔で、ジンの台詞《せりふ》を上から抑え込《こ》む様にそう言った。

●

ウェブリン女学院でのやりとりから少し後。

巡回《じゅんかい》の乗合馬車を利用して屋敷《やしき》に戻ってきたジン達を――

「おかえりなさいまし、若様」

玄関《げんかん》に出てきたユリシアがいつもと変わらぬ笑顔で出迎《でむか》える。

「ああ――ただいま」

「というかお早いお帰りなのです。リネットも」

「ただいまです。ユリシアさん」

そう言ってリネットはユリシアに頭を下げる。

「学院長からは何と？」

「ああ……それが少々面倒臭《めんどうくさ》い事になった」

とジンは外套《がいとう》を脱《ぬ》いでユリシアに預けながら言う。

「リネットは魔術が使えるのだと知らしめるのが……リネットを魔剣士として皆に認めさせるのが、とりあえず当初の目的だった訳だが。例の事件のせいで少々、それが効き過ぎたらしい」

「効き過ぎ、ですか？」

「魔剣術の教科を創設し、後々は魔剣術専門の学科も創設するそうだ」

ジンは溜息をつきながら廊下《ろうか》を歩いて居間に向かう。

その後ろをついて歩きながらユリシアはリネットと顔を合わせた。

「そんな話になったんですか？」

「あ、はい。なんかそんな感じで」

とリネットは苦笑を浮かべて頷《うなず》く。

「個人的にも私、ルーシャに頼《たの》まれちゃって……」

「ああ、学院長のお孫さんですね」

「それにルーシャだけじゃなくて……魔獣を倒した、ジン先生の授業なら出たいって子が多くて……」

「あー……それに魔剣術に関してリネットは若様の弟子って扱いでしょうし、生徒達の憧《あこが》れみたいなのが、若様に集中しちゃったと」

とユリシアは呆《あき》れた様子で頷いた。

「これは若様、生徒達から告白されまくる流れです。好機なのです」

「……お前は何を言ってるんだ」

居間に入って深掛椅子《ソファ》に腰《こし》を下ろしながらジンは眉《まゆ》を顰《ひそ》める。

「何って、お世継《よつ》ぎの事ですよ？」

しれっとユリシアはそんな事を言ってきた。

「由緒《ゆいしょ》正しい〈勇者〉の血筋、ガランド侯爵家を、若様の代で途絶《とだ》えさせてはなりません。しかしながら若様はこれまで浮いた噂《うわさ》も無く、縁談《えんだん》の類も皆無《かいむ》──」

「名前だけ大層な没落《ぼつらく》貴族に縁談など来る訳が無いだろう」

「なので私はてっきり、若様がリネットを連れ帰ってきた時も、これでガランド侯爵家も安泰《あんたい》だと安堵《あんど》したものなのです。私は早々にリネットが若様の子を産んでくれるのだとばかり思っていたですが──」

「ふひぇっ⁉」

と声を上げるのは勿論《もちろん》その当のリネットである。

「こ、子供を……わ、私が、ですか？」

「リネットの『お漏《も》らし』を防ぐという名目で、同衾《どうきん》する様になってもう二か月近く。しかし未だに初夜はおろか接吻《せっぷん》も未だの状態で――」

「待て。それは確かにその通りだが何故お前が知っている？」

「何時《いつ》になったらお手つきになるのかと、私、心配で夜も眠《ねむ》れませんでしたが、最近になってひょっとしたら、リネットは若様の『好み』から外れているのではないかと思うようになりましたですよ？」

ジンの問いも無視してユリシアはそんな事を言い出した。

「え？　そ、そうなんですか？　ジン先生？　私って先生の好みから外れてるんですか？」

「――お前、覗《のぞ》いていたな？」

何やら慌てた様子のリネットが尋《たず》ねるが、ジンはそれには答えずユリシアを睨んで言った。

「覗くなど……そんな品の無い真似など決して。盗聴用《とうちょうよう》の伝声管を仕掛けただけです」

「同じだ。何やら部屋の模様替《もようが》えをしたがるなと思ったら……」

「若様は今や学院の危機を救った英雄なのです。女子生徒達の憧れの的なのです。入れ食い状態で手当《てあ》たり次第《しだい》なのです！　やった！」

ぐ、と拳《こぶし》を握《にぎ》りしめてユリシアは言った。

「若様の趣味《しゅみ》がどれだけ偏《かたよ》っていようと、病的であろうと、変態的であろうと、候補者が沢山《たくさん》居れば一人くらいは何とかなる筈《はず》なのです！」

「ジン先生、ジン先生、私じゃ駄目《だめ》なんですか⁉　私──」

「お前は少し黙《だま》ってろ⁉」

叫ぶ様にジンが命じると、とりあえずリネットは慌てた様子で黙り込んだ──が。

「──若様。御先祖様と同じなのです」

ふと──口調を穏《おだ》やかなものに変えてユリシアが言った。

「若様の言うガランド侯爵家《こうしゃくけ》に掛《か》けられた『呪《のろ》い』は今や『祝福』となったのですよ。誰《だれ》かを殺す為の力ではなく、多くの人々を救う事が出来る力として使う事が出来る……出来たという証《あかし》です。それは暗殺者の力ではありません、英雄《えいゆう》の、〈勇者〉の、力です」

「…………」

「無能も有能も同じ貨幣《かへい》の表と裏、光と影《かげ》は互《たが》いに不可分、英雄も暗殺者もまた同じ──状況《じょうきょう》が変われば容易く入れ替《か》わるものなのです」

「それは……」

「ならばかつて〈魔王〉を討《う》ち滅《ほろ》ぼし、数多くの人々を救った御先祖様と同じく、ガランド家の在り様が再び裏返って若様が英雄となられる日が来ても何ら不思議はありますまい？　それを若様は自ら、そしてリネットを魔剣士として育てる事で証明されたのでしょう？」

ユリシアは深掛椅子に座《すわ》るジンの前でわずかに腰を屈《かが》めて、彼の顔を覗き込む。

「英雄の血脈を絶やしてはなりません。リネットであろうと誰であろうと構いません、若様は御自分《ごじぶん》の意志で伴侶《はんりょ》をお選びになって、『呪い』に打ち勝った証として、どうかお世継ぎを残してくださいませ。ユリシアからの、一生に一度のお願いなのです」

そう言って――代々ガランド家に仕えてきた侍従《じじゅう》の家の末裔《まつえい》は優雅《ゆうが》に一礼する。ジンはそんな彼女《かのじょ》をしばらく半眼で眺《なが》めていたが……

「お前の『一生に一度のお願い』って何度目だ？」

「四度目くらいでしょうか？　何はともあれ若様もリネットもお疲《つか》れ様《さま》なのです。御茶《おちゃ》を淹《い》れて参りますですので、しばしお待ちを」

そう言ってユリシアは居間を出て行った。

「…………」

「…………」

後には微妙《びみよう》な静寂《せいじやく》がわだかまる――が。

「待て、いや、まずいだろ、ユリシアに炊事《すいじ》させたら――」

慌ててジンは深掛椅子から腰を浮かすが――まるで彼《かれ》をその場に留《とど》めようとするかの様に、リネットが目の前に立った。

「あ、あの、ジン先生」

リネットは頬を赤らめながら目を伏《ふ》せて言う。

「その、えっと、お、『お漏らし』……しちゃいそう、です」

「……あ?」

眉を顰めるジン。

そんな彼の目の前でリネットはもじもじと身を捩《よじ》りながら――

「ですから、その、ま、魔力《まりよく》が、暴走しちゃいそうです!」

「そんな兆候は見えないが」

「暴走しちゃいそうなんですっ!」

目は伏せたまま、リネットは叫《さけ》ぶ様にそう言って。

「だ、だから、その……危ない、ですから、その」

「………」

ジンは束《つか》の間《ま》、中腰《ちゅうごし》の状態で無表情に弟子の少女を見つめていたが……やがて長々と溜息をついて深掛椅子に座り直した。

「おいで」

ジンは自分の膝《ひざ》の上を叩いてみせる。

「は、はい！」

頷くとリネットは半回転――ジンの膝の上にすとんと腰を下ろす。待ってましたとばかりに、一瞬《いっしゅん》の躊躇も無い。そのままリネットはジンに背中を擦《す》り付ける様にして密着した。

「……これでいいか？」

「は、はい、良い感じです！」

と――自分で密着するのを要求しておきながら、自身は妙《みょう》に緊張《きんちょう》して身体を強張《こわば》らせつつ、リネットは言ってくる。

「……っていうか、ジン先生、あの、わ、私頑張《がんば》りますから」

「何をだ」

「えっと……子供……っていうかその前の……魔剣士の修業《しゅぎょう》も……ご飯を作るのも……とにかく、色々です！」

両手の拳を握りしめてリネットは言った。

「ルーシャや他の子にも負けないように、しますから……私を……」

私を選んで。私を要《い》らないと棄《す》てたりしないで。

リネットはそう言いたかったのかもしれない。

だが――

「前にも言ったが、リネット――俺《おれ》は俺である種の思惑《おもわく》があって、お前に魔術《まじゅつ》を――魔剣術を教えてるし、お前を身内として抱え込んだ上で、ウェブリン女学院に通わせてる。俺はお前を利用しているんだ」

自分と同じく『無能』と蔑《さげす》まれた姉の行方《ゆくえ》を探《さぐ》る為に。

あるいはそれは、誰の為でもない、恐らくは姉の為ですらない、単なるジンの自己満足なのかもしれない。

「お前を一人前の魔剣士に仕立てて、その価値を世に問う事は、俺にとっても意味のある事で――俺はお前を単に憐《あわ》れんだりして施《ほどこ》しをしている訳じゃない。お前には少なくとも利用するだけの価値があるんだ。お互い様というか――気分次第で簡単に破棄《はき》できる様な、一方的な関係ではないんだ」

「……はい」

「だから堂々としていろ。自分を卑下《ひげ》するな。何なら利用される事の対価を要求してこい。

それでこそ俺も気兼《きが》ねなくお前を利用出来るんだ——それを覚えておけ、我《わ》が不肖《ふしょう》の一番弟子よ」

「ジン先生……」

リネットはひじ掛けに置かれたジンの掌に自分のそれを重ねてきた。

「私、頑張ります……！　頑張りますから、その、私が、ジン先生の、教えをちゃんと受け止めて……胸を張って私はジン先生の一番弟子ですって、言える様になったら……対価を……求めても、いいですか？」

「……まあいいが。具体的には何を求める積もりだ？」

ジンの顔に苦笑とは異なる——優《やさ》しい笑みが浮かぶ。

だが彼に背中を向けているリネットがそれを目撃《もくげき》する事は無く——

「……そ、それは、ひ、秘密、で」

「…………」

ジンはしばらく真っ赤に染まったリネットの耳を見つめていたが。

「まあ、お手柔《てやわ》らかにな」

未熟な一番弟子の身体を背中からしっかりと抱き締《だし》めると、その紅潮する耳に、そっと囁《ささや》いた。

その日――ウェブリン女学院で一つの式典が催《もよお》された。
ウェブリン女学院を襲った悲劇的な事件からおよそ三か月。
生徒達もその大半が復帰し、教員の補充《ほじゅう》も成され、ようやく学院は普段《ふだん》の状態を取り戻しつつあった。
そこにきての――しかも校外の人間をも招いての式典である。
殆どの人間は、『事件を過去の出来事として決別する為の、新生ウェブリン女学院の誕生を宣言する為のもの』と予測し、理解していたが、実際にはそれ以上の内容がそこには組《く》み込まれていた。
即ち――
「――故に当ウェブリン女学院は授業に『魔剣術』科目を取り入れると共に、この技術について公的に認定《にんてい》する基準を設け、新兵種である『魔剣士』の誕生を宣言するものであります」
そう――講堂の壇上《だんじょう》で、居並ぶ関係者及《およ》び招待客に対して告げるのは、学院長である。

「そして初代魔剣術の教師として、杖剣術教師として仮採用していたジン・ガランド侯爵を、わが校の正式な教師としてお迎《むか》えさせていただく事を、皆さまにお報《しら》せいたします」

そう言って学院長が講堂の最後部にある入り口を指し示すと——整然と並べられた席の間、講堂を縦に縦断する形でもうけられた『道』を、二つの人影《ひとかげ》が壇上に向けて歩き出す。

一人は言うまでもなく今紹介《しょうかい》を受けたジン・ガランド。

そしてもう一人は——

「……ふっ……不公平、です……！」

と壇上の袖《そで》で様子を見ていたリネットが拗《す》ねた様な口調で言う。

「ジン先生のお傍《そば》に立つのは、ジン先生も認めてくださった、い、一番弟子の、わ、私である筈で……」

「まあまあ」

と傍《かたわ》らで宥《なだ》めるのは、リネットの腰に提《さ》げられている『魔導機剣』の調整と整備の為に、屋敷から出張してきたユリシアである。

「そこはやはり、魔剣術の科目としての確立に尽力《じんりょく》した、学院長の孫娘であるルーシャさんにしておく方が、何かと説得力があるというか、まあそれが『政治』というものですよ」

とユリシアは言う。

ちなみに――彼女の言葉通り、ジンを、まるで導く《エスコートする》かの様に並んで歩いてくる制服姿の少女は、ルーシャである。

彼女の腰にも魔導機剣が提げられているが、これはリネットの〈紅蓮嵐〉の予備部品を使って、急遽《きゅうきょ》、ユリシアが組み上げたものだ。

「でも、でも、ルーシャったら、あんなに、あんなに――」

とリネットが気にしているのは、ルーシャの表情が晴れやかである以上に、何やら少し赤面して恥《は》ずかし気《げ》ですらあるからだろう。

基本的に、ルーシャの性格を知る者ならば、これが表舞台《おもてぶたい》に立つ事の緊張からくるもの――ではない事は、分かるわけで。

「あんなの、まるで結婚式《けっこんしき》――」

「その場合はむしろ若様は新郎《しんろう》ではなくて父親役ですけどね？」

「ううう……」

とリネットは『納得《なっとく》いかない』とばかりに半泣きの表情である。

そして――

「これは今後我が国《くに》を守る為の大きな力となるでしょう」

スカラザルン帝国《ていこく》に対抗《たいこう》する力――とは、さすがに学院長は言わない。

例の事件も結局、スカラザルン帝国の仕業《しわざ》であるという証拠《しょうこ》をそろえる事が出来なかった。

「こちらがジン・ガランド侯爵、そしてこちらがガランド先生からの薫陶《くんとう》を受ける生徒の代表、そして私事ながら私の孫娘でもあります、ルーシャ・ミニエンです」

学院長の紹介に応じて、ジンが聴衆《ちょうしゅう》に一礼する。教師としての仮面を被《かぶ》った今の彼は、晴れやかな笑みを浮かべているが――

「……若様、不機嫌《ふきげん》ですね」

「え？　そうなんです？」

ぼそぼそと壇上の端《はし》でそんな会話を交《か》わすユリシアとリネット。

「不機嫌というかうんざりしているというか。まあ単に黒い服じゃないから、とかそういうしょうもない理由かもしれませんけど」

服の趣味はさておいても、闇《やみ》に潜むのが、目立たぬ事こそが身上《しんじょう》の暗殺者にとって、こんな『晴れ舞台』に引き出される事程、苦痛な事など無かろう。

「私共はこの国の為、この国に生きる人々の為、この『魔剣術』の隆盛《りゅうせい》に尽力したいと考えています。当然、『魔剣術』を我が学院の『秘伝』として内に秘《ひ》めるつもりはありません。他校から、あるいは軍からでも、『魔剣術』を学びたいという方が来られれば、これを聴《ちょう》

講生《こうせい》、あるいは留学生として受け入れる用意があります」

そう学院長が告げると、ざわめきが講堂内に広がっていく。

既に壇上で一度、リネットが件の『魔剣術』をルーシャを相手にして披露《ひろう》している為、学院長の言葉を、老女の戯言《たわごと》と笑う者は居ない。

「では質問のある方は――」

そう学院長が告げると、あちらこちらで手が挙がる。

そんな様子を――密《ひそ》かに観察している者が、居た。

●

ウェブリン女学院の講堂で行われる発表式典。

その様子を、講堂の外――いや学院の外に立つ建物の一室から、魔術でのぞき見している者達が居た。

「――なるほど?」

微《かす》かな光と音を曲げて増幅《ぞうふく》し、本来見えないものを視《み》て、聞こえないものを聴《き》く魔術。

ヴァルデマル皇国でもスカラザルン帝国でも軍が斥候用《せっこうよう》に用いる種類のものだ。

「あれが〈コロモス〉の運用試験を邪魔《じゃま》した連中か、ドラモント特佐」

「肯定《こうてい》であります」

そう部屋の奥《おく》に向かって言うのはグレーテルである。

「ドナルラグ技術　准将殿《じゅんしょうどの》」

部屋の奥には椅子が一つ置かれており、そこに腰かけているのは一人の女だった。声からすれば恐らく若いのだろう——断言を憚《はばか》るのは、その人物が顔全体を覆《おお》う、白い仮面を被っているからである。

仮面の賢者《けんじゃ》——アノニス・ドナルラグ。

帝国七賢人《ていこくしちけんじん》の一人にして、最長老。

アノニスという名前だけは不変だが、結婚《けっこん》するでも養子縁組《えんぐみ》をするでもなく、ただ姓《せい》を何度も変えてきた経歴を持つ変わり者。今の『ドナルラグ』という姓は最近になってつけたものらしい。

グレーテルはそう聞いていたが、しかし……これは。

「〈異界の勇者〉の子孫——我等が祖先、我らが大師匠《ししょう》、大賢者様を討ったという怪物《かいぶつ》の末裔《すえ》か。ふふ。なるほど、なるほど？」

仮面の女は一人納得するかの様に、何度も何度も小さく頷いている。

「良かろう。ドラモント特佐、貴様が言う通り、興味深い。この身体共々――」

豊かなふくらみを示す自分の胸に手を当ててアノニスは言った。

「研究のし甲斐《がい》のある代物《しろもの》よ。良かろう。手を貸してつかわす」

「――有難《ありがた》き幸せ」

そう言って一礼するグレーテル。

…………

ジン・ガランド――〈異界の勇者〉の末裔にして最強の暗殺貴族。

彼の知らぬところで、今、どす黒い謀略《ぼうりゃく》が胎動《たいどう》を始めていた。

あとがき

どうも、お久しぶりです。

文筆屋の榊です。

最近は脚本関連の仕事の方が多くて、軽小説屋と名乗りづらくなってますが（笑）。

ＨＪでは二年、いや、三年ぶりになるのかな。

新作『絶対魔剣の双戦舞曲《デュエリスト》　１　～暗殺貴族が奴隷令状を育成したら魔術殺しの究極魔剣士に育ってしまったんだが～』でございます。

おお。一行で書ききれない（笑）。

私も初めてと言えるぐらいの、長い長い題名でございます。

私だって、私だって、やればできるんだよ！（といいつつ、題名付けるのはいまだに苦手なので、殆ど担当氏に考えてもらった）

……事の始まりは二年前、担当氏からのオーダー。

担「暗殺貴族ものです。次は暗殺貴族ものでいきましょう」
榊「なんすかそれ。流行っててんですか？」
担「流行ってます！　一定の人気がちゃんと取れる題材ですから、榊さん書きましょう！」
榊「分かりました、暗殺貴族というと、ジェームス・ボンドみたいなのですね！」
担「違います！　最強の暗殺者で、最強の剣士で、美形の貴族で、かつ、先生で、劣等生の少女を導いちゃうんです！　ファンタジーですから魔法も出ます！」
榊「て、てんこ盛りですな！」
担「それがイイんです！　今どきてんこもりは当たり前！　モリモリマシマシでガッツリ面白そうに見えるコンセプト！　それを立ててからが、ようやくスタートラインです！」
榊「なるほど、分かりました！」＜わかってない

まあそういう訳でプロット組んで何度も何度も提出すること、およそ一年。

担当氏の「違う、そうじゃない！」という容赦ないダメ出しに何度か心が折れ掛けましたが、ようやくここに完成でございます！

にさっさか書けましたけども。

……まあ、プロットにGOサイン出た後は、存分にこねくり回しまくったせいか、普通が出来上がったのではないかと思っておりますが、さて、読者の皆様のご評価は如何に。

なんだかんだでプリプロダクション段階で苦しんだ分だけ、普段の私とは違う新機軸？も来そうですが。特に主人公ジンの『奥の手』回りは（笑）。

…………いや、まあ、その、なんだかんだで、最後はいつもの榊だろう、というご意見

以下、少し内容に触れるので、本編未読の方は読まれぬ方が吉です。


本作のヒロインであるリネットは、割と私の作品では比較的珍しい、自己評価の低い引っ込み思案系です（『アウトブレイクカンパニー』のミュセル以来か？）。

自分から話を回しに行くタイプではないのですが、それでもヒロインとして動いてもらう為にといじくりまわしていたら、なんだか主人公のジンにとっては少々『重い』ヒロインになりました（笑）。

その一方で、今までやってこなかったという意味では、ジンとのやりとりよりも、サブヒロインのルーシャとのやりとりで、若干の百合っぽさが出てればうれしいかなあと（新しい事に挑戦するのはやはり楽しい）思ったり。

手探り気味な部分もありましたが、朝日川日和先生のキャラデザインがあがってくると、割とすとんと私の中でも腑に落ちました。絵が出来て初めて完成したというか。

こういうのはやはりラノベの醍醐味ですね。

本当に、ありがとうございます、朝日川先生。

ともあれ。

現在既に、担当氏からの要請で二巻の原稿も書き始めているので、少なくとも二巻は出る——はず。

以後は売れ行き次第ですが、苦労した分、ジンやリネットらを色々と描いていきたいので、一つ読者の皆様、よろしくお願いします。

２０２２／０６／０９　榊一郎

HJ文庫
1017
https://firecross.jp/

絶対魔剣の双戦舞曲《デュエリスト》1 ～暗殺貴族が奴隷令嬢を育成したら、魔術殺しの究極魔剣士に育ってしまったんだが～

2022年7月1日　初版発行

著者――榊 一郎

発行者―松下大介
発行所―株式会社ホビージャパン

〒151-0053
東京都渋谷区代々木2-15-8
電話　03(5304)7604（編集）
　　　03(5304)9112（営業）

印刷所――大日本印刷株式会社

装丁――小沼早苗（Gibbon）／株式会社エストール

乱丁・落丁（本のページの順序の間違いや抜け落ち）は購入された店舗名を明記して
当社出版営業課までお送りください。送料は当社負担でお取り替えいたします。
但し、古書店で購入したものについてはお取り替えできません。

禁無断転載・複製

定価はカバーに明記してあります。

©Ichirou Sakaki

Printed in Japan

ISBN978-4-7986-2866-0　C0193

ファンレター、作品のご感想
お待ちしております

〒151－0053　東京都渋谷区代々木2－15－8
(株)ホビージャパン HJ文庫編集部 気付
榊 一郎 先生／朝日川日和 先生

アンケートは
Web上にて
受け付けております

https://questant.jp/q/hjbunko

● 一部対応していない端末があります。
● サイトへのアクセスにかかる通信費はご負担ください。
● 中学生以下の方は、保護者の了承を得てからご回答ください。
● ご回答頂けた方の中から抽選で毎月10名様に、
HJ文庫オリジナルグッズをお贈りいたします。